떠나고
싶을때,
나는
읽는다

떠나고 싶을 때,
나는 읽는다

초판 1쇄 발행 | 2016년 2월 26일
초판 2쇄 발행 | 2017년 2월 22일

지은이 | 박준
펴낸이 | 이원범
기획·편집 | 김은숙
마케팅 | 안오영
표지디자인 | 강선욱
본문디자인 | 김수미
일러스트 | 노준구

펴낸곳 | 어바웃어북 about a book
출판등록 | 2010년 12월 24일 제2010-000377호
주소 | 서울시 마포구 서교동 394-25 동양한강트레벨 1507호
전화 | (편집팀) 070-4232-6071 (영업팀) 070-4233-6070
팩스 | 02-335-6078

ⓒ 박준, 2016

ISBN | 979-11-87150-02-2 03810

떠나고
싶을 때,
나는
읽는다

박준 지음

어바웃어북

509,618km를 날아 32개의 도시를 여행하기 위해 집을 떠날

필요는 없었다. 10,517page의 책만 있다면……

조금만 더
걸어가면

지난 2010년 출간한『책여행책』을 6년이 흐른 후 다시 개정판으로 만들었습니다. 저는 운이 좋습니다. 저보다 더 이 책의 문구를 줄줄 꿰고 있는 편집자를 만났으니까요. 그를 처음 만났을 때 그의 손에 들린 책은 얼마나 매만졌을까 하는 생각이 들 만큼 기분 좋은 손때를 탔습니다. 그로 인해 이 책은 다시 세상과 만났습니다.

『떠나고 싶을 때, 나는 읽는다』에는 최근에 다녀온 남아프리카와 나미비아, 이스라엘, 중국 장강 얘기가 더해졌습니다. 실제 얘기도 있지만, 책을 읽다가 몽상에 빠져 써내려간 얘기도 있습니다. 때로는 실제와 몽상이 뒤섞여 있습니다. 새로운 여행법입니다. 책을 읽다 아파트 베란다 창을 열면 공원이 아니라 만년설이나 빙하가 보일 수도 있습니다. 발간 거짓말을 즐겨주세요.

세계일주를 꿈꾸고, 여정을 짜보면 세계가 전과 달리 한눈에 들어옵니다. '세계'라는 말은 익숙하지만, 좀체 실체를 알기 어려웠던 '세계'를 느낍니다. 내가 세계의 어디에 있는지 생각합니다. 실제로 떠나지 않아도 좋습니다. 사실이건 몽상이건 이 책을 읽다 보면 바람이 당신을 세계로 데려갈 테니까요. 그곳에 제가 발견한 보석이 있습니다. 저는 여행과 책이 존재의 뿌리와 줄기를 만든다고 믿습니다.

이제 다시 길을 나섭니다. 『떠나고 싶을 때, 나는 읽는다』에서 그랬듯 책을 읽고 낯선 길을 걸어갈 뿐입니다. 조금만 더 걸어가면 좀체 보이지 않았던 길이 보입니다. 저는 내일 파리로 떠납니다. 파리의 카페 셀렉트에서 우리 만나요.

2016년 겨울 박준

떠나고 싶을 때,
나는 읽는다

스물둘,

『인도기행』이란 한 권의 책으로 나는 다른 세상을 꿈꿨다.

스물일곱,

시드니로 떠난 첫 번째 여행에서 나는 다른 세상을 만났다.

떠.나.고.싶.다.

책을 한 권, 두 권 내놓으면서 떠나는 일은 더 힘들어졌다. 지난 몇 년 동안 글쓰기 위한 여행을 했다. 하지만 종종 정체 모를 허전함을 느꼈다. 아무 목적 없이 유랑 같은 여행을 하던 시절에는 목적을 가진 여행을 해야 하지 않을까 고민했는데, 책을 쓰기 위한 여행을 하다 보니 다시 유랑의 시절이 그리워졌다.

그때 책을 읽으며 여행에 대한 갈증을 해소한다. 책은 여행과 마찬가지로 낯선 세상을 보여주고, 세상과 내가 사는 이곳의 차이를 드러낸다. 차이를 인정하면 삶이 유연해지고, 단단해진다.

하지만 누군가의 여행 이야기를 읽는 것만으론 부족했다. 책 속에 등장하는 낯선 세계를 직접 느끼고 싶었다. 여행을 떠난 작가와 함께 나란히 길을 걷고, 그가 만난 사람들을 보고 싶었다.

'책 속으로' 떠나는 여행은 이렇게 시작되었다. 책 속의 시공간으로 빠져 들어가 그곳을 거닐며, 책 속의 등장인물과 대화하고, 꿈속을 유영하듯 책과 현실을 오가며 '책여행'을 했다. 책에서 읽은 몇 줄의 문장에서 받은 영감만으로 시작된 여행도 있다. 실제 여행과 책 속의 시공간이 조우하기도 한다. 결국 '책여행'과 나의 지난 여행을 고스란히 담은 '여행책'이 더해져 이 책이 되었다.

여행은 아득히 먼 곳에서 시작되었다. 알래스카에서 북미와 남미를 거쳐 유럽으로 건너가 남태평양과 아시아를 거쳐 한국으로 돌아왔다. 어제는 호주 남쪽의 섬 태즈메이니아를 다녀오고, 오늘은 히치하이크로 미국 중부 덴버에서 시카고를 향해 달렸으며, 내일은 아르헨티나의 아콩카과산을 오른다.

어느 날 오전에는 이탈리아 크레모나를, 오후에는 몽골의 아르항가이 초원에 다녀왔다. 월요일에는 프랑스 남부 아를, 화요일에는 멕시코시티를 찾았다. 한겨울 기온이 곤두박질치면 태양이 작열하는 아프리카의 사막으로 떠났다. 서너 시간이면 카리브해의 작은 섬 쿠바에 다녀온다.

　도대체 불가능할 것 같은 온갖 여정이 '책여행'으로는 가능했다. 공항이 파업을 하고, 비행기 티켓이 비싸도 상관없다. 지난 반년 간 매일 이런 여행을 했다. 공항이 아니라 '집에서' 떠날 수 없는 곳은 없었다.

　누군가는 그게 말이 되느냐 불평할지도 모르겠다. 하지만 한번 쯤 몽상가가 돼보는 것도 좋겠다. 어차피 모든 여행은 한낮의 꿈이 아니던가. 꿈을 꾸면서까지 현실적이어야 할까? 꿈에서 깨어난다고 꿈속의 시간이 모두 망각되는 것도 아니다. 세상의 모든 꿈은 그 자 체로 족하다.

　책여행은 책을 읽는 행위를 통해 산책하고, 생각하고, 사랑하며 '여행자'로서만이 아니라 삶을 가꾸는 '창조자'로 살아보는 일이다. 사실이건 몽상이건 이런 여행을 통해 세계와 좀 더 가까워진다면, 다른 삶을 보면서 내가 되고 싶은 존재에 근접해간다면, 세상에 이 만한 여행은 없다.

세계는 책으로 통하지 않던가. 책 속에 길이 있으니 안락의자에 앉아서도 떠날 수 있다. 아우구스티누스는 "세상은 한 권의 책, 여행하지 않는 자는 그 책의 한 페이지만 읽을 뿐"이라고 했다. 여행은 책을 읽는 일이다. 여행을 하지 않고 책을 읽지 않으면 세계의 한구석만을 맴돌 뿐이다. 나는 지금 세계의 몇 페이지를 읽고 있을까.

2010년 10월
박준

 contents

새로운 시간을 찾아서

나는 걸었다, 세계는 좋았다

'여기에 산다'는 여행

나는 자주 한국을 떠나곤 했지만
공항의 유리창 너머 비행기를 볼 때마다.
우우웅 하는 비행기의 육중한 소음이 들려올 때마다
가벼운 흥분으로 달아오른다.
내가 향하는 그곳은 낙원과 같다.

달콤쌉싸름한

에스프레소가

그리울 때

카페는 혼자 있고 싶지만 자신을 이해해줄 동지가 필요한 사람들을 위한 장소다.
노아의 방주와도 같다. 누구라도 들어올 수 있고, 어떤 인종이든 들어올 수 있는 곳.
하루 종일, 아니 밤새도록 다양한 사람들 사이에 앉아 있을 수 있다는 것,
그것이 카페의 매력이다.

Bookmark * 『파리 카페』, 노엘 라일리 피치

지하철 바뱅역 바로 앞, 몽파르나스대로와 바뱅거리가 만나는 코너에 카페 셀렉트가 있다. 1925년 문을 열었으니 장장 85년 된 카페다. 카페와 담배를 떼놓을 수 없는 세월의 흔적일까, 벽에 퀴퀴한 담뱃진이 누렇게 배었다.

대학원 시절, 영화를 공부할 때 지겹게 들은 이름이 장뤼크 고다르다. 시나리오도 없이 멋대로 만든 〈네 멋대로 해라〉의 감독. 그도 한때 셀렉트에서 영화를 촬영했다. 그때가 언제인가 하면 55년 전이지만, 셀렉트는 그때나 지금이나 달라진 게 거의 없다. 인조대리석으로 만든 둥근 테이블, 갈색 등나무 의자, 테라스의 아코디언 유리문, 화이트와 그린 컬러의 차양, 그린과 핑크 컬러의 네온사인이 수십 년 전과 똑같다.

셀렉트에서 나는 내 서재에 꽂힌 책의 주인공들을 만나는 상상에 빠져든다. 테라스 벽에 기대 오른쪽 테이블을 돌아보니, 한 남자가 커피를 홀짝거린다. 구소련의 세르게이 예이젠시테인 감독. 형광펜을 그으며 그가 쓴 『감독노트』를 읽고, 그의 영화 〈전함 포템킨〉의 몽타주씬을 한 컷 한 컷 분석했었다.

왼쪽 테이블 남자는 작은 스케치북에 그림을 그린다. 화가는 아니지만 그림 그리기를 좋아한 사람, 장 콕토. 그가 그리는 남자는 서른여섯 살의 피카소다. 피카소는 집세가 싼 작업실을 찾아 몽파르나스로 이사를 왔고, 셀렉트에서 장 콕토를 만났다. 장 콕토는 자신이 쓴 어느 책 서문에 '피카소에게 바친다'고 쓸 정도로 그를 존경했다.

장 콕토는 종종 셀렉트에서 피카소뿐만 아니라 옆자리 손님을 그렸고, 그림을 완성하면 모델을 해준 사람들에게 주었다. 내 서재에 있는 『장 콕토의 데생 129선집』이라는 일러스트북에도 셀렉트에서 그린 그림이 있을지 모르겠다.

카페 셀렉트로 갑시다

세월이 흘러 3대째 운영 중인 카페 셀렉트는 유행을 따라가지 않았다. 오히려 리모델링을 하지 않아 사랑받는다. 값비싼 가구는 없지만, 카페 안의 모든 가구를 팔려고 드는 곳들과는 다르다. 카페 로고가 박힌 머그컵도 팔지 않는다. 돈이야 좀 덜 벌면 어떤가. 셀렉트는 전통을 지킨다.

셀렉트 건너편에는 라쿠폴이라는 카페가 있다. 유행을 따라 이제는 해산물 레스토랑이 되어버린 라쿠폴의 웅장하고 엄숙한 차양을 보고 있으면, 저곳을 더 이상 카페라 부를 수 있을지 의심스럽다.

"커피 주세요."

셀렉트에서 '커피'는 에스프레소를 말한다. 크레마가 자욱한 황금색 액체, 메뉴에는 '카페 누아르cafe noir'라고 씌어 있다. 작은 커피잔에 마시는 에스프레소는 진하고 고소하다. 한술 더 떠 '카페세레^{cafe serre}'도 있다. 물의 양이 적어 에스프레소보다 두 배로 진하다. '카페 알롱제^{cafe allonge}'는 '카페 아메리캥'이라 불린다. 우리가 아메리카노라고 부르는 커피다.

나이 지긋한 웨이터가 커피를 서빙하며 어디서 왔느냐 묻더니 잠시 후 엽서를 한 장 갖다 준다. 셀렉트의 기념엽서다. 여기서 일한 지 얼마나 됐느냐고 물으니 10년째란다. 10년이란 말에 깜짝 놀라는 나를 보고 그가 말한다.

"나뿐만이 아니에요. 저기 저 친구는 13년, 바에 있는 필립은 36년째 일하고 있어요. 카페에도 영혼이란 게 있죠. 셀렉트에 있다는 것만으로 우리는 존재감을 느낄 수 있으니까요."

카페를 이야기하면서 웨이터가 영혼과 존재감을 말하다니, 참 어렵다. 하지만 무슨 말인지 알 것도 같다.

"괜찮은 매니저 구하기가 하늘의 별 따기야."

홍대에서 카페를 하는 친구는 이렇게 말했다. 하지만 그게 직원들 자질만을 탓할 문제는 아닌 것 같다.

'영혼이 있는 카페, 셀렉트'에는 피카소와 장 콕토 외에도 많은 사람이 드나들었다. 『북회귀선』의 헨리 밀러와 그의 아내 준, 『고도를 기다리며』의 사뮈엘 베케트, 장 폴 사르트르와 시몬느 드 보부아르, 『On the Road』의 작가 잭 케루악과 더불어 비트세대의 대표 주자인 앨런 긴즈버그, 쿠바산 시가를 즐겨 피며 셀렉트 여기저기를 누비고 다닌 살바도르 달리 등 이루 다 헤아릴 수 없다.

어쩌면 셀렉트의 역사는 보헤미안의 역사다. 셀렉트의 단골 중 셀렉트를 가장 감미롭게 묘사한 이는 어니스트 헤밍웨이다.

"카페 셀렉트로 갑시다, 몽파르나스대로요."
몽파르나스의 불빛이 보이는 라스파유대로에서 브렛이 제이크에게 말한다.
"뭐 하나 부탁해도 될까요?"
"그럼요."
"셀렉트에 도착하기 전에 한 번만 더 키스해줘요."
— 『해는 또 다시 떠오른다』, 어니스트 헤밍웨이

카페에서 일광욕을

해가 진 후 은은한 불빛이 새어 나오는 카페를 보면 안으로 들어가고 싶은 충동이 든다. 방금 커피를 마시고 나왔는데도 근사한 카페를 발견하면 이내 그곳을 두리번거린다. 그 안으로 들어서기만 하면 좋은 일이 생길 것 같다.

셀렉트 같은 파리의 카페에서 누군가는 책을 읽고, 작가는 글을 쓰며, 화가는 그림을 그린다. 아침 7시, 네온사인에 불을 밝히며 문

을 열자마자, 그때부터 카페에서 몇 시간씩 글을 쓰는 사람도 있다. 심지어 일광욕도 한다. 햇볕이 잘 들지 않는 집에 세 들어 사는 파리 사람들에게 카페는 집 다음으로 중요하다.

프랑스에서 한때 4만 5천 개에 육박하던 카페는 이제 고작 7천 개 정도밖에 남지 않았지만, 여전히 파리지앵과 떼어놓을 수 없다. 사르트르는 "나는 하루 대부분의 시간을 카페에서 보냈다"고 했다. 사르트르는 카페에서 모든 일을 다 했다. 마치 운명적인 관계라도 되는 것처럼.

『파리 카페』의 저자인 노엘 라일리 피치는 이렇게 말한다.

자신의 마음에 쏙 드는 카페를 점찍어 운명을 같이한다면 그 카페를 '소유'한 거나 다름없다. 물론 그 카페도 당신을 소유한다.

셀렉트의 손님들은 자기 소설과 그림에 셀렉트를 쓰고 그렸다. 손님과 카페는 관심과 후원을 주고받지만 세상의 모든 연인이 그런 것처럼 애증도 엇갈린다. 손님들이 그린 셀렉트 그림은 지금도 카페에 걸려 있다.

단골 카페를 바꾸는 일은 거의 불가능하다. 밉거나 곱거나 내 카페이기 때문이다. 카페에 드나들다 보면 자연히 내 자리가 정해지고, 다른 손님과도 가까워진다. 혼자 있고 싶으면서도 나를 이해해주는 사람을 만나고 싶어 카페로 간다.

파리의 카페에서는 예술가, 지식인, 대중이 한데 섞여 시간을 보낸다. 유명한 사람이 보통사람들 속에서 커피를 마시는 것도 파리 카페의 전통이다. 그러다 보니 이름만 대면 알 만한 사람들이 벌인 에피소드도 다양하게 전해진다. 이를테면 셀렉트의 단골이었던 이사도라 덩컨은 미국 종군기자와 논쟁을 벌이다 화를 참지 못하고 그에게 받침접시를 냅다 집어 던졌다나 뭐라나……

프랑스에서도 옛날에는 오직 귀족들만 마실 수 있었던 게 바로 '마법의 검은 음료' 커피였다. 세상이 얼마나 좋아졌는가. 이제는 누구나 카페에 들어가 마법의 음료를 마음껏 즐기게 되었으니.

에스프레소 한 잔 더!

카페에 혼자 있는 것과 술집에 혼자 있는 것은 다르다. 누군가는 사람을 만나기 위해 카페에 가지만 나는 혼자 시간을 보내기 위해 카페에 간다. 카페에서 글도 쓰고, 편집자나 잡지사 기자도 만난다. 그때 카페는 작업실이자 손님을 맞는 거실이다. 내가 좋아하는 장소는 나와 닮기 마련일까? 잡지에 실린 인터뷰를 보고 사진 속 단골카페를 우리집이라고 생각한 사람도 많았다.

서울에 스타벅스가 몇 개 없던 시절, 스타벅스에서 '오늘의 커피' 홀짝거리기를 좋아했다. 나로선 대형 커피전문점 커피가 '영 아니올

시다!' 하고 깨닫기까지 제법 오랜 시간이 걸렸다. 맛있는 커피를 한 번도 마셔보지 않았는데 무슨 수로 커피 맛을 구별한단 말인가. 그때는 커피보다 스타벅스란 공간을 좋아했다.

하지만 언제부턴가 좋은 호텔에서 잠을 자면 아침에 꼭 에스프레소를 마신다. 진한 크레마 위로 설탕을 두 스푼 넣어 한 모금 넘기면, 입안에서부터 목줄기를 따라 달콤쌉싸름하고 고소한 맛이 퍼져 나간다. 에스프레소 잔을 들고 영자신문을 펼쳐 든다. 본문은 생략하고 헤드라인과 사진, 카툰만 훑어보아도 여행을 왔다는 실감이 확 살아난다.

낯선 도시에 도착했을 때 카페에 들어가 커피 한 잔을 마시는 일은 '여행의 기술'도 된다. 단지 기분을 내는 게 아니라 실제로 여행에 도움이 된다. 커피를 마시며 유리창 너머 거리를 물끄러미 바라보다 보면, 잠시 후 주변의 모습이 하나둘 눈에 들어오기 시작한다. 아무리 낯선 곳이라도 카페에 앉아 거리와 카페 안의 사람들을 구경하고 있으면, 그곳에 익숙해지는 데 한 시간이면 충분하다.

카페 자체를 행선지로 삼을 때도 있다. 삿포로의 카페 모리가 그랬다. 한겨울, 거리에 쌓인 눈은 내 키를 훌쩍 넘겼다. 눈더미 위로 다시 눈이 내리기 시작한 저녁, 나는 모리를 찾아가고 있었다. 한적한 주택가에 자리한 탓에 동네를 두어 바퀴 돈 다음에야 모리를 찾았다.

모리는 일본의 자그마한 전통가옥을 개조한 카페다. 앤티크 스타일의 난로와 큼직한 목재 테이블 위의 구식 재봉틀, 오르간과 창가에 놓인 다이얼식 검은색 전화기가 눈길을 끈다. 재봉틀 옆에 『일본의 커피사』라는 책이 있다. 표지에는 커피를 마시는 사무라이가 등장한다.

모리에서 무엇보다 인상적인 것은, 히로미라는 직원이 융으로 된 필터로 커피를 내리는 모습이다. 나는 카페를 다니는 게 취미인 사람이지만 히로미처럼 멋있게 드립하는 이를 본 적이 없다. 물의 온도를 재고, 커피가 담긴 필터에 물을 붓고, 커피찌꺼기를 버리고, 뜯어진 필터를 바늘로 꿰매는 일까지, 그녀의 동작은 쉽게 흉내 낼 수 없는 동작이다. 커피를 내리는 모습이 예술가의 퍼포먼스 같다.

하지만 여기까지 찾아온 이유가 삿포로에서 가장 맛있는 커피를 마실 수 있기 때문만은 아니다. 색다른 분위기의 카페를 찾아온 것도 아니다. 내가 보고 싶었던 것은 삿포로의 평범한 일상이다. 한적한 동네 카페를 구경하고, 커피를 마시며 주인이나 직원에게 말을 걸어보고, 손님들 분위기를 엿본다. 그러다 보면 그들이 어떻게 사는지가 조금씩 느껴진다. 낯설기만 했던 삿포로의 삶을 조금씩 알게 된다. 히로미처럼 살갑게 맞아주는 주인이라도 만나면 친구 집에라도 온 것처럼 마음이 편해진다. 지금 셀렉트에서 그런 것처럼.

한낮의 따가운 태양이 그림자를 길게 드리우기 시작할 무렵, 기분 좋은 바람이 살랑거린다. 셀렉트에는 잘 차려입은 관광객이 아니라 마실이라도 나온 듯 가벼운 차림의 동네사람이 많다. 감미로우면서도 우수에 젖은 프랑스어가 귓속으로 스며든다. 이 순간은 이번 파리 여행에서 영원히 잊히지 않을지도 모른다. 문득 커피를 한 잔 더 마시고 싶다. 에스프레소 한 잔 더! 언제나 기분 좋은 말이다.

모든 존재는
여행을 한다

사람들은 알래스카 들판을 걷는 회색곰 한 마리에서,
영하 50도의 혹한에서 지저귀는 박새에서
왜 눈길을 떼지 못하는 걸까.

Bookmark ＊『알래스카, 바람 같은 이야기』, 호시노 미치오

언젠가 캐나다 앨버타에서 한국으로 돌아올 때 알래스카 상공을 날았다. 비행노선을 보여주는 모니터 지도에 '알래스카'가 등장했다. 뉴스에서나 보던 그곳에 가고 싶다고 생각한 적은 없었다. 하지만 미지의 그곳이 실제로 존재하고, 내가 그 위를 날고 있다는 사실에 가벼운 흥분이 일었다.

　한국에 돌아온 후 어느 날이다. 1년에 한두 달은 뉴욕이나 파리에서 살고 싶다고 습관처럼 말하던 내가 불현듯 '알래스카에 가보고 싶다' 정도가 아니라 '알래스카에서 살아보면 어떨까?'하는 생각을 하게 됐다. 미국 본토 사람들조차 "그런 곳에 사람이 왜 사는지 모르겠다"고 하는 곳에 빠져들었다. 심지어 에스키모가 되어 태양과 혹한에 그을린 에스키모 여인과 사는 모습도 그려보았다.

　어처구니없는 몽상은 『알래스카, 바람 같은 이야기』라는 한 권의 책에서 시작되었다. 한 장의 사진에서 도저히 눈을 뗄 수 없었다. 곰 두 마리가 먹이를 찾아 끝이 보이지 않는 동토의 지평선을 걸으며 하얀 입김을 풀풀 내뿜고 있었다. 북극의 풍경은 눈물 나게 아름답고 장엄하지만 고독하고 슬펐다. 두 마리 곰이 살아가는 자연은 아파트 한 채에 연연하는 나의 공간 개념과 완전히 달랐다.

　『알래스카, 바람 같은 이야기』의 저자 역시 도쿄의 헌책방에서 본 한 장의 사진으로 알래스카를 처음 만났다. 그가 열여덟 살 때다.

베링해 바다 사이에 떠 있는 작은 마을을 하늘에서 찍은 사진이었다. 하지만 이런 설명 없이 사진만 본다면 눈 덮인 광대한 들판과 베링해 수면에 반사되어 빛나는 태양, 경계가 모호한 바다와 육지는 매우 비현실적으로 보일 것이다. 북극해 한가운데 얼음평원에 '집처럼 보이는' 뭔가가 있지만, 너무 비현실적인 풍경에 고개를 갸웃거릴 수밖에 없다. 그 사진에는 '쉬스마레프 마을'이라 쓰여 있었다. 그는 무작정 편지를 보내야겠다고 생각했다. 주소는 알 수 없었다. 그는 무작정 편지봉투에 이렇게 썼다.

"미국 알래스카 쉬스마레프 마을 이장님 귀하^{Mayor, Shishmaref,} Alaska, USA."

편지는 "저는 일본에 사는 학생입니다"라는 말로 시작한다.

책에서 그 마을 사진을 보았습니다. 저는 그곳 생활에 흥미가 많습니다. 방문하고 싶지만 그 마을에 아는 사람이 하나도 없습니다. 일을 해야 한다면 어떤 일이든 할 수 있으니, 모쪼록 어느 댁에서든 저를 받아주실 수 있을는지요. 답신을 기다리겠습니다.

반년 후, 그가 편지를 보낸 사실조차 잊어가고 있을 때 답장이 왔다. 마침내 일본을 떠나 알래스카로 간 그는 쉬스마레프 마을에서 한 철을 보낸다. 6개월 정도만 해도 오래 여행하는 거라고 생각한 그가 평생을 그곳에서 살게 될 줄은 그 자신도 몰랐을 것이다. 내가 알래스카로 가게 될지 꿈에도 몰랐던 것처럼…… 나는 지금 알래스카로 가는 비행기 안에 있다.

우리는 모두 하나의 점

앵커리지에 도착했다. 비행기에서 내려다본 알래스카는 새파랗다. 알래스카에는 얼음만 있는 게 아니다. 파란 베링해에 둘러싸인 알래스카의 한여름은 눈부시게 푸르다. 이곳의 여름 날씨는 얼핏 우리나라 초여름과 비슷하지만 공기는 시원하고 상쾌하다. 공항에서 시내로 들어가는 버스에는 에어컨이 켜져 있다.

앵커리지에 도착한 첫날부터 백야도 밤이라는 것을 알게 됐다. 한밤중에도 책을 읽을 수 있을 만큼 밝고, 해가 지고 두 시간 후면 다시 해가 뜬다. 새벽 4시에 졸린 눈을 비비며 일어나 두 겹의 커튼을 친다. 눈부실 만큼 환한 밤이다. 시차에, 백야에…… 정신이 하나도 없다.

앵커리지에서 하루를 보내고 다음 날 아침 8시 15분, '디날리스타'라고 불리는 기차를 타고 페어뱅크스로 향한다. 550킬로미터를 가는 데 열두 시간이 걸린다. 평균 시속이 50킬로미터가 안 되지만 편도 요금만 210달러. 이것도 세금을 뺀 것이니, 6~8월이 아무리 성수기라고 해도 꽤나 비싸다. 정작 광활한 알래스카의 자연을 제대로 보려면 기차로는 부족한 게 더 큰 문제다. 미국 본토의 5분의 1 크기인 알래스카에서는 경비행기나 헬리콥터가 제격이겠지만, 언감 생심 꿈도 못 꿀 일이다.

아쉬운 대로 다행히 날씨가 맑다. 가이드북에 따르면, 기차를 타고 가다 종종 무스나 대머리독수리, 곰 같은 야생동물을 볼 수 있다고 한다. 알래스카를 달리는 기차는 '무스 엉덩이 찌르개'라는 별명을 가졌다. 간혹 철로에서 서성이는 거대한 덩치의 무스와 충돌하는 탓이다. 무스를 보긴 어렵다 하니, 곰이라도 한 마리 볼 수 있으면 좋겠다.

앵커리지를 출발한 지 한 시간도 안 됐는데 매킨리산이 희미하게 보인다. 매킨리는 북미 최고봉이다.

한 시간 20분 후 도착한 와실라역에서 기차에 오른 동양 남자가 내 옆자리에 앉는다. 이름은 미치오, 마흔 전후로 보이는 일본 사람이다. 야생 사진가이며 알래스카에 산 지 10년쯤 지났다고 한다. 내가 이런저런 질문을 쏟아내자 그가 알래스카에서 살아온 이야기를 하나둘 들려준다. 가장 기억에 남은 건 북미의 순록 카리부 이야기다.

7년 전, 미치오는 브룩스산맥의 이름 없는 계곡에 있었다. 카리부는 수백 마리가 떼를 지어 1천 킬로미터씩 먹이를 찾아 북극의 들판을 이동한다. 거대한 발굽소리와 함께 나타나지만 이내 평원 저편으로 바람처럼 사라진다. 그는 등을 흠뻑 적시는 여름의 무더위 속

에서 한 달 이상을 어느 누구와도 이야기하지 않은 채 오로지 카리부 떼를 기다렸다. 혼자 그런 시간을 보내고 있으면 귓전에서 앵앵거리는 모깃소리조차 비행기소리로 들려, 누군가 세스너(미국제 경비행기)를 타고 자기를 찾아오는 환청에 빠진다고 한다.

그렇게 하염없이 시간을 보내고 나서 마침내 전설 속의 한 장면처럼 카리부 떼가 나타났다. 하지만 툰드라 평원에는 도무지 높낮이라는 게 없다. 아무리 애를 써도 카리부 무리를 사진에 담을 도리가 없다. 사진을 찍기 위해 한동안 아등바등하던 그는 결국 사진 찍는 것을 포기한다. 대신 느끼고자 했다. 그러자 그가 알건 알지 못하건, 보건 보지 못하건, 카리부는 계속 이곳에 존재해왔다는 것을 깨닫게 됐다.

그 후 그는 매년 브룩스산맥의 계곡을 찾았다. 누구도 그에게 계곡에 가야 한다고 말하지 않았다. 사진을 찍을 수 없다는 것은, 누구보다 그가 잘 알고 있었다. 이제 그에게 중요한 것은 사진보다 카리부의 발굽소리로 전해지는, 살아 숨 쉬는 것 같은, 북극 들판의 고동소리였다.

그는 죽을 때까지 살기 위해 움직이는 생명의 아름다움을 보았다. 지도도 나침반도 없이 수천수만 년 동안 북극의 평원을 달려온, 영하 50도의 혹한에서 노닐며 사랑하고 새끼를 낳고 살아온 생명의 아름다움이다.

어린 아들을 데리고 사냥에 나선 아버지 이야기도 해주었다. 몸

무게가 600~700킬로그램에 달하는 카리부를 사냥한 후 아버지는 어린 아들에게 칼 한 자루를 쥐여주고, 카리부를 해체하도록 한다. 아버지는 도와주지 않는다. 그것은 오로지 아들이 해내야 할 일이다. 미치오는 그 날 일기장에 이렇게 썼다.

그것은 카리부의 죽음을 어떻게 이해할지를 배우는 것. 그저 살기 위해 사냥을 하는 게 아니다. 아이는 피범벅이 되어 일했을 것이다. 비록 어린아이지만 한 생명을 끝장내고, 손으로 직접 살점을 만지면서 뭔가를 느꼈을 것이다. 우리를 비롯한 모든 생명은 다른 생명에 의존하고 있다는 것, 그 고기를 입안에 넣음으로써 카리부의 생명을 자기가 잇게 된다는 것을.

미치오는 인디언이 사냥한 거대한 사슴, 무스도 "죽었다"고 말하지 않고 "자연으로 돌아갔다"고 했다. 인디언 축제에서 무스 머리를 통째로 고아 우려낸 머리고기수프를 먹으면 "무스의 몸뚱이가 천천히 내 몸속으로 스며들어, 나는 무스가 되고 무스는 사람이 된다"고 했다. 알래스카에서 우리는 언젠가 자연의 일부가 된다는 것을 알게 되며, 그렇기에 슬픈 일이 닥쳐도 자연을 보면서 견딜 수 있다고 했다.

난 미치오의 이야기 속으로 푹 빠져들었다. 에스키모나 인디언이 되어 봄에 사냥한 바다표범 고기를 우물거리고, 고래의 배를 가르는 내 모습을 상상했다. 난 연어를 먹기만 했지, 연어의 몸을 갈라본 적은 없다. 연어의 몸을 가른다는 것은 한 생명을 통해 다른 한 생명이 살아간다는 것을 깨닫는 일이다. 연어의 배를 가르는 에스키모에게서, 들판을 떠돌거나 해체당하는 카리부의 모습에서, 빙하 위를 걷는 북극곰에게서 가엽고 어여쁜 생명체의 몸짓을 본다.

카리부 떼의 여행은 태곳적부터 계속되어왔지만 카리부 한 마리 한 마리의 생명은 무수히 우주 속으로 사라져 갔다. 인간은 우주적으로 순환하는 삶을 살지만, 인간적으로는 직선적인 삶을 산다. 우리에게는 시작과 끝이 있고, 세상에 태어나자마자 끝을 향해 나아간다. 나도 카리부와 다를 게 없다.

미치오는 표범 가죽으로 만든 카약 우미악을 타고 고래를 쫓는 에스키모에 대해서도 이야기해주었다. 고래를 쫓는 것은 단지 식량을 구하기 위해서만이 아니다. 이제는 알래스카에서도 돈만 있으면 쉽게 식량을 구할 수 있다. 시대가 바뀌어 에스키모도 청바지를 입고 자동차를 탄다. 하지만 그의 말대로 "변해가는 생활 속에서 반드시 지켜야 하는 것, 자기들이 누구인지를 항상 가르쳐주는 것"이 있다. 에스키모들에게는 그것이 바로 고래잡이다.

"두 돌이 안 된 아들이 조금 더 크면 오키나와 바다로 데려가 일본의 자연이 얼마나 아름다운지 보여주고 싶어. 일본은 알래스카에서 좀처럼 갈 수 없는 먼 곳이지만, 언젠가 오키나와를 갈 수 있게

되면 아들은 알래스카에서도 오키나와의 아름다운 바다를 상상하
며 풍요롭게 살 수 있을 거야."

미치오의 마지막 이야기다. 앵커리지를 출발한 지 세 시간이 지
났다. 매킨리산의 가장 근사한 풍경이 나타난다는 지점이다. 기차가
서행하기 시작한다. "대단한 광경이 펼쳐질 테니 카메라를 준비하
라!"는 안내방송이 나온다. 미치오가 웃으며 작별인사를 한다. 그는
탈키타에서 내렸다. 그의 뒷모습을 보면서 생각했다. 내가 누구인지
를 가르쳐주는 것, 내가 지켜야 할 것은 무엇일까?

무엇에 청춘을 걸까

어린 시절 품은 꿈을 향해 용감하게 길을 떠났고 차가운 얼음의
땅에 청춘을 걸었던 『알래스카, 바람 같은 이야기』의 저자는 안타깝
게도 곰에게 사고를 당해 세상을 떠났다. 곰한테 물려 죽은 게 어이
없거나 분하지 않았을까? 알래스카를 여행하면서 그의 대답을 짐작
할 수 있었다.
  "그건 내게 자연스러운 일이었어. 물론 날카로운 이빨이 아프기
는 했지. 하지만 난 평생 수많은 생명체에게 빚지고 살았으니 그 정
도는 아무것도 아냐. 난 자연에 진 빚을 갚은 거야."

알래스카 사람들은 오늘처럼 티끌 없이 맑은 날을 '인디언 섬머'라고 부른다. 생명, 생명, 생명…… 시간, 시간, 시간…… 알래스카를 여행하는 내내 맴돌았던 말이다. 알래스카에서 시간은 서울에서보다 더 빠르게 흐른다. 순간순간 생명에 대한 근본적인 질문을 의식하게 된 탓이다. 알래스카에 빠져들며 이런 생각을 한다. 모든 생명에게 살날은 얼마 남지 않았고, 나도 예외는 아니라는…… 그러니 인디언 섬머처럼 투명하게 살고 싶다는…….

알래스카의 주화州花는 물망초다. 혹한의 거친 환경에서 씩씩하게 피어나기 때문이다. 물망초의 꽃말은 '나를 잊지 말아요forget me not.' 어차피 알래스카라는 대자연의 질서는 어쩔 수 없으니 그나마나 자신이라도 잃어버리지 말라는 말처럼 들린다.

알래스카에서는 여전히 아무 데서나 플래그스톱flag stop을 한다. 승객이 철로 어디서나 손을 흔들어 열차를 세우는 것이다. 서부영화의 한 장면 같다. 주민들이 광대한 평원에 점점이 흩어져 살기 때문이다. 이런 사정은 차치하고, 알래스카 평원에서 무작정 기차를 세우기 위해 플래그스톱을 하는 상상에 빠져든다. 나를 위해 시간을 멈추기라도 하듯, 나를 잃지 않기 위해 깃발을 들어 올린다. 그렇게 삶을 플래그스톱하며 살고 싶다.

가여운 외국인이

이제야

초원을 봤다는구려

양을 잡기 바로 전에 양으로 하여금 하늘을 한 번 더 보게 했던 모습이 떠오른다.
몽골에서 가축은, 모든 생명체의 존엄성을 알고
그것에 경외심을 지니고 있는 사람들의 손에서 숨을 거둔다.

Bookmark ＊『내일은 어느 초원에서 잘까』, 비얌바수렌 다바·리자 라이쉬나 있은들 어떠하고 없은들 어떠하리.
노래하는 새들이 내 목소리 이어받을 테고,
저 하늘은 언제나처럼 당당할 것이며,
수많은 사람이 여기 머물진대······.

— 몽골의 시에서

내가 사는 곳이 전부인 줄 알았던 어느 날 여행이 내게로 왔다.
그 후 나는 '우리' 나라와 '다른' 나라를 오가며 살았다. 시간이 흐르
며 '우리'와 '다른'의 경계는 점점 희미해졌다. 꼭 우리나라에 살아
야 하는 건 아니었다.

시간이 얼마 남지 않았구나.

언제부터인가 이런 생각이 종종 든다. 앞으로 20년을 더 살건
30년을 더 살건 상관없다. 20년이건 30년이건 얼마 안 남은 건 똑
같다. 어쩌면 나도 모르는 새 거의 다 됐을지도 모른다. 이런 생각을
하다 바라보는 하늘은 무심코 눈에 들어오는 하늘과 다르다. 언젠가
다시 못 볼 하늘이다. 하지만 굳이 눈에 담으려고 하진 않는다. 바람
이 불면 부는 대로, 구름이 흘러가면 흘러가는 대로 바라볼 뿐이다.
내가 지금 사는 곳에 잠시 머물다 가듯 남은 시간을 그렇게 살고 싶
다. 몽골의 유목민들은 이렇게 말한다.

나의 아름다운 땅이여, 우리가 여름을 여기에서 보내게 해주어 고맙구나. 초원에서 살게 해주어 고맙고, 양식을 주어 고맙고, 무엇보다 사람으로 태어나게 해주어 고맙구나.

이들은 언제나 하늘에 감사하고, 원망하지 않으며, 어머니의 땅에 곡식을 바치는 겸손한 마음으로 산다. 게르를 세웠다가 거둔 후에는 게르 바닥에 깔린 풀이 죽은 걸 보고 "망가뜨려 미안하구나"하고 사과한다.

초원의 유목민이 풀과 물을 찾아다니듯 나는 불쑥불쑥 떠나고 돌아오기를 반복했다. 자유의 바람을 맞으며 이 세계와 저 세계를 넘나드는 유목민처럼 살고 싶었다. 몽골을 여행하며 여기서 죽는다면 아무 미련도 없을 것 같은 푸른 초원에 빠져든다. 나는 작가로 살지만 글 쓰는 일조차 부질없이 느껴질 때가 있다. 그때 어디론가 사라져버린다면, 몽골이 좋겠다. 몽골의 초원에 서면, 내가 여기 살아 있고 아니고가 아무것도 아니다. 내가 있든 없든 초원은 푸르고 하늘은 파랗다. 초원에서 바람을 맞으며 유목민처럼 살 것이다.

말 타고 초원을 달리는 아이

몽골의 아르항가이 초원. 울란바토르를 벗어난 지 채 두 시간이 안 됐지만 아스팔트 도로 같은 건 없다. 앞서 이 길을 지나간 차의 바퀴 자국만 따라 달려왔건만 이제 그 흔적마저 희미하다. 이제 어디로 가야 하나. 저 앞에 게르가 한 채 보인다. 푸른 초원에 찍힌 하얀 점이다. 게르 바깥으로 빙 둘러 빨래를 널어놓았다. 오토바이가 한 대 있다. 이젠 말 대신 오토바이인가? 몽골의 초원도 변하고 있다.

"개를 붙잡아주세요!"

게르의 현관 앞에서 큰소리로 외쳤다. 손님이 왔다는 인사다. 개가 있건 없건 게르를 방문할 때는 개를 붙잡아달라고 말한다. 몽골식 인사법이다.

30대 초반의 젊은 부부와 세 아이가 나를 맞는다. 바트출룬과 부에나, 이제 두 살이 되어가는 아들 바트바야르, 네 살인 딸 난살마, 여섯 살인 큰딸 난사.

유목민들 옷인 델의 화려한 컬러가 인상적이다. 거센 추위와 바람, 강한 햇볕에 세 아이 얼굴은 발갛다. 바트바야르는 내년에 처음으로 머리칼을 자른다. 두 살이 되기 때문이다.

"우리는 바트바야르가 완전하게 태어났기에 자연이 준 완전함을 일찍 손상해서는 안 된다고 생각해요. 하지만 두 살이 되면 사람으로 본격적으로 살기 시작하니 그때는 머리칼을 자르지요."

일종의 성년식 같다. 바트바야르는 좋겠다. 아기양, 망아지, 새끼염소 같은 어린 가축을 선물로 받는다니!

난사는 어깨에 바구니를 메고 있다. 뭐가 들어 있나 했더니 마른

소똥이다. 불길이 세고 연기가 나지 않아 게르 안에서 쓰면 좋다고
한다. 여섯 살 아이가 불 피우는 데 필요한 소똥을 모아온다는 게 한
편으론 당혹스럽고 한편으론 대견하다. 초원의 아이들은 네 살이건
여섯 살이건 각자 할 일을 한다.

"말도 탈 줄 아는걸요. 말을 타고 양 떼를 몰고 나가 풀을 먹이고
돌아오곤 해요."

엄마가 자기 얘기를 하는 게 쑥스러운지, 난사는 슬그머니 사라
졌다가 잠시 후 다시 나타나 공책을 꺼내 보인다. '별 스탬프'다. 공
부를 잘해서 받은 별 스탬프가 많다. 내 표정을 살피는 난사의 얼굴
이 자랑스럽다. 몽골의 별 도장은, 내가 초등학교 때 선생님이 꽝 찍
어준 '참 잘했어요!' 도장과 비슷하다.

초원에는 학교가 없다. 난사는 난생처음 엄마아빠 곁을 떠나 도
시의 학교에 다니는데, 며칠 전 방학을 해 집에 왔다. 도시이건 초
원이건 학원에 가진 않는다. 학원에 가는 대신 말을 타고 초원을 달
린다. 몽골 아이들은 대여섯 살만 돼도 가뿐히 말을 탄다. 몽골이니
까…… 당연하게 여기면서도 막상 난사가 말을 타고 달리는 모습을
보니 신기하다. 심지어 난사는 말 타는 걸 알려준다며 나를 앞에 태
우고 말을 몰았다.

말을 타고 게르 안으로 들어가자 부에나가 마실거리를 내온다.
차인 줄 알았더니 뒷맛이 약간 시큼하다. 발효시킨 말젖이다. 게르
안의 모습이 하나둘 눈에 들어온다. 남쪽에 난 출입문을 기준으로

오른쪽은 부엌살림을 두는 여자의 공간, 왼쪽은 안장이나 말고삐 등을 보관하는 남자의 공간이다. 가운데에는 연통 달린 화덕이 있다. 바늘로 치즈덩어리를 꿰어 천장에 달아놓은 게 눈길을 끈다. 양고기도 매달려 있는데 봄부터 가을까지 말려 겨울에 먹는다고 한다. 게르 천장에는 창이 나 있다. 겨울만 아니면 게르 안에서 언제든 하늘을 볼 수 있는데 해시계 역할을 한다.

게르 안은 열 평이 채 되지 않는다. 세 아이와 엄마아빠가 쓰긴 좀 작지 않나. 여긴 광활한 초원이다. 게르를 크게 만든다고 뭐랄 사람은 없을 것 같은데…… 게르를 치고 걷는 데 한 시간이면 충분하다고 하니 크게 만드는 게 어려운 것도 아닐 것이다. 그럼 난방 때문인가? 하지만 몽골에는 겨울만 있는 게 아니잖은가.

"초원은 우리 모두의 것이잖아요. 우리한테는 어머니 같은 존재예요. 그런데 게르를 지으면 게르 바닥의 풀은 누렇게 죽거나 상해요. 어쩔 수 없이 게르를 만들지만 초원이 조금이라도 덜 망가지게 하려고 해요."

바트출룬과 부에나의 신발에도 같은 마음이 배어 있다. 몽골의 장화 앞부분은 위로 올라가 있다. 이걸 신고 걸으면 신발 바닥이 완전히 땅에 닿지 않는다. 배가 물 위에서 앞뒤로 출렁거리듯 초원의 풀을 조금이라도 덜 밟게 된다.

몽골 사람들은 초원을 소유하지 않는다. 끝없이 펼쳐진 초원은 모두의 것이다. 몽골 유목민들은 언제나 탁 트인 하늘 아래 대지를 딛고, 말 타고 초원을 달리며 산다. 언제나 좋은 풀밭을 찾아다니며 아침마다 차를 만들고 소젖을 짜 우유를 끓인다. 누군가 몽골의 초원을 처음 보았다고 하면 몽골인들은 이렇게 말할지 모른다.

가여운 외국인이 이제야 비로소 초지를 봤다는구려.

쌀알은 바늘 끝에 머물지 못해

게르 주변을 잠시 돌아다니다 오니, 무슨 일인지 부에나와 난사가 실랑이를 벌이고 있다. 난사 옆에서 강아지 한 마리가 킁킁거린다. 난사가 들판에서 강아지를 한 마리 데려왔는데, 엄마는 "강아지가 늑대들이랑 살던 개일지 모르니 키울 수 없다"고 말하는 중이다. 잃어버린 강아지를 찾아 늑대들이 게르 주변에 모여들면 양들을 해칠 수 있기 때문이다.

"손을 쫙 펴고 손바닥을 물어봐. 우리가 저 개를 키우지 못하는 건 네가 손바닥을 물 수 없는 것과 똑같아."

엄마의 말에 심통이 난 난사는 어떻게든 손바닥을 물어보겠다고 애를 쓴다. 난사를 지켜보던 나도 뒤돌아서 슬쩍 손바닥을 물어본다. 손바닥에 닿은 앞니는 그저 미끄러질 뿐이다. 이게 정말 안 되는 건가. 다시 한 번 물어본다. 어, 물었다! 생각하는 순간 앞니는 또 주르륵 미끄러진다.

　독일에서 영화 공부를 한 몽골 여자 감독이 만든 〈황구의 동굴〉
이란 영화에서 여섯 살 여자아이가 할머니에게 묻는다.
　"할머니, 제가 다음 생에 사람으로 태어날 수 있나요?"
　할머니는 웃기만 한다. 그러고는 쌀을 한 줌 쥐더니 똑바로 세운
바늘 위로 떨어뜨린다. 펑펑 눈이 쏟아지듯 쌀알이 무수히 떨어져
내린다. 쌀알들과 바늘은 아주 가까이 있지만 만나지 못한다.
　"잘 만나지 못하는구나."
　할머니는 다시 쌀을 한 줌 집어 뿌리고 또 뿌린다. 하지만 쌀알은
바늘 끝에 머물지 못한다.

　다음 생에 사람으로 태어나기란 쌀알이 바늘 끝에 얹히는 것만큼
　이나 어렵단다, 얘야. 그래서 사람으로 살고 있는 지금의 삶이 그
　토록 소중한 거란다.

　몽골의 유목민들은 다음 세상에 말이나 양, 염소나 낙타로 태어
날 거라고 생각한다. 난 사람이 될까, 개가 될까…… 속으로 되뇌어
보다 내가 사람으로 태어난 게 감사하다고 느낀 때가 있었나 싶다.
몽골에서 노년에 이른 사람은 머리를 자른다. '난 이제 삶을 마무리
할 준비를 하고 있다'는 의미다.

이른 아침, 부에나는 무사히 새날이 밝은 것에 감사의 기도를 드린다.

"옴마니밧메훔, 옴마니밧메훔……."

"모든 사람은 연꽃 위의 보석입니다. 모든 사람은 연꽃 위의 보석입니다……."

그녀의 목소리가 연꽃 위의 보석 같다. 나도 보석이 될 수 있을까? 지금 당장은 아니라도 언젠가 세상을 떠나기 전까지 나도 연꽃 위의 보석이 되고 싶다.

"아저씨, 나랑 보물찾기해요!"

난사가 내 옆에 앉으며 말을 건다. 풀밭에 누워 구름에서 보물을 찾는 놀이란다. 실눈을 뜬 난사가 구름에서 어떤 형상을 발견했는데 내가 그걸 맞추면 난사의 것이 되는 놀이다. 이를테면 "이 구름은 양 같아요!" "저 구름은 여우 같아요!" 하는 식으로.

난사의 말을 듣고 하늘을 올려다보니 보물이 여기저기 널렸다. 난사는 할아버지, 기린, 망아지를 찾았고, 나는 자동차, 고래, 장미꽃, 어린 시절의 나를 찾았다. 우리는 부자가 되었지만 순간뿐이다. 바람이 불어와 순식간에 우리 재산을 흩어놓았다.

여 행 의

목 적 은

없 다

여기 올라오니 참 아름답네요.
우리가 왜 이런 일을 하고 있는지 이해가 돼요.
그리고 안전하다는 느낌도 들어요.
하지만 저기 아래 있는 사람들한테는
미친 짓으로 보일 거예요.

Bookmark ＊『딸 그리고 함께 오르는 산』, 제프리 노먼

'문득'이나 '그저' 같은 단어는 '목적'이란 단어와 충돌한다. 하지만 '여행'과는 잘 어울린다. 자의 반 타의 반, 일을 그만두고 머뭇거리며 떠난 여행에서 나는 자유의 여지를 발견했다. 동시에 세상을 부유하는 게 두려웠고, 돌아갈 자리를 걱정했다. 길 위에 서 있지만 마음은 천근만근 무거웠다.

여행은 일상과 일탈의 경계를 미묘하게 드러낸다. 일상은 일탈을 꿈꾸고, 일탈은 일상을 꿈꾼다. 하지만 내가 한국을 떠나 있을 때 그리워한 일상은 매일 아침 회사에 출근하거나 어제와 다를 바 없는 오늘을 살아내는 게 아니다. 내 존재감을 느낄 수 없다면 아무것도 소용없다. 존재감을 찾아 누구나 일탈을 꿈꾸지만 이를 실행하는 일은 쉽지 않다. 몸도 마음도 무겁다. 나이가 들수록 점점 더 무거워진다. 나이가 어려도 무겁기는 마찬가지다. 마흔이 넘어도 충동적으로 살 수 있으면 좋겠다. 맹목적인 일탈을 꿈꾸는 게 아니라 변화를 꾀하며 하루하루 즐겁게 살고 싶다는 말이다. 순차적으로 풀어야 하는 공식 같은 삶, 그것과는 다른 뭔가를 꿈꾼다.

높은 산에 오르고 싶다.

마흔이 넘은 후 문득 든 생각이다. 기왕이면 한국에서 먼 곳이면 좋겠다. 세계지도를 펼쳐놓고 지구를 훑는다. 어디가 좋을까? 히말라야나 티베트? 이곳은 언저리밖에 가보지 않았지만 왠지 익숙하다. 아시아 말고 완전히 다른 미지의 어느 곳, 중남미 같은 곳이면 좋겠다.

딸과 함께 6,959미터 산에 오른다?

어느 날, 출판사를 다니며 아홉 살 딸과 사는 후배가 책을 한 권 권했다. 『딸 그리고 함께 오르는 산』, 제프리 노먼이라는 스포츠 저널리스트가 썼다. 아들도 아니고 딸이랑 산에 오른다고? 내가 꽂힌 것은, 남미 아르헨티나에 해발 6,959미터의 아콩카과산이 있다는 사실. 나로서는 처음 듣는 이름이지만 '세계 7대 정상' 가운데 하나란다.

부녀가 단둘이 오른 건 아니다. 가이드가 있었다. 하지만 쉰을 훌쩍 넘긴 남자가 스무 살 즈음의 딸과 아콩카과에 올랐다. 게다가 그는 전문적인 등반가가 아니라 나처럼 글 쓰는 사람이다. 그러면 나도, 나도 오를 수 있는 거 아닐까? 그가 산에 오르게 된 계기도 "생각보다 쉽겠는걸"이었다.

미국 와이오밍주에 해발 4,200여 미터의 그랜드티턴산이 있다. 어느 날, 석양 속의 그랜드티턴이 아름답게 보인 날, 제프리는 '문득' 그랜드티턴 등반 허가권을 가진 등산학교로 찾아가 물었다.

"이 산에 오르려면 경험이 얼마나 필요합니까?"

등반을 한 번도 해보지 않았다는 말도 빼먹지 않았다. 제프리는

'몇 년'이라는 대답을 예상했다.

"음, 그럼 먼저 우리 등산학교에서 이틀간 교육을 받아야겠군요. 그 후에도 그랜드에 올라가고 싶으면, 그때 오르세요. 정상까지 이틀 정도 걸립니다."

이틀? 두 달이 아니고 이틀? 큰 산에 올라본 경험이 전혀 없어도 이틀 교육을 받고, 이틀 등반을 하면 된다고! 넉넉잡아 일주일이면 4,200미터 산에 오를 수 있다는 말 아닌가. 제프리도 나와 비슷한 기분이었을까? 그는 쉰 살 생일날 그랜드티턴에 오르겠다고 마음먹는다. 그런데 느닷없이 열다섯 살 딸아이가 따라나섰고, 두 사람은 함께 산에 오른다. 몇 년 후 두 사람은 아콩카과를 등반한다.

이 책은 내가 과연 아콩카과 같은 큰 산에 올라갈 수 있을까 하는 의심을 단박에 없애주었다. 이제까지 이처럼 큰 산에 오른다는 생각은 해본 적이 없다. 네팔에 갔을 때도 히말라야 트레킹을 할 마음은 들지 않았다. 이번엔 달랐다. 나는 큰 산에 오를 필요가 있었다. 몸이 말했다. 충동에 충실해야 할 나이라고. 제프리, 고마워요!

나는 왜 산에 오르려는 걸까

나는 왜 여행을 하는 것일까? 이 질문은 '나는 왜 산에 오르려는 걸까?'와 비슷하지만 다르다. 미지의 세계가 주는 설렘과 호기심 때문에 나서고 뚜렷한 목적이 없다는 점에서는 비슷하지만, 등반은 고도의 집중력과 체력을 요구하는 점에서 다르다. 여행은 아무래도 좀 설렁설렁 하기 쉽다. 물론 그게 매력이지만.

서른 중반에 회사를 그만두었다. 회사에서 나와 무작정 차를 몰고 교외로 달렸다. 청평에서 설악으로 넘어가는 길, 번지점프대가 보였다. 전에는 한 번도 번지점프를 하고 싶다고 생각해보지 않았다. 한 번에 5만 원. 비쌌다. 엘리베이터를 타고 점프대로 올라가는데 다리가 후들거린다. 점프대에 오르자마자 조교가 재빨리 내 몸에 줄을 감는다.

"하나, 둘, 셋과 함께 점프합니다! 자, 하나! 둘! 셋! 점프!"

"잠깐만요!" 난 다급하게 신음소리를 내뱉었다.

"그러면 못 뜁니다. 자, 준비하세요!"

그가 다시 윽박지른다.

"하나! 둘! 셋! 점프!"

에라, 모르겠다. 딱 그 심정이었다. 이미 5만 원이나 냈으니 무를 수도 없고. 처음 번지점프를 해야겠다는 마음은 자학 같았다. 그런데 막상 뛰고 나니 이게 웬일인가. 세상이 달라졌다. 일단 기분이 좋다. 줄에 대롱대롱 매달려 "야아! 이거 너무 좋아!" 소리를 내질렀다. 내가 환호하는 모습에 혹한 여자친구를 매다느라 5만 원이 더 들었다. 어쨌거나 내 인생에서 회사는 그게 마지막이었다.

번지점프를 하고 나자 스카이다이빙이 하고 싶어졌다. 영화를 전

공한 사람답게 일단 스카이다이빙에 관한 영화를 찾았다. 제목은 기억나지 않는다. 비행기를 타고 하늘로 올라간 스카이다이버들이 하나둘 창공 속으로 몸을 던지는 장면이 나오는데…… 맙소사! 가슴이 벌렁거리고 두 손에 땀이 흥건했다. 내가 그 비행기에 타고 있는 것 같았다. 그때 알았다. 내가 언젠가 몇천 미터 상공에서 몸을 던질 거라는 걸. 물론 가이드와 함께, 그리고 여자친구도 함께 묶어달라고 해야지! 하지만 아직 그럴 기회는 없었다.

　큰 산에 오르는 것은 번지점프와 비슷할까? '그런 짓을 왜 할까?' 정도는 아니지만 하고 싶다고 생각하던 일이 아니란 점에서는 비슷하다.
　"아콩카과에 오를 거야." 친구에게 말했다.
　"위험하게 그런 걸 왜?" 그는 시큰둥하다.
　또 다른 친구는 "산꼭대기에 정말 특별한 게 없다면 나는 절대로 올라가지 않을 거야"라면서 나를 이상하게 쳐다봤다.
　하지만 두 친구는 가정만 하고 있다. 내가 아콩카과에 오르기 전에는 아콩카과 등반을 매우 위험하고 심각한 일로 생각한 것처럼.
　비행기를 탈 때까지는 나도 믿을 수 없었다. 무슨 클라이머도 아니면서, 단지 산에 오르기 위해 아르헨티나까지 간다고?
　지금 난 뭔가 다른 것을 해보고 싶다. 누군가 "왜 그렇게 올라가려고 하나?"라고 묻는다면, 그처럼 높은 곳에 오르려는 사람들의 정신, 열의를 느끼고 싶다고 말하겠다. 마흔이 넘어도 충동적으로 살아야 할 때가 있다.

"여행을 왜 하세요?"

"여행을 통해 무엇을 얻었나요?"

종종 받는 질문이다. 표현은 완곡하지만 실제로는, 도대체 뭐가 있기에 그렇게 오랜 시간 떠돌아다녔느냐는 의문이다. 난 되묻고 싶다. "여행을 해본 적이 있나요?"

전설적인 클라이머 조지 리 맬러리는, "왜 에베레스트에 오르느냐?"는 기자들의 질문에 "산이 거기 있기 때문에"라고 답했다. 제프리는 책에서 이렇게 말한다. "산을 오르는 것 외에는 아무런 목적이 없다. 그것이 등반의 아름다움이다."

말장난이 아니다. 산을 오르는 데 대단한 목적은 없다. 하지만 매우 진지한 일이다. 진지하지 않으면 다칠 수밖에 없으니 진중하게 몸을 움직여야 한다. 몸은 본능적으로 순간에 집중한다. 그게 나를 떨리게 한다. 동기건 이유건, 단순하리만치 별게 없다. 그래서 순수하다. 순수한 동기로 산을 올랐는데, 기분이 아주 좋고 엄청나게 흥분이 된다면, 그것으로 충분하지 않은가?

산에 와보니, 대개의 클라이머들은 정말 별생각 없이 산에 오른다. 단지 언론이 1등에만 스포트라이트를 비추며 순위경쟁을 시키고, '극한 환경 속 초인적인 클라이머의 모험'이라는 식의 신화를 끊임없이 퍼트린다.

『청춘여행, 길 위에서 꿈을 찾다』의 저자 이시가와 나오키도 아콩카과에 올랐다. 그의 아콩카과 등반기에 우리가 기대하는, 드라마는 없다. 그는 원주민에게 "당나귀의 여기를 때리면 앞으로 가." 이 한마디만 듣고, 당나귀를 타고 베이스캠프까지 갔다. 그리고 정상에 올랐다. 끝! 치통이 도졌고, 속이 메슥거렸으며, 정상에 올랐을 때 벌렁 드러누워 "이제 한계야"라고 내뱉은 게 전부다. 시시할 지경이다. 그러니 '나라고 못할 게 없다!'고 생각했는데, 음…… 힘들었다.

물을 많이 마셔요, 문제없죠!

2,700미터에서 시작해 이틀간 야영을 하고, 사흘을 걸어 4,100미터에 있는 베이스캠프까지 갔다. 가이드는 하루에 450미터씩 올라갈 계획이라고 했다. 베이스캠프에서 하루 쉬고, 다음 날부터 짐을 올리고 캠프를 만들고 해체하는 일을 열흘 정도 반복했다. 한마디로 하자면 오르락내리락, 오르락내리락…….

아콩카과는 아르헨티나와 칠레에 걸쳐 있다. 안데스산맥에서뿐만 아니라 남미에서 제일 높고, 아시아를 빼면 세계에서 제일 높다. 사람들이 흔히 생각하는 것처럼, 아콩카과를 오르는 일은 위험할 수 있다. 1년에 스무 명 가까이 죽은 적도 있다. 하지만 앞서 말한 이시가와 나오키처럼 별 어려움 없이 오른 사람도 있다. 코스나

루트에 따라 차이가 크다. 막연히 드는 생각이지만, 나는 왠지 이시가와 같은 후자에 속할 것 같다. 더욱이 내게는 일행이 있고, 일행을 이끄는 가이드 짐 윌리엄스가 있다. 가이드와 함께라면 초보자도 갈 수 있다.

아콩카과에는 폴리시 빙하 같은 어려운 코스도 있고, '걸어가는 코스'라 불리는 비교적 쉬운 코스도 있다. 나는 "도전하고 싶었고, 그래서 난코스를 선택했다!"고 말하고 싶지 않다. 난 폴리시 빙하를 오르는 이들이 하나도 부럽지 않다. 이건 영화가 아니다. 여차하면 추락하고 나는 죽는다. 두 발로 6,959미터 정상에 올라가기만 하면 된다. 업혀갈 순 없으니 걸어가는 코스 아니라 기어가는 코스라도 상관없다.

"자외선차단제를 바르고 물을 많이 마셔요."

내가 아콩카과에서 만난 모든 가이드와 클라이머의 충고다. 자외선차단제를 바르고, 물을 많이 마시고, 그저 앞으로 걸어가기만 하면 된다고? 이렇게 간단할 수가!

"문제없죠!"

윌리엄스가 한 마디를 덧붙였다.

"별거 아니네. 간단하잖아!"라고 말하고 싶었지만, 고도가 점점 높아지면서 몸은 전에 미처 느껴보지 못한 상태로 변해간다.

"자기 박자를 찾아 그것을 유지하기만 하면 돼요. 춤추듯이 말입니다. 문제없죠!"

윌리엄스가 말했다.

"그 말을 듣자 다시 힘이 났고, 정말 춤을 추듯이 걸었다"라고 말할 수 있으면 얼마나 좋을까? 나는 그저 이를 악물고 씩씩거리며 되뇌었을 뿐이다. 춤을 추듯이, 춤을 추듯이……

6,959미터에 오른다는 게 어떤 건지 난 몰랐다. 내가 여기서 무엇을 하는 거지? 감정은 순간순간 극단을 오간다. 맞은편에서 사람들이 내려온다.

"조금만 더 가면 정상이에요, 힘내세요!"

나도 힘을 내고 싶지만, 전혀 힘을 낼 수 없다. 얼굴이 새파랗게 질렸다는 건 보지 않아도 알겠다. 머리는 빙빙 돌고, 다리는 당장에라도 주저앉을 만큼 풀렸다. 아아~ 나도 모르게 비명소리가 새어 나온다. 앞서가는 일행들이 행여 이 소리를 들을까, 잠깐 신경이 쓰였지만 이내 아무 생각도 들지 않는다. 왼발 다음에 오른발이 질질 끌리듯 앞으로 나간다. 내가 도대체 어디 온 거지?

그 와중에도 여기에 사람이 많은 게 이상했다. 다들 "등반은 고독한 여정"이라고 하던데 왜 이렇게 사람이 많지? 아무튼 아무것도 보이지 않는 어둠 속을 30센티미터 정도 허공에 뜬 채 슬로모션으로 다리를 기계적으로 옮겨놓는 동작을 반복했다. 윌리엄스가 다시 말했다.

"다 왔어요, 커피가 기다리고 있습니다. 문제없죠!"

그의 목소리는 내 처지에 어울리지 않게 너무나 차분하다. 커.

피. 가. 기. 다. 린. 다. 는 말이 잠시 메아리쳤지만, '그 말에 감긴 눈이 번쩍 뜨였다'하는 일 따위는 일어나지 않았다. 커피 같은 게 뭐라고! 죽을 둥 살 둥 앞으로 몸을 기울였지만, 이게 걷는 건지 기어가는 건지 모르겠다. 이 순간만큼은 운명이니 자유의지 같은 말이 자연스럽게 떠오른다. 톨스토이가 옳다. 내 의지로 왔다. 윌리엄스가 당겨주고 밀어주기는 하지만 내 두 발로 움직이지 않으면 아무 소용없다.

"어서 오세요, 정상입니다. 문제없죠!"

윌리엄스가 아무렇지도 않게 말했다.

뭐라고? 느. 닷. 없. 이. 정상이다. 이거 뭐야? 감격할 준비도 안 됐는데 다 왔다고? 내가 6,959미터에 올랐단 말이지?

정신은 5분 후에 들었다. 기분이 좋다. 이제 와 할 수 있는 말이지만, 여기서 좀 더 올라갈 수 있다면 기분이 더 좋을 것 같다. 왜 산에 오르려고 하는가? 이 질문이 다시 생각난다. 올라보니 힘든 것보다 좋은 게 더 많다. 평생 이야기할, 자랑할 거리가 생겼다. 눈을 감는다. 공기 중에 내가 떠 있다.

"아빠, 이건 내가 이제까지 한 일 중에 가장 멋진 거예요. 내가 해냈다는 게 믿어지지가 않아요."

또 다른 이들이 옆에 있다. 제프리의 책에서 본 것 같은 부녀다. 정말 부녀가 함께 오기도 하는구나. 산에 올라보니 재미도 있고 우쭐하기도 했지만, 그 이상의 무언가가 있다. 설명하기는 어렵지만 강렬한 삶 같은 걸 느꼈다. 쉬지 않고 걷기 위해 온 힘을 다했다. 강렬한 삶은 쾌락적인 삶만큼 유혹적이다.

여행은 일상에서 벗어나고 싶어 떠났다가 일상이 그리워 돌아오는 거라지만, 이런 그리움은 일상에서 벗어나 보지 않고선 알 수 없다. 난 아마 평생 일상과 여행을 반복할 것이다. 다음에는 또 어느 산에 오를까?

정상에서 15분을 보냈다. 바로 하산해야 할 시간이다. 겨우 15분을 있으려고 이 고생을 하다니! 커피는 없었다.

은하수를 따라

별들의

벌판을 지나

내가 힘든 상황에 치중하여 생각과 감정을 빼앗기면,
저항심이 다른 좋은 것을 방해하고 압도해 결국 그것을 쉽게 놓치게 된다는 것.
대피소의 오물에 집착했을 때 나는 순례길의 기쁨과 풍요로움은 물론
밤을 지낼 쉼터를 얻었다는 축복마저 금세 잊어버렸다.

Bookmark * 『느긋하게 걸어라』, 조이스 럽

길의 방향이 은하수를 따라 흐른다 하여 '라 비아 락테아(은하수)'
라고 부른다. 또 '콤포스텔라'라는 비슷한 이름도 가졌는데, 이는
'별들의 벌판'이란 뜻의 라틴어 단어 둘이 합쳐진 말이다.

은하수, 별들의 들판…….

이제부터 걸어갈 길, 산티아고길의 또 다른 이름이다. '카미노'라
고도 불린다. '좋은길' 또는 '여행'을 뜻하는 스페인어다. 별이 총총
히 빛나는 하늘을 바라보며 은하수길을 걸어보려 한다.

출발점은 스페인 북부의 론세스바예스. 전통에 따라 가리비껍데
기를 달았다. 순례자의 표식이다. 노란색 화살표는 가리비껍데기와
함께 카미노의 상징으로 순례자들이 걸어갈 길을 일러준다. 지금부
터 노란색 화살표를 따라 산티아고까지 800킬로미터를 걷는다. 한
달이 조금 더 걸릴 것이다.

내게 '성 야고보 대성당'이란 종착지는 중요하지 않다. 이 길을
걷는 데 종교는 상관없다. 실제 다양한 종교를 가진 사람이 카미노
를 걷는다. 현재까지 100만여 명이 이 길을 걸었다.

'내가 할 수 있을까?'

산티아고를 가야지, 마음먹었을 때 제일 먼저 든 생각이다. 앞서
카미노를 걸은 이들을 떠올리니 용기가 났다. 육체적으로 힘들겠지

만 즐거운 일이 더 많지 않을까. 걸어가면 세상이 더 잘 보일 것이다. 이제 정말 출발이다.

7킬로그램도 무겁다

챙이 넓은 모자, 배관용 테이프, 바셀린, 자외선 차단제…… 카미노에 관한 모든 책은 카미노를 걸을 때 "배낭은 7킬로그램을 넘으면 안 된다"고 충고한다. 7킬로그램에 한 달 동안 필요한 모든 것을 담는다. 체중계를 놓고 바지 하나, 반팔 셔츠 두 장, 긴팔 상의 등 하나하나의 무게를 잰다. 몇 가지 옷과 카메라만으로도 7킬로그램은 간단히 넘는다. 줄이고 줄이고 또 줄여야 한다.

숙박은 '대피소refugio'에서 한다. 대피소는 순례자를 위한 무료숙소다. 처음 묵는 대피소에서 '순례자 통행증'을 만든다. 통행증은 카미노를 걷는 사람들의 신분증인데 이게 있어야 대피소에서 묵을 수 있다.

발에 생기는 물집은 카미노를 걷는 사람의 가장 큰 적이다. 하루에 보통 20~30킬로미터를 걸으니 물집이 안 생길 수가 없겠지만, 이를 최대한 막기 위해 책에서 본 대로 하기로 했다.

5~6킬로미터마다 신발과 양말을 벗어 공기를 쐬어주고는, 바셀린

을 바르거나 배관용 테이프를 붙였다. 미끌미끌한 바셀린 위에 빨간색 배관용 테이프를 조각조각 잘게 잘라 붙였다.

물집과 함께 탈수는 무덥고 건조한 고원에서 큰 문제다. 그늘이 거의 없기 때문이다. 그러니 항상 충분한 물을 준비해야 한다. 도시를 벗어나면 산티아고 가는 길에 편의점 같은 건 없다. 하루에도 서너 잔씩 커피를 마시는 나로선 당장 커피를 어디서 마실지도 걱정이다.

언어도 문제다. '올라(안녕하세요)'와 '그라시아스(고맙습니다).' 내가 할 수 있는 스페인어의 전부다. 다른 수가 없으니 어려운 일이 생기면 무조건 웃는 얼굴로 "올라!" 하고 외칠 생각이다.

산티아고에도 성수기가 있다. 여름휴가철에는 매일 1천여 명이 북적거린다. 하지만 여름 막바지부터 몇몇 대피소는 아예 문을 닫는다. 가을에 이곳을 가려면 반드시 대피소 운영일정을 확인해야 한다.

카미노에서 홈리스가 될 줄이야

카미노의 첫날이 지났다. 고작 하루를 걷고 확실히 알게 되었다. 당장 한국으로 돌아가고 싶은 마음이 굴뚝같다. 그런데 돌아가선 사람들에게 뭐라 하지? 돌아갈 구실만 있으면 당장 짐을 싸고 싶다. 첫날의 충격은 그만큼 컸다. 나는 여기 왜 왔을까?

카미노의 풍광은 그림 같지만 화장실은 없다. 간신히 도착한 대피소는 좁고 더럽다. 화장실은 충분하지 않고, 욕실은 구정물로 차있다. 옹색한 욕실에서 뒷사람 눈치를 보며 몸을 씻었다. 종일 땀에 절은 옷을 빨며 행여 더러운 바닥에 떨어뜨릴까 전전긍긍했다. 옷을 갈아입을 공간도 없다. 대피소에는 종일 카미노를 걸어온 사람들의 땀내와 발냄새가 진동한다. 위압적인 덩치의 호주 남자는 피곤에 지쳐 잠든 이들을 아랑곳하지 않고 떠들어댄다. 한 달이 넘는 시간 동안 매일 밤을 이렇게 보내야 한다 생각하니 눈앞이 캄캄하다. 기막힐 노릇은 더 있다. 이런 잠자리마저 매일 보장되는 건 아니란 사실! 해는 저무는데 다음 대피소에 도착하지 못하면 들판에서 노숙을 해야 한다. 설사 대피소에 도착했다고 해도 침대는 이미 다 찼을지도 모른다. 잠을 자는 둥 마는 둥 얕은 잠을 자는데 새벽 5시 45분이 되면 기상나팔 소리가 울려 퍼지듯 일제히 불이 켜진다. 이제는 모두 나가느라 정신없다. 대피소에서 주는 아침도 문제다. 공짜라곤 하나 맛은 고사하고 일단 양이 너무 적다. 일단 도시를 벗어나면 카미노에선 간이식당도 구경하기 힘드니 대피소에서 주는 흰 빵이라도 제대로 먹으면 다행이다. 대피소와 대피소 사이에 아주 드물게 식당이 하나씩 있지만, 평일에는 낮잠 잔다고, 일요일엔 휴일이라고 문을 닫는다. 스페인 사람들이 시에스타를 즐기는 동안 나는 배고픔의 미덕을 배운다.

이유는 모르겠지만 현지인들의 따가운 눈길도 당황스럽고, 대피소에서 도난사고가 잇따른다. 산티아고길에 관한 어떤 안내서에는 "폰페라다, 부르고스 시내에서는 순례자를 노리는 소매치기와 강도를 조심하라"고 씌어 있다. 다른 사람들의 경험을 통해 알 수 있듯, 어느 대피소에서는 설사병에 걸릴 수밖에 없는 식수를 마시고, 때로는 성인 야고보가 무어인들을 무자비하게 죽이는 장면이 새겨진 성당을 지나며, 때로는 폭우를 만나 물에 빠진 생쥐꼴이 될지도 모른다. 노숙자에게 나는 냄새가 내 몸에서 풀풀 나기 시작하는 것도 시간문제다. 한편 풍요로운 포도밭과 시시각각 달라지는 산과 계곡과 들판이 펼쳐진 스페인 북부의 다채로운 풍경을 천천히 음미하기는커녕 결승점을 향해 내달리는 순례자들도 있다. 자동차로 카미노를 질주하는 이들이다.

카미노를 걷는 것은 예상과 달랐고, 환상은 깨졌다. 시간이 지난다고 해결될 문제가 아니다. 한 가지는 확실하다. 카미노를 끝까지 걸으려면, 편안한 내 집에서 나와야 했다.

속도를 늦추자 불안도 줄었다

나는 순례자가 아니다. 단지 이 길을 걸어보고 싶었다. 어떤 생각으로 왔건 나와 순례자들에게는 한 가지 공통점이 있다. 당장 오늘밤 묵을 곳을 찾아야 한다는 것. 스스로를 순례자라고 여기건 그렇지 않건, 카미노를 걷는 이들은 모두 '걷는 사람들'이다. 자기 나라에서 어떤 사람인가는 상관없다. 한국에서 온 나, 미국에서 온 하니아, 독일에서 온 스테판 모두 걷는 사람들일 뿐이다.

도시 사람들이 보기에 카미노의 내 모습은 한없이 초라하다. 가축의 오물이 남아 있는 길 위에서 추적추적 내리는 비를 맞으며 한기에 몸을 움츠리는 인간. 누군가는 나를 홈리스로 여길지도 모른다. 난 이런 길을 왜 걷고 있을까?

"왜 하필 그곳에 가려고 하죠?"

"스페인까지 가서 한 달 동안 걷기만 한다고?"

산티아고에 간다고 했을 때 사람들은 이렇게 물었다. 눈을 동그랗게 뜨고 나를 쳐다보는 그들에게 흔쾌히 해줄 답이 없어 난감했다. 산티아고를 절반쯤 걸었을까, 길 위에서 여러 사람을 만나고 나서야 알았다. 그토록 한심한 행색으로 왜 그 길을 걷고 있는지 아는 사람은 거의 없다는 것을. 하지만 카미노에서는 왜 걷는지를 아는 것보다는 그저 앞으로 걸어가는 게 중요했다. '엘 부르고 라네로'의 대피소 벽에 이런 글이 적혀 있다.

순례자여, 당신이 길을 걷는 것이 아니라 당신이 곧 길이다. 당신
의 발걸음, 그것이 카미노다.

나는 카미노에서 걷고, 식당을 찾고, 숙소를 찾았다. 그게 매일매

일 내가 한 일의 전부다. 대단하다고 할 만한 일들은 아니다. 하지만 카미노의 하루하루는 모험으로 넘쳐났다. 나는 카미노에서 현재를 살았다. 하루하루를 어제와 다르게 보낸 그 시간은 모험이었다.

나는 내가 세운 계획대로 카미노를 걸으려 했고, 그러지 못할 때 스트레스를 받았다. 내가 모든 걸 통제할 수 있다는 오만이었다.

나는 카미노를 걸으며 몸살에 걸렸고, 알 수 없는 복통에 시달렸다. 이는 내가 세운 계획이 아니었다. 종종 나처럼 몸이 아픈 순례자들을 보았다. 그러면서 알았다. 내가 건강한 것은 당연한 일이 아니라는 것을. 나는 몸이 아프다는 사실을 받아들여야 했다.

어느 날 60세의 조이스와 69세의 톰을 만났다. 미국인이다. 그들이 나를 보고 웃으며 말한다.

"하루종일 돌, 돌, 돌만 밟으며 걸었더니 장딴지도 아프고 발바닥도 얼얼해요."

"맙소사! 내가 어쩌자고 여기에 와 있을까요?"

조이스는 갑자기 몸살이 나 버스를 타야 했는데, 한동안 카미노에서 차를 탔다는 사실을 인정할 수 없어 괴로웠다고 했다. 하지만 그게 만용이라는 것을 이내 알았단다. 그날 조이스는 일기장에 이렇게 썼다.

자신의 어깨로 자기를 질 수는 없다는 것을 카미노는 나에게 확실히 가르쳐주었다.

조이스는 자기가 '노인'이 되었다는 것을 인정하자 마음이 편안해졌다. 톰은 길을 잃어버리면 스스로를 용납하지 못하는 사람이었다. 나는 조이스나 톰처럼 강박을 안고 있었고, 무슨 일이 잘못되면 어디서부터 어떻게 문제가 생겼는지 알아야 하는 사람이었다. 하지만 대개의 경우 문제를 정확히 바라보기보다는 참지 못할 분에 씩씩거리기 일쑤였다. 마음은 요동치고 나는 불행했다. 하지만 문득 카미노에서 걷는 속도를 늦추자 오히려 서두를 때보다 더 많이 걸었고 불안도 줄어들었다.

나는 정신적으로 성장할 것이라는 기대를 안고 이곳에 왔다. 하지만 내가 잊고 있는 게 있었다. 성장을 위해 치러야 할 대가. 그것은 어깨를 짓누르는 배낭 무게와는 비교도 되지 않았다.

한국을 떠나자 당장 내게 아무 의미가 없는, 두고 온 것들에 대한 집착은 어느 순간 사라졌다. 하지만 '청결'이나 '편리' 같은 집착이 생겼다. 나는 대피소가 깨끗하지 않다고, 화장실이 더럽다고 불평했지만, 가만히 생각해보면 그곳은 호텔이 아니다. 말 그대로 '대피소'였다. 돈도 받지 않았다. 몇 킬로미터를 가는 동안 화장실을 하나도 볼 수 없다고 짜증을 냈지만, 내가 걷는 길은 허허벌판이었다.

현지인들에 대한 불평도 마찬가지다. 그들의 차가운 눈길 저편에는 아무 데나 쓰레기를 버리고, 무심코 과수원 포도를 따 먹으며, 안하무인격으로 행동하는 순례자들이 있다. 내가 카미노를 걷는 동안, 주변에 사는 사람들에게 내가 어떤 영향을 미치는지 난 몰랐다.

나는 카미노에 대해 마음대로 기대하고 실망했다. 정작 카미노는 내가 찬사를 보내건 실망을 하건 제자리를 지키고 있다. 난 카미노에서 누리고 있는 것을 망각하고 있었다. 조이스가 신화학자 조셉 캠벨의 말을 전해준다.

신화 속의 영웅은 다음 둘 중 하나의 이타적인 행위로 여정을 마친다. 다른 사람들을 위해 자신의 목숨을 희생하는 물리적 행위, 또는 돌아와서 자신의 비범한 경험을 나눔으로써 공동체에 깊은 유익을 끼치는 영적인 행위.

나는 후자처럼 살고자 하니 언젠가 영웅이 될 수 있을까? 카미노를 걸으며 조이스와 톰이 가르쳐준 노래를 흥얼거린다.

"이 길을 앞서간 이들의 이름으로, 존재하는 모든 것의 이름으로 우리 나아가네."

파스칼은 이렇게 말했다.

"황량하고 어려운 시절에는 늘 뭔가 아름다운 것을 마음에 두어야 한다."

여행의 마지막 날, 마침내 산티아고시의 전경이 눈에 들어온다. 여행을 하며 스페인어 하나를 더 배웠다. 이 글을 읽는 모두에게 하고 싶은 말이다.

"부엔 카미노(부디 좋은 길을 가세요)!"

새로운 시간을
찾아서

어째서 열차는 사람을 이토록 멋있게 만드는 걸까.
가난하고 외로웠던 시절, 야간열차 전용선로 앞에 서면 어쩌나 가슴이 설레던지.
열차들은 여행의 정수를, 그것이 지닌 마력을 모두 담고 있는 보물단지 같았다.

Bookmark * 『야간열차』, 에릭 파이

지구에 살고 있다. '지구별'이란 말은 익숙하지만 내가 발 딛고 있는 이곳이 별이라는 건 좀체 실감하기 어렵다. 지구란 별의 크기는 도대체 얼마만 할까? 워낙 작은 나라에 살기 때문일까, 도무지 감이 안 온다. 누구는 비행기를 타보면 알 수 있지 않겠냐고 한다. 비행기 기내 모니터에 '시속 900킬로미터로 비행 중'이란 문구가 나오면 그런가 보다 하긴 하는데, 막상 창밖을 보면 페리를 타고 느릿느릿 바다를 기어가는 것 같다. 지구 크기를 느껴보겠다고 창밖을 노려봐야 희뿌연 구름뿐이니 이조차 별 소용없다.

이 별은 도대체 얼마만 할까

　지구 둘레는 공식적으로 39,960킬로미터다. 수치상으론 아주 간단하다. 이게 정말 맞는 건지 왠지 좀 의심스럽긴 하지만, 어쨌거나 공식적으론 이렇다. 그러니까 비행기를 타건 기차를 타건 걸어서건, 지구 둘레를 따라 4만 킬로미터를 이동하면 지구 한 바퀴를 도는 셈이다.

　그렇다면 4만 킬로미터란 거리는 도대체 어느 정도일까? 지구가 얼마만 한지, 머리로 말고 몸으로 한번 재봐야겠다. 내가 시베리아 횡단 열차를 타고 싶은 이유다. 이 열차의 운행 구간은 지구의 크기를 가늠해볼 수 있을 만큼 길다.

시베리아 횡단 열차의 출발지는 블라디보스토크다. 횡단 열차에는 몇 가지 노선이 있지만, 내가 타려는 노선은 블라디보스토크에서 모스크바까지 1만 킬로미터, 정확히는 9,289킬로미터를 달린다. 9,289킬로미터…… 이게 참 숫자로 말하긴 쉽지만 비행기를 탔을 때를 제외하곤 몸으로 한 번도 느껴보지 못한 거리라 좀체 실감이 안 난다.

머리로만 따지면, 1만 킬로미터를 달리면 지구 둘레의 4분의 1바퀴를 도는 것이니, 이런 식으로 세 번을 더 가면 지구를 한 바퀴 돌게 된다. 모스크바까지 가는 데 일주일이 걸린다니, 시베리아 횡단 열차를 타고 4주면 지구를 한 바퀴 도는 셈이다. 지구의 크기가 슬쩍 느껴진다.

누군가는 한술 더 떠 우주를 이야기한다. 우주에 비하면 지구는 쌀통의 쌀 한 톨보다 작다 해도, 내 사고는 거기까지 미치지 못한다. 그러나 지구는 알고 싶다. 이 별의 모든 곳을 가볼 순 없지만, 지구가 얼마만 한지는 알고 싶다.

한국에서 비행기를 타고 두 시간이면 블라디보스토크에 도착하지만 배를 타기로 했다. 이번 여행에 비행기는 어울리지 않는다. 속초에서 오후 3시에 화물선 같은 페리를 탔더니 다음 날 저녁 8시 블라디보스토크에 도착했다. 배에서 내리니 '다대포'행 2번 버스가 나를 맞는다. 블라디보스토크 시내엔 서울이나 부산의 시내버스가 한글 표시판을 단 채 운행을 한다. 통일이 되면 서울역에서 경의선을 타고 파주와 문산, 평양을 거쳐 올 수 있는 곳이 블라디보스토크이다.

새로운 시간의 등장

내가 탈 열차 번호는 1번, 이름은 '로시야'다. 러시아 열차는 1번에서 400번까지 제각각 번호를 갖는데, 숫자가 낮을수록 속도는 빠르다. 그러나 기차를 타고 며칠 후 알게 된 사실이지만, '초고속 1번 열차'라고 해도 시속은 고작 60~70킬로미터. 1번 열차의 하단은 빨간색, 상단은 파란색으로 칠했는데 겉만 보면 새마을호 같다.

내 자리는 9호 차의 16번 침대, 461달러짜리 2등석이다. '쿠페 cupe'라 불리는 컴파트먼트 하나를 네 사람이 함께 쓴다. 영어를 전혀 못 하는 러시아 할아버지 할머니, 그리고 프랑스 남자가 동행이다. 러시아 노부부는 여행을 하고 울란우데의 집으로 돌아가는 길인 것 같고, 프랑스 남자는 모스크바에서 기차를 갈아타고 벨라루스를 거쳐 핀란드까지 간다고 한다. 기나긴 유라시아의 처음부터 끝까지 횡단하는 여정이다.

7월 30일 오후 1시 11분에 블라디보스토크를 출발한 열차는

8월 5일 오후 5시 42분 모스크바에 도착할 예정이다. 처음엔 기차표에 쓰인 출발 시각만 보고 있다가 기차역에 헛걸음할 뻔했다. 오후 1시 11분은 모스크바 기준이란다. 그러니까 모스크바와 일곱 시간 시차가 있는 블라디보스토크에선 밤 8시 11분에 출발한다. 희한한 시각표다. 어쨌거나 1만 킬로미터를 달리는 데 걸리는 시간은 6일하고도 4시간 31분이 걸리는데 기차에 탄 일주일 내내 시간을 확인하느라 신경을 곤두세워야 했다. 기차 안의 시간이 오로지 모스크바 기준으로 표시되는 탓에, 내가 지금 어디 있는지 알아야 모스크바와의 시차를 더하거나 빼 현재의 시간을 알 수 있다. 중국의 실크로드를 여행할 때도 느꼈지만, 이런 식의 중앙집권적인 시간 표기는 참 당혹스럽다고 할밖에! 열차 승객들은 '낮 12시'라고 표시된 시계를 보면서 오후 7시를 보낸다. 열차가 경유지에 설 때마다 플랫폼에 내려 행상들에게 '도시락'이라는 한글이 씌어 있는 컵라면을 사며 "지금 몇 시냐?"고 묻는다. 이렇게 하지 않고 현지 시간을 알 방법은, 글쎄 모르겠다.

거리 표기도 모스크바 기준이다. 그러니 블라디보스토크는 9,289킬로미터 지점이다. 실제로 블라디보스토크역에 '9,289km'라는 표식이 있다. 모스크바에 가까워질수록 숫자는 점점 줄어들고, 모스크바에 도착하면 마침내 0이 된다.

횡단열차의 객차 중에는 최신형 로시야도 있다는데, 맙소사, 내가 탄 열차는 군용막사 같다. 쿠페 여덟 칸으로 나뉘는 객차 한 대에 두 명의 여승무원이 근무한다. 그들에게 커피나 라면을 살 순 있지만 그 이상의 질문은 소용없다. 질문이 끝나기도 전에 그녀들은 내 말을 가로챈다.

"노 잉글리시!"

결국 그녀들의 역할은 국경을 넘거나 열차가 섰을 때 승객이 타고 내리는 것을 확인하는 정도다.

도미토리 형태의 침대차인 3등석도 있다. 자그마치 54명이 함께 사용한다. 슬쩍 구경을 가보았다. 도미토리는 참겠는데 화장실이 더럽다. 악취가 복도 밖까지 새 나온다. 3등석 투어 후 귀가한 2등석은 매우 안락하다. 1등석인 2인실 '룩스' 쪽으로는 아예 눈길도 주지 않았다. 나와는 상관없는 일이지만, 몇 년 전부터 운행을 시작한 '호화 시베리아 열차'도 있다. 14박 15일을 가는 데 1인당 요금이 1만~1만 7천 달러, 우리 돈으론 1,100만~1,900만 원 정도다. '레일 위의 5성호텔'로 불리는데, 이름은 좀 촌스럽다. '황금독수리호Golden Eagle.' 내 형편에 당장 황금독수리를 탈 수는 없으니 군용막사라도 좋다. 그런데 너무 흔들린다. 기차를 탄 게 아니라, 태풍 부는 날, 조그만 통통배를 탄 것 같다. 보드카는 입에 대지도 않았는데 몸이 이리저리 기우뚱거리고, 복도를 오가는 승객들은 막춤을 춘다.

일주일을 꼬박 기차만 타야 하니 지겹지 않을까 걱정스럽기도 했다. 하지만 시베리아라는 어마어마한 풍광을 우아하게 감상할 수 있을 거란 기대에 이런 근심은 간단히 묻혀버렸다. 그런데 기차가

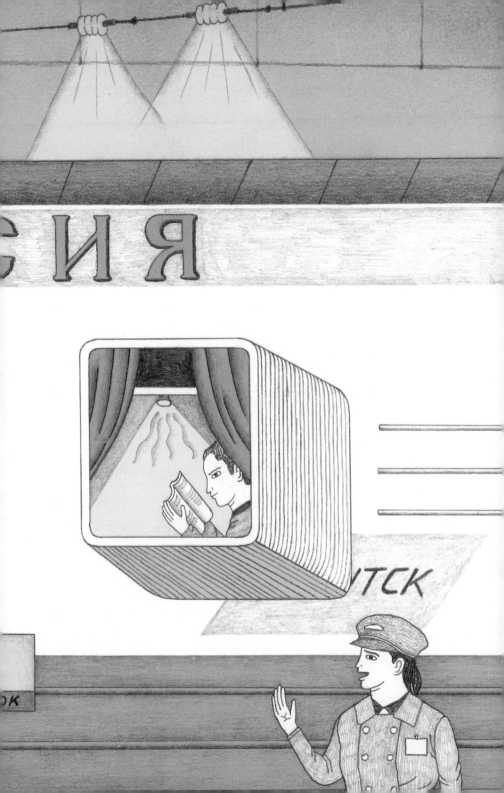

너무 흔들리는 바람에 도무지 밖을 볼 수가 없다. 잠이라도 자볼까 싶어 몸을 뉘여도 덜컹덜컹 크르르 카쾅 소리에 잠도 오지 않는다. 이런 시간이 끝없이, 끝없이 계속되었다.

이제까지 낮과 밤으로 이분된 하루하루를 살아왔다. 낮에는 일하고, 밤에는 잠을 잤다. 밤은 휴식을 취하는 시간이고, 거의 모든 일은 낮에 이루어졌다. 밤도 중요하다지만 '낮을 준비하는 시간'일 뿐이었다. 그런데 낮과 밤의 경계가 허물어져 버리면 어떤 시간이 나타날까? 이를테면 낮인데 밤 같다거나 밤인데 낮 같을 때……

지금이 그렇다. 모스크바로 갈수록 해는 점점 더 늦게 진다. 새벽 4시 30분에 해가 뜨고 자정이 지나도 완전히 어두워지지 않는다. 겨우 어둠이 왔다가 서너 시간 후 다시 날이 밝는다. 좀 과장하면, 며칠 동안 빛이 사라지지 않는다. 시간대마저 계속 바뀐다. 모스크바까지 가는 동안 일곱 번이 바뀌니 하루에 한 번씩 시차가 생기는 셈이다. 이를테면 블라디보스토크를 떠나 이르쿠츠크에 도착하면 두 시간의 시차가 생기고, 노보시비르스크에 도착하면 시차가 벌써 네 시간이다. 그러잖아도 알쏭달쏭하던 시간은 어느새 뒤죽박죽돼버린다. 어느 순간 시간을 맞추려는 노력은 그만두었다.

열차는 하루종일 자작나무숲을 가로지를 뿐이다. 한 시간이 빠르건 두 시간이 빠르건 무슨 상관이랴. 낮에도 자작나무, 밤에도 자작나무뿐이다. 과연 끝이 있을까 싶은, 결코 끝나지 않을 것 같은 길에서 어느 순간 열차가 연기처럼 사라져버릴 것 같다. 경유지 역에 잠시 내려 고려인이 파는 김치와 도시락 컵라면이라도 먹지 않았다면, 4일째인가 오른편 창밖으로 바다 같은 바이칼 호수가 나타나지 않았더라면, 시간을 완전히 잊어버렸을지도 모른다.

하나의 세계가 끝나다

　어느 날 밤에는 열차를 타는 꿈을 꾸었다. 블라디보스토크에서 모스크바로 가는 열차다. 그런데 아무리 가도 끝이 없다. 가도 가도 끝이 보이지 않는다. 이대로 가다가 이 길 위에서 영원히 빠져나오지 못하는 게 아닐까? 마음이 급해진다. 창밖을 내다보았다. 똑같다. 어제나 그제나 지금의 풍경이 똑같다. 나는 과연 모스크바로 가고 있는 건가, 두려움이 엄습한다. 그때 컴파트먼트 문을 거칠게 열어젖히고 들이닥친 경찰인지 군인인지 모를 사람들이 나를 끌어내리고 한다. "왜 이래!" 팔을 휘저으며 소리를 지르다 잠에서 깼다. 창밖을 내다보니 풍경은 똑같다. 꿈에서 본 그대로다. 휴우!
　여승무원에게 10루블, 400원 정도를 주고 차를 한 잔 시켰다. 그녀에게 지도를 내보이자 검지로 울란우데와 이르쿠츠크 사이를 가리킨다. 그러고 보니 여긴 시베리아 횡단 열차 구간 중에서도 가장 지루한 구간으로 알려진 곳이다. 그렇다고 해도, 고작 일주일 동안 기차를 타면서 그런 꿈을 꾸다니! 피식, 웃음이 나온다. 하긴 이런

저런 걱정이 들지 않는 건 아니다. 어디선가 스킨헤드가 나타나지는 않을까, 뉴스에서 본 것처럼 체첸 반군이 열차를 급습하는 건 아닐까…… 러시아의 핍박을 받아온 체첸을 생각하면 안쓰럽기도 하지만, 그들에게 습격당하는 일만은 피하고 싶다. 낮인지 밤인지 시간에 홀린 듯 비몽사몽 정신을 못 차리고 있는데, 맞은편 프랑스 남자 에릭은 도무지 피곤한 기색이 없다.

"피곤하지 않아? 도대체 몇 시간째 똑같은 풍경인 건지…… 자연도 규칙적일 수 있다는 걸 처음 알았어. 무슨 풍경이 도무지 바뀌질 않아."

에릭이 웃으며 말한다.

"신은 아마도 지칠 대로 지쳤을 때, 그러니까 창조력이 완전히 바닥났을 때 러시아 평원을 만들었을 거야. 위대한 예술가라면 누구나 그런 순간이 오기 마련이니까. 하지만 때론 유명한 구경거리라곤 하나도 못 본 여행에서 더 많은 추억을 만들 수도 있어. 가끔 러시아 평원은 훌륭한 풍경화야. 하얗게 꽃이 만발한 감자밭, 짙푸른 언덕과 초원, 평원을 레이스커튼처럼 둘러싸고 있는 자작나무숲…… 자작나무 둥치 빛깔이 검고 흰 두 가지밖에 없는 게 심심하긴 하지만……."

그는 나와 다르게 기분이 매우 좋아 보인다.

"난 야간열차를 타고 달리는 게 기뻐. 벵골어로는 어제와 내일을 가리키는 말이 똑같은 거 알아? 지금처럼 철로 위에선 현재가 과거나 미래와 똑같은 간격을 둔 채 끊임없이 나타나고 사라지잖아. 일상적인 시간관념으로는 파악할 수 없는 시간이랄까, 난 그 시간을 즐기려고 해."

에릭의 말처럼, 시베리아 횡단 열차를 타니 '새로운 시간'이 등장했다. 이 길에선 시간이 사라져버린다. 해가 뜨는 게 '아침'이고 해가 지는 게 '저녁'이다. 그런데 해가 뜨지 않고 지지 않는다면 아침과 저녁을 어떻게 구별한단 말인가.

처음엔 시간을 구별하려고 애썼다. 하루에는 아침과 저녁이 있어야 할 것 같고 그게 없어지면 큰일이라도 날 것처럼 안달했다. 하지만 열차는 아랑곳하지 않고 오로지 달릴 뿐이다. 시간은 구분되지 않는다. 나는 어느 순간 체념에 빠져버린다. 기차의 흔들림, 소음마저도 시베리아 탓이려니…….

그래, 여긴 한국이 아니고 시베리아다. 한국이나 유럽에서 기차를 타는 것과 뭐든 달라야 하지 않겠는가. 게다가 지금은 밤이다. 훤한 대낮에는 느낄 수 없는 감각이 살아난다. 시베리아의 밤에는 뭔가 있지만 그게 뭐라고 설명하지는 못하겠다. 시베리아 벌판을 달리며, 시간과 공간의 경계를 횡단하며 세상을 떠도는 느낌이랄까. 시베리아 횡단 열차를 타는 건 차창 밖 빈 공간에 시간 밖으로 떠난 내 이야기를 담는 일인지도 모르겠다. 내게도 '새로운 시간'이 필요하다.

에릭이 말을 건넨다.

"잠 다 자고 보낸 1년보다 잠 못 이루고 보낸 하룻밤 사이에 배우는 게 더 많아. 에밀 시오랑이라는 작가는 이렇게 말했어. 불면증에 시달리지 않았다면 작가가 되지 않았을 거라고. 카프카는 소설 『판결』을 밤 11시부터 새벽 6시까지 한 번도 쉬지 않고 써내려갔다고 해. 정말 대단하지 않아? 아무리 카프카라고 해도 대낮에 그런 식으로 쓰진 못했을 거야. 밤의 마력인 거지."

창밖으로 희미하게 빛이 돌기 시작한다. 끝이 없을 것 같은 시베리아를 달리며 쿠페 그 비좁은 침대칸 상자 안에서 난 오늘 아침도 어제와 마찬가지로 빵과 도시락 컵라면을 먹어야 하나 고민한다. 오늘은 특별히 식당칸에서 먹어야겠다. 새벽이 희붐하게 밝아온다. 해 질 무렵 같은 아침이다. 이렇게 또 하루가 시작되고 지나간다. 블라디보스토크를 출발한 지 마침내 일주일이 되는 날, 남은 거리는 700킬로미터다. 다 왔다는 생각이 든다. 정거장도 세 개밖에 안 남았다. 두세 시간 전부터 내릴 준비를 한다.

도시에서

마음이

헛헛할 때

나무는 인내의 상징이었다.
나무는 폭풍 속에서도 언짢아하지 않으며,
자신이 있는 곳을 떠나 다른 골짜기로 건너가고 싶은
즉흥적인 욕망을 느끼지 않는다.
Bookmark ＊ 『여행의 기술』, 알랭 드 보통

런던 휴스턴역에서 기차를 타면 네 시간 후 윈더미어에 도착한다. 영국 북서부의 윈더미어는 레이크 디스트릭트의 중심지다. 레이크 디스트릭트에는 이름 그대로 호수가 많다. 어디를 가나 산에 둘러싸인 호수와 푸른 구릉이 펼쳐진다.

윈더미어역을 나와 비를 맞으며 호수가 있는 보우니스윈더미어를 향해 걷는다. 이곳 날씨의 변덕스러움은 악명 높지만, 가이드북 『론니 플래닛』은 "영국에서 '걷기'의 영혼, 심장과도 같은 곳이 있다면 바로 레이크 디스트릭트"라고 썼다. 우리나라에서는 스페인의 산티아고 순례길이 도보여행지로 유명하지만, 이곳에도 1년 내내 외국인 도보여행자가 몰려든다.

도보여행자들만 이곳을 찾는 건 아니다. 매년 낚시, 보트, 산악자전거를 즐기기 위해 오는 사람도 많다. 일본인 관광객도 줄을 잇는다. 한여름엔 영국에서만도 수백만 인파가 몰려든다. 그러니 여름에 이곳에 온다면 7~8월 해운대의 피서객보다 더한 인파에 이리 쏠리고 저리 쏠리게 될지도 모른다.

사람들이 레이크 디스트릭트를 찾는 이유는 빼어난 자연풍광 때문이다. 가이드북을 보면 "영국에서 가장 큰 호수인 윈더미어를 비롯해 열여섯 개의 호수가 있으며, 영국의 거의 모든 지역이 완만한 구릉지인 데 비해 레이크 디스트릭트는 가파르고 꼭대기가 뾰족한

산을 가졌다"고 설명한다. 하지만 내 생각엔 1800년대 영국의 그림 같은 전원 풍경이 관광객들, 특히 일본인 단체관광객들로 하여금 앞다투어 이곳을 찾게 만드는 것 같다. 언젠가 현지의 어느 신문에 "너무 많은 일본인 관광객 때문에 여러 문제가 발생하고 있다"는 요상한 기사가 날 정도로 일본인들의 영국 사랑은 각별하다.

누군가는 토끼를, 누군가는 시인을 만나러

200년 전 영국의 모습을 고스란히 간직한 레이크 디스트릭트의 풍경을 볼 수 있는 건 그림책 『피터 래빗 이야기』의 작가 베아트릭스 포터의 공이 크다. 그녀는 인세로 벌어들인 막대한 돈으로 레이크 디스트릭트의 땅과 농장을 하나둘 사들였고, 세상을 떠나는 날 전재산을 내셔널트러스트에 기부했다. 장장 530만 평에 이르는 땅이다.

포터로 인해 이곳은 그녀가 그림책에 그린 모습 그대로 남게 됐다. 어디를 가나 마주치게 되는 관광객과 피터 래빗 캐릭터를 파는 기념품가게만 없으면 레이크 디스트릭트는 지금이 정말 2010년인지 헷갈릴 만큼 옛모습을 유지하고 있다. 정작 영국 정부는 온갖 개발에 열을 올리느라 아름다운 전원 풍경 따위엔 전혀 관심 없는 것 같지만…….

피터 래빗의 무대를 찾아오는 일본 사람들과 달리 영국 사람들은 역사적인 이유로 이곳을 찾는다. 레이크 디스트릭트 하면 대개의 영국 사람은 워즈워스라는 시인을 제일 먼저 떠올린다. 우리에겐 낯설어도 영국인들에겐 왕실 공식 지정, 즉 '계관시인'으로 통한다. 200년 전 레이크 디스트릭트는 워즈워스 같은 낭만주의 작가들이 '즐거움을 위해' 본격적으로 걷기 시작한 곳이고, 워즈워스가 산책하며 시를 쓴 곳은 영국 최고의 산책코스가 되었다.

워즈워스는 레이크 디스트릭트의 북쪽 변두리인 코커머스라는 작은 도시에서 태어났는데, 런던에서 지낼 때와 여행할 때를 제외하곤 평생을 이곳에서 살았다. 그는 거의 매일 레이크 디스트릭트를 걸으며 산책을 즐겼고, 시를 쓰는 데 필요한 모든 영감을 산책에서 얻었다.

한 가지 재미있는 건, 훗날 계관시인이 된 그가 시를 처음 발표했을 때 사람들에게 조롱을 받았다는 사실이다. 그의 시를 몇 편 읽어보면 사람들의 야유를 이해할 수 있다.

수탉이 울고 냇물은 흐르고, 작은 새들은 지저귀고 호수는 반짝거린다…….
무지개는 나타났다 사라지고, 장미는 사랑스럽고, 달은 기쁘게 주위를 둘러본다…….

이런 시를 읽고 누군들 심드렁하지 않을까?

산에는 기쁨이 있다. 샘에는 생명이 있다.
작은 구름들은 하늘을 날고, 파란 하늘은 드넓게 펼쳐져 있다.

다른 시도 크게 다르지 않다. 제목만 봐도 내용이 짐작된다. 데이지에게, 나비에게, 종달새에게, 작은 애기똥풀에게, 뻐꾸기에게……
연인에게 보내는 연서 같은 제목을 붙였지만 왠지 당황스럽기는 매한가지다.

하지만 사람들이 워즈워스의 시를 좋아하게 되는 데는 오랜 시간이 걸리지 않았다. 사람들은 그가 말하는 바를 곧 이해하게 된다. 워즈워스가 그랬던 것처럼 사람들도 '참새 둥지의 아름다움'에 감동하기 시작했고, '수탉이 운다'고 시를 쓴 그는 계관시인의 영광을 안았다. 어떻게 이런 일이 벌어졌을까?

도시인을 위로하는 시간의 점

사람들은 워즈워스의 시에서 위로를 받았다. 자연의 속성은 인간의 속성과 대비된다. 인간의 불안과 질투와 시기는 자연의 안정감과 영속성과 고요함으로 위로받는다. 워즈워스에게 도시에서 산다는

것은 끊임없이 혼잡과 불안을 안고 사는 것을 의미했다. 도시 사람들은 먹고살 만한데도 만족하지 못하고 새로운 것을 원했다.

워즈워스에 따르면, "사람들은 뚜렷한 관점이 없기 때문에 거리나 저녁 식탁에서 이야기되는 것들(이를 현대식으로 풀이하면 쉴 새 없이 변하는 인터넷 뉴스나 광고일 것이다)에 귀를 곤두세우며 불행해진다. 이를 치료할 수 있는 건 새, 냇물, 수선화, 양 같은 자연뿐"이다. 워즈워스는 당장 눈앞에 보이는 것에 집착해 마음을 놓아버린 이들에게 변하지 않는 자연의 단정함을 보여주었고, 사람들은 그의 위로를 받아들였다.

알랭 드 보통은 레이크 디스트릭트를 여행하고 나서 쓴 기행문 「시골과 도시에 대하여」에서, 워즈워스를 이해할 수 있는 한 가지 단서로 시의 부제를 들었다. 워즈워스는 부제에 정확한 날짜를 써넣었다. 이를테면 '1798년 7월 13일 여행 중에 와이강변을 다시 찾고' 하는 식이다. 어제 산책한 강변을 오늘 다시 걷고 있지만 오늘의 경험을 어제와는 다른 것으로 분류하고 기억한다. 워즈워스는 오늘 바라본 강변 풍경이 전에 본 풍경과 완전히 다르다고 말한다. 그는 늘 보던 풍경, 늘 찾던 장소조차 하찮게 여기지 않았다. 우리가 특별한 기념일을 날짜라는 숫자로 기억하듯 워즈워스는 산책을 하면서 늘 지나다니는 호수, 들판, 계곡을 바라본 한순간을 일생에서 가장 중요한 순간으로 기억한다.

골짜기와 언덕 위 높이 떠도는 구름처럼 외로이 헤매이다가 갑자기 나는 본다.
호숫가 나무 아래 미풍에 한들한들 춤을 추는 한 떼의 황금빛 수선화를……
나는 보고 또 보았지만 그 풍경이 내게 어떤 부유함을 가져다주었는지 그때는 몰랐다.

처음에는 비웃고만 그의 시를 다시 읽어본다. 수탉이 울고 냇물은 흐르고, 작은 새들은 지저귀고 호수는 반짝거린다…….
워즈워스의 시를 읽으면 내가 순수해지는 것 같다. 기사를 읽는 건지 광고를 보는 건지 정신없는 '인터넷적'인 것이 아닌, 그의 말대로 '영속적'인 것에 관심이 생긴다. 알랭 드 보통은 『여행의 기술』에서 워즈워스의 말을 다음과 같이 소개한다.

우리 삶에는 '시간의 점'이 있다. 이 선명하게 두드러지는 점에는 재생의 힘이 있어…… 이 힘으로 우리를 파고들어 우리가 높이 있을 땐 더 높이 오를 수 있게 하며 떨어졌을 때는 다시 일으켜 세운다.

그렇다면 앞서 수선화를 노래한 시에서 워즈워스가 짚은 '시간의 점'은, 한 떼의 황금빛 수선화를 보았을 때일 것이다. 알랭 드 보통은 레이크 디스트릭트를 여행하면서 이렇게 썼다.

도시의 떠들썩한 세상의 차량들 한가운데서 마음이 헛헛해지거나 수심에 잠기게 될 때, 우리 역시 자연을 여행할 때 만났던 이미지들, 냇가의 나무들이나 호숫가에 펼쳐진 수선화들에 의지하며, 그 덕분에 '노여움과 천박한 욕망'의 힘들을 약간은 무디게 할 수 있다.

워즈워스는 말했다. 도시 한가운데서 마음이 헛헛해질 때 자연을 거닐며 '시간의 점'이 될 순간을 만나라고. 그의 말대로 내가 간직하고 살 풍경을 떠올려본다. 그 풍경이 나를 고요하고 아름다운 사색으로 인도할 것이기 때문이다. 나와는 아무 상관 없을 것 같은 240년 전 영국 시인의 시를 읽는 이유다.

1만 개의 골목,
1만 개의 사연

잠시 뭔가에 홀렸던 걸까?
남편과 나는 모로코의 옛 수도 페스를
겨우 두 번 방문하고서 그곳에 집을 사기로 결정했다.
말도 통하지 않고, 정말이지 우리와 비슷한 거라곤
찾아볼 수 없는 사람들이 사는 이역만리 타국 땅에······.
Bookmark * 『페스의 집』, 수전나 클라크

황금빛 노을의 여운마저 사라지고 어둠이 내린 골목은 끝이 보이지 않는다.

"살람 알라이쿰!"

맞은편에서 불쑥 나타난 남자가 내 옆을 지나며 인사를 한다. 내가 보이긴 보이는구나. 누가 말이라도 걸어주지 않으면 내가 여기 있다는 사실마저 의심할 것 같다. 이 골목 안에선 티셔츠, 청바지, 배낭, 카메라 등 내 모든 게 이질적이다. 그러니 방금 모로코 전통 의상인 '젤라바'를 입고 내 옆을 지나간 남자가 나를 아는 체한 건 굉장히 비현실적인 일이다. 그가 무슨 연극이라도 하는 것처럼.

이 모든 상념은 어둡고 좁은 골목 안에 나 혼자 있기 때문이다. 하지만 이곳은 여느 골목이 아니다. 수없이 많은 골목으로 이어진 이곳의 길이를 일직선으로 이으면 수백 킬로미터에 달한다. 사람들은 천년 전과 똑같은 이 골목 안에서 중세 때와 똑같은 일을 하며 산다. 누군가의 말처럼 세상에서 유일하게 14세기처럼 살 수 있는 곳이다.

페스에선 길을 잃어도 좋아

여기는 '메디나'라 불리는 페스의 구시가지다. 세상에 하나뿐인

중세도시 페스는 모로코의 옛 수도다. 칠이 벗겨질 대로 벗겨져 멋스러운 곳, 메디나에는 만 개의 골목이 있다고 한다. 오늘 낮엔 좁은 골목을 가득 메운 외국인 관광객 무리 속에서 메디나를 보았다. 어찌나 비좁고 혼잡한지 사람들과 부닥치지 않고선 한 걸음도 옮길 수 없을 정도다. 메디나에 밀려든 서양 관광객들 속에서 본 페스는 정교한 테마파크 같다.

해가 저문 지금 메디나의 골목엔 나 혼자뿐이다. 이제야 온전히 페스와 만난다. 메디나의 미로 같은 골목에선 한 번쯤 길을 잃고 싶었다. 딱 어른 두 사람이 나란히 걸어가면 꽉 찰, 좁고 꼬불꼬불한 골목을 걷는다. 푸른색 대문을 가진 집이 많다. '모로칸 블루'라 불리는 모로코 특유의 색이다. 메디나의 골목을 걷다 보면 끊임없이 모로칸 블루와 마주치는데, 달빛을 받은 모로칸 블루는 더욱 진하고 선명하다.

이 골목 안에선 매일 어떤 일들이 벌어질까? 상상조차 할 수 없다. 사람들은 하루에 다섯 번 기도를 한다. 돈보다 신이 중요하고, 잠자는 것보다 기도를 하는 게 더 좋은 사람들이다. 자동차는 없다. 좁은 골목 안으로 차가 진입하는 건 애당초 불가능하다. 대신 당나귀가 짐을 나른다. 천 년 전과 똑같다.

이곳에선 지도가 필요 없다. 아니, 소용이 없다. 두 집이 나란히 붙어 있어도 이웃집 현관문을 찾아가기 힘들 정도니, 어쩌면 난 밤새 메디나를 벗어나지 못하리라. 무사히 호텔로 돌아간다면, 반드시 알라에게 감사의 기도를 드리리라.

　골목 안에서 내가 볼 수 있는 건 아무것도 없다. 메디나 사람들은 고작 전구 한두 개로 살아가는 걸까? 집이건 골목이건 한결같이 어둡다. 여기가 집인가? 이 안에 과연 사람이 살까? 누런빛을 띤 갈색 장벽 같은 벽들이 골목 양쪽을 차지한다. 골목을 향해 열린 창문은 없다. 젊은 여자가 창문을 내다보는 일은 더더욱 없다. 이 벽을 통과할 수는 없을까? 이 안으로 들어갈 수 있다면, 베일로 얼굴을 가린 여자의 서늘한 눈빛과 마주칠 것 같은데…… 한여름 밤의 꿈 같은 시간이다.

　이제 더 이상 페스의 여자들은 베일로 얼굴을 가리지 않지만, 아무리 세월이 흘렀다 해도 페스는 페스다. 가죽 염색하는 데 염소 오줌을 쓰는 무두질 공장이 있고, 시장엔 양과 낙타 머리를 파는 정육점이 있으며, 술은 아예 팔지 않는다. 나는 어느 순간부터 더 이상 놀라지 않는다. 여기는 페스, 여기는 중세다. 이 밤의 풍경은 밤새 무언가를 속삭인다. 내일을 기약할 수 없는 셰에라자드의 밤이다.

고독하고 싶어도 고독할 수 없다

　한낮의 메디나는 만화경을 보는 듯하다. 만약 산 위에서 메디나를 내려다볼 수 있다면 영락없는 중세의 모습이다. 단, 채널이

100개도 더 나온다는 원반 모양의 위성안테나는 없는 것으로 간주해야겠지만.

얽히고설킨 메디나의 집들이 그렇듯 이곳 사람들은 모두 긴밀한 관계 속에 살아간다. 부자와 가난한 사람이 함께 모여 산다. 고독한 사람은 없을 것 같다. 한낮에 페스의 재래시장인 수크에 가보면 알게 된다. '우울증'이나 '인간 소외'같은 말은 달나라 얘기 같다는 걸. 이곳 사람들은 서로에게 지나치리만치 관심이 많다. 메디나에 사는 사람은 제아무리 고독하고 싶어도 고독할 수 없다. 약물중독이나 마약에 관련된 범죄도 거의 없다. 빨간색, 파란색, 노란색 등 골목 안에서 볼 수 있는 화려한 컬러처럼 사람들은 모두 활발하다.

밤이면 메디나의 골목은 연인들의 키스 장소로 변한다. 사람들은 밤늦게까지 일하지 않는다. 해가 지면 집으로 돌아가 가족들과 저녁을 먹는다. 모로코 남자들은 절대 집안일을 하지 않지만 가족과 저녁을 먹는 일만은 중요한 일과로 여긴다. 조금 더 일하면 돈을 더 벌 수 있지 않느냐고 하면 "일보다 중요한 게 있다"고 한다. "알라의 뜻"이란 말도 빠지지 않는다. 하긴 알라가 즐기라고 한다면 따를 수밖에! 그게 페스의 정서다.

같은 시장이라고 해도 페스의 수크엔 남대문시장과는 다른, 뜨거운 무언가가 있다. 메디나에선 물건을 주문하면 당나귀가 배달을 한다. 좁은 골목 사이로 짐을 실어 나르는 당나귀가 유난히 눈길을 끈다. 여린 당나귀가 저 무게를 감당할 수 있을까, 걱정스러울 만큼 짐

PENSION

جة الرصيف

DAR BOUANA

زبلعراشن

مابون احمد

FES MEDINA

을 실었다.

"당나귀가 지나가요. 발락, 발락(조심하세요, 비키세요)!"

1만 개의 골목을 1만 개의 사연이 채운다. 아라비아 음악이 흘러나오는 골목 안엔 온갖 고함이 끊이지 않고, 사람들은 아무 데나 앉아서 끼니를 해결한다. 우리와 비슷한 점도 있다. '하맘'이라고 불리는 공중목욕탕이다. 엄마와 딸이 목욕용품과 옷가지가 담긴 바구니를 들고 하맘에 가는 모습만큼은 우리와 똑같다.

이른 새벽, 모스크에서 노랫소리가 퍼져 나온다. 처음엔 이게 도대체 무슨 소리인가 싶었다. 페스에 도착한 다음 날부터 노랫소리에 잠을 깼다. 사람들은 매일 아침, 아니 새벽에 일어나 출근을 하는 게 아니라 노래를 부르고 기도를 하며 새로 밝아오는 하루를 맞는다. 기도는 새벽에만 하는 게 아니다. 하루에 다섯 번씩 기도시간을 알리는 목소리가 첨탑에서 온 도시로 울려 퍼진다. 그 시간엔 모든 남자가 모스크로 가거나, 집이나 가게의 작은 방에서 기도를 한다.

장사꾼도, 사기꾼도, 도둑도, 경찰도 평생 매일 다섯 번씩 기도를 한다. 무엇을 빌고, 무슨 생각을 할까? 기도하는 사람들을 가만히 보고 있으면 나까지 덩달아 신실해지는 기분이다. 종교가 무엇이건, 이마를 바닥에 대고 기도하는 모습을 보면 마음이 짠해진다.

이 세계는 뭔가 모호하다. 하나의 질서나 체계로 파악되지 않는다. 서양의 시선으로 메디나를 보면 죄다 무질서에 다름 아니다. 이를테면 두 게스트하우스가 나란히 붙어 있다고 하자. 한 집의 침실은 다른 집 침실과 겹친다. 무슨 말인가 하면, 앞집의 침실 벽을 밀고 들어온 뒷집의 침실 벽이 앞집 침실의 일부를 차지하고 있다는 얘기다. 메디나의 집은 대개 이런 구조다. 직접 보기 전엔 나도 잘 이해가 되지 않았다. 그렇다고 해서 두 집의 침실이 서로 보이는 건 아니다. 벽을 맞대고 있을 뿐이다.

지난 천 년 동안 집을 짓거나 고치고 벽을 허물거나 다시 쌓으면서 앞집, 옆집, 뒷집이 벌집처럼 얽혔다. 결국 앞집에서 나와 뒷집으로 가는 게 퍼즐을 맞추는 것처럼 어려운 일이 되어버렸다. 집 안에서 보면 직각을 이루는 벽이지만 집 밖으로 나가서 보면 두 벽은 각각 다른 골목길에 닿아 있다. 메디나의 좁은 골목엔 이런 집이 1만 4천 채나 있다고 한다. 그런데 이 숫자가 과연 맞을까? 내가 며칠간 돌아본 메디나의 무질서 속에선 이런 정형의 숫자가 무의미하다. 메디나의 인구는 알라만이 안다.

하지만 이곳에도 질서는 존재한다. 이를테면 빵집의 정체성 같은 질서다. 메디나엔 수많은 빵집이 있고 그 빵집에서 만드는 빵들은 비슷하다. 지난 천 년 동안 먹어온 빵이다. 내 눈엔 똑같다. 그런데 사람들은 어느 빵이 어느 빵집에서 만들어졌는지 한눈에 정확히 안다. 이 빵은 압둘 라임네, 저 빵은 힌이네, 그 빵은 무스타파네 하는 식이다. 모든 게 규격화되어 있는 나라에 사는 나로선 도저히 알 수 없는 경지다. 이 방앗간 떡국떡과 저 방앗간 떡국떡을 단지 모양만 보고 어떻게 구별한단 말인가!

나도 페스에 집을 살까

이 도시엔 이곳만의 정서가 살아 있습니다. 모든 것이 밀접하지만 모호하고, 골목길을 걷는 젤라바 입은 노인을 따라가고, 저 노인은 어디로 갈까 궁금하게 여겨지는 겁니다. 그 후 당신은 어떤 집으로 들어가게 되고, 안뜰이 나오며, 입이 다물어지지 않는 광경을 목격하게 됩니다. 메디나에서는 늘 새로운 것을 발견합니다.

모로코의 전통가옥인 리아드를 개조한 게스트하우스에서 만난 쉰네 살의 건축가 라치드는 이렇게 말했다. 그 옆에 있던 호주인 수전나와 샌디 부부는 "페스에서 지구 상의 어느 곳에서보다 살아 있다는 느낌을 받았다"고 했다. 심지어 이 부부는 아예 리아드를 사들여 개조하고 있다. 두 사람은 중세의 도시, 화려한 저택에 살게 된다는 기대에 부풀어 있다. 수전나와 샌디 부부처럼 외국인이 리아드를 개조해 사는 게 요즘 페스의 유행이다. 유럽인과 미국인들이 앞장서 대대적인 '리아드 열풍'을 일으켰다.

수전나는 호주 친구들에게 "모로코에 집을 살 거야"라고 했다가 "그게 무슨 19세기적 발상이냐"는 핀잔을 들었단다. 서양인들에게 모로코는 일단 무슬림의 땅, 자동으로 테러리스트를 연상시킨다.

나로선 외국인이 이곳에 집을 산다는 발상 자체가 놀랍다. 수전나와 샌디를 만나기 전에는 단 한 번도 그런 생각을 해본 적이 없다.

하지만 수전나가 권한 대로 리아드에서 하룻밤을 보내고 나니, 그럴 수도 있겠구나 하는 생각이 들었다.

내가 어제 묵은 리아드는 하룻밤에 100달러가 넘었다. 리아드의 창은 대개 안뜰을 향해 나 있는데, 안뜰에는 레몬나무와 오렌지나무에 둘러싸인 분수가 있다. 리아드에 산다는 것은, 매일매일을 값비싼 호텔에서 지내는 호사스러운 기분과 비슷할 것이고, 그러니 집을 사고 싶은 마음이 들 수도 있겠다 싶다.

난 그제 수크에서 놋쇠로 만든 세면대를 보고, 이걸 어떻게 한국의 우리집 욕실로 가져갈 수 있을까 궁리했다. 하지만 하룻밤 사이 알게 된 리아드의 호사에 비하면 놋쇠 세면대는 아무것도 아니다. 메디나 사람들이 집에서 내다팔 것은 창과 문짝밖에 없다는 말이 있다. 그만큼 실내장식이 근사하다. 여느 집이 이러하니 리아드처럼 큰 집은 더할 나위 없이 화려할 수밖에. 하지만 내가 리아드에서 느낀 것은 호사만이 아니다. 리아드의 안뜰을 거닐고 있노라면 완전히 다른 세계로 시간을 거스르는 것 같은, 이국적인 감흥에 빠져든다. 이러다 보면 나도 언젠가 메디나에 집을 사겠다고 덤빌 날이 올지도 모르겠다. 알라의 뜻이라면 그렇게 되겠지. 인샬라, 신이 뜻하는 대로.

양쯔강
배 위에서 보낸
4일

내 인생 최고의 경험은 중국어를 배우고 푸링에서 사람들을 만난 거예요.
2년 동안 강은 늘 같은 모습이었지만 사람들은 그렇지 않았어요.
내가 푸링에서 만난 사람들은 강하고, 착하고, 재미있고, 슬픈 사람들이었어요.
Bookmark * 『리버 타운』, 피터 헤슬러

"그때만 해도 지금 같은 크루즈를 상상조차 할 수 없었어요. 종종 배가 충돌해 가라앉고, 사람이 죽곤 했거든요. 배는 느리고 위험한데 다른 수단이 마땅찮으니 배를 이용할 수밖에 없었죠. 심지어 밤에 완행을 타면 토실토실 살이 오른 황토색 양쯔강 쥐들이 배 안을 오갈 때도 있었어요."

양쯔강 배 위에서 만난 미국인 피터 얘기다. 마흔 살 정도의 그는 10여 년 전 푸링의 사범대학에서 2년간 영어를 가르쳤다고 한다. 피터를 만났을 때 나는 양쯔강 배 위에서 3박 4일을 보내는 중이었다. 충칭에서 배를 타고 푸링과 장강삼협을 지나 이창까지 640여 킬로미터를 항해하는 여정이다. 첩첩의 산과 장대한 강에 둘러싸인 곳이 장강삼협이다. 두보의 「조발백제성」이란 시에 등장하는 장강삼협은, '만 겹의 산을 지나야 다다를 수 있는 곳'이었다.

피터가 푸링에 살 때도 사정은 크게 다르지 않다. 푸링에서 다른 곳으로 갈 때 가장 빠른 길은 강이었다. 기차는 느린 데다 불결했고, 도로는 형편없었다. 눅눅하면서 뜨거운 날, 사람들은 허름한 배를 타고 양쯔강을 오르내렸다. 이제 세월이 흘러 양쯔강에는 특급호텔 같은 객실에 욕조가 딸린 크루즈선이 오간다.

"그래도 그때 양쯔강은 대단했어요. 때론 수백 미터로 폭이 넓어지고, 때론 좁고 가파른 협곡 사이를 지나갔지만 물살에는 언제나 힘이 넘쳤어요. 댐이 만들어지기 전이었거든요."

피터가 말하는 댐은 이창의 삼협댐이다. 삼협댐이 만들어지며 100여 개 도시, 수천 개의 마을이 침수되었고, 100만 명이 고향을 떠났다. '작은 집을 버리고 큰 집으로 가자!'는 슬로건 속에서 이주민들의 눈물은 그칠 줄을 몰랐다. 주민들이 이주한 후 물이 차오르는 광경은 마치 거대한 쓰나미가 도시로 밀려드는 것 같다.

양쯔강의 진짜 이름, 장강(長江)

제법 호사로운 크루즈선 덕분인지 배 위의 시간은 평화롭다. 낮에는 객실 발코니에 앉아 강물을 따라 펼쳐지는 쓰촨성과 후베이성의 풍광을 바라보았다. 한밤중에는 5층 갑판으로 올라가 칠흑 같은 어둠 속에서 앞으로 나아가는 뱃머리를 바라보았다. 가슴이 벅차올랐다. 어찌 보면 누런 강과 가파른 산이 전부인데 말이다. 중국인에게 양쯔강은 어머니 같은 존재라지만 나 같은 외국인에게 그런 감흥은 없다. 그런데도 양쯔강을 보면 왠지 경외심이 든다. 중국 역사가 양쯔강을 따라 도도히 흘러왔기 때문일까? 나는 배를 타고 중국 대륙을 가로지르는 환희에 빠져들다가도 몸이 차가워지면 이내 객실로 돌아와 뜨끈한 욕조에 몸을 담갔다. 양쯔강 배 위에서 보낸 망중한 같은 시간이다.

그런데, 사실 양쯔강의 진짜 이름은 '장강長江'이다. 양쯔강이란 이름은 중국 동부 장쑤성에서 왔다. 장쑤성 사람들은 장강을 양쯔강이라 불렀는데, 오래전 이곳을 방문한 서양인이 장쑤성 주민에게 양쯔강이란 이름을 듣고 서양에 전하면서 유럽이나 미국에선 양쯔강으로 알려졌다. 정작 장쑤성 주민을 제외하면 대개의 중국인들에게 양쯔강은 낯설다.

장강은 이름 그대로 중국 대륙을 서에서 동으로 가로지른다. 장장 6,380킬로미터를 흘러가는데 나일강, 아마존강에 이어 세계에서 세 번째로 길다. 해발 5천 미터, 티베트의 만년설 빙하가 녹아내린 물이 굽이굽이 중국 대륙을 지나 상하이까지 흘러간다. 중국에서 장강의 이름은 지역마다 다르다. 설산에서 막 흘러내려 온 장강은 하늘을 향해 흐른다는 의미의 통티안강으로 불리고, 그다음 지방에서 황금모래강이란 의미의 진샤강, 6천 킬로미터가 넘는 여정을 마치는 상하이에선 양조우강이라 부른다.

장강에서 만난 서양 귀신

장강 배 위에서 맞는 이틀째 아침이다. 비가 내리고, 구름이 자욱하다.

충칭의 푸링 선착장. 충칭에서 동쪽으로 110킬로미터쯤 떨어졌다. 무작정 배에서 내렸다. 홀로 장강의 마을을 둘러보고 싶다. 세월이 바뀌었으니 마을이 아니라면 뭐 아파트라도 좋다. 보통 중국인들 사는 모습을 보고 싶다. 푸링 선착장에서 피터를 다시 만났다.

"10년 전 푸링에 사는 외국인은 나와 내 친구 두 사람밖에 없었어요. 처음에는 어디를 가나 사람들이 나만 뚫어져라 쳐다봤어요. 불편한 게 아니라 무서울 정도였어요. 뭘 먹고 있으면 금세 열 명의 사람이 몰려들어 나를 구경해요. 사람들은 왜 와이궈런(외국인)이 푸링 같은 데서 사는지 궁금한 거죠. 모든 사람이 내 월급을 물어봤어요. 그런데 자기들끼리도 월급을 늘 물어보고 많건 적건 아무렇지 않게 얘기하더라고요. 코가 크다고 놀리는 사람도, 와이궈런은 필요 없다고 시비를 거는 사람도 있었죠. 여기 생활에 좀 익숙해지자 사람들은 나를 허웨이 또는 호웨이라고 불렀죠. 미국의 '존'만큼 흔해 빠진 이름이거든요. 푸링에서 지내다 보니 나는 때로는 피터, 때로는 호웨이가 되는 거예요. 호웨이는 좀 멍청했죠. 쉐 쉐 쉐 쉐 쉐 말을 소리 내 더듬거나 현지 사투리로, '나는 서양 귀신이에요' 하고 말하며 사람들을 웃겼죠. '아, 영락없는 칫솔이군!' 하며 중국어로 욕도 하게 됐어요. 상대방을 칫솔이라고 부르는 건 푸링에서 가장 심한 욕이거든요, 하하."

한때 서양 귀신 호웨이였던 피터와 함께 선착장을 나와 푸링 거리를 걷는다. 선착장 부근 대부분의 가게에서 마오쩌둥 얼굴이 들어간 펜던트나 티셔츠를 판다. 가짜 옥 액세서리만큼 많다. 붉은 펜던트 속의 마오쩌둥은 참 미남이다. 미남 마오쩌둥은 어쩌자고 문화대혁명 같은 일을 벌였을까.

경사가 많은 푸링에서는 앞서 가는 사람들 발만 보고 걷게 된다. 대나무 장대를 어깨에 지고 다니는 짐꾼인 '방-방 쥔(글자 그대로 해석하면 봉봉 부대)'의 울룩불룩한 장딴지를 주로 보지만 간혹 젊은 여자, 샤오제의 버드나무 같은 다리도 본다.

"너무 많이 변했어요."

피터가 한숨을 내쉰다.

산비탈 같은 경사면에 아파트 같은 공동주택이 있다. 낯설다. 중국의 강마을을 보고 싶었다. 그런데 아파트가 있다. 하지만 여긴 도시가 아니다. 시골도 아니다. 사람들이 살기 위해 지은 아파트이니 어쩌겠는가. 그래도, 푸링이 충칭 변두리라곤 해도 3천 년 이상 된 도시다. 그런데 역사나 과거는 보이지 않고, 철근과 시멘트만 보인다.

피터도 나와 비슷한 기분일까.

"개발이 역사를 삼켜버린 거죠. 마오쩌둥은 돈을 혐오했고, 당서기가 된 후에는 돈을 만지려고도 하지 않았다고 하는데 정작 현대의 중국은 정반대로 돌아가는 것 같아요."

장강 변에서 똑같은 집을 짓고 살듯 장강 변의 역사적 유적 형편도 비슷하다. 장강 변의 유적지에서 "언제 지어진 거죠?"하고 물으면 사람들은 늘 이렇게 말한다. "청나라 때요."

석보채도, 백제묘도 그렇다. 장강을 따라 여행하다 보니 청나라

때 유적이 참 많다. 하지만 모두 짐작일 뿐이다. 청나라는 왠지 둘러 대기 적당한 구실 같다. 봉건을 타파하는 과정에서 많은 게 사라졌다. 그런데 역사와 봉건은 어떻게 구별해야 할까. 마오쩌둥에게 물어야 하나?

중국 역사의 '보존'과 중국의 '개발'은 종종 충돌한다. 장강삼협은 과거와 현대가 뒤섞인 중국을 보여준다. 기항지 투어 때마다 마주하는 중국인 그룹의 가이드는 약속이라도 한 듯 확성기를 들고 소리를 지르듯 설명을 이어간다. '귀신의 성'이란 풍도귀성은 장강 저편으로 거대한 신도시를 마주한다. 세상의 모든 귀신이 모여드는 곳, 풍도귀성이라지만 중국 관광객들의 소란을 배겨낼 재간이 있을지 모르겠다. 급조된 도시는 어지럽다. 한 때 푸링에는 파족이란 부족이 살았다지만 지금 푸링에선 파족의 흔적은커녕 명멸한 중국 왕조의 흔적조차 찾기 힘들다.

간혹 변하지 않는 것도 있다. 공원에서 노인들이 줄을 맞춰 전통 음악에 따라 천천히 우아하게 춤을 춘다. 거리의 소음 속에서 맹인은 부드럽게 연주한다.

푸링에서 만난 사람들

피터가 묻는다.

111

"국수 안 먹을래요? 전에는 '학생들의 집'이란 국숫집을 자주 갔었는데……."

학생들의 집은 찾을 수 없었다. 대신 만둣집을 찾았다. 돼지고기가 들어있는 '차서우'라는 만두다.

"국수집에서 국수를 먹으면 한사코 아이들이 돈을 내려 들었어요. 째지게 가난한 시골 아이들이……. 다른 사람들도 마찬가지였어요. 밥을 함께 먹으면 늘 그들이 밥값을 냈어요. 중국의 전통이래요. 언제나 내 월급이 얼마냐고 묻는 사람들이……. 참 이상하죠."

국숫집을 나와 찻집에 간다. 마을 사람인양 신문을 사고, 찻집에서 샤오제가 따라주는 차를 마시니 내가 중국에 왔다는 게 실감난다. 샤오제의 길게 트인 치마, 치파오 때문일까? 치파오는 몸에 꽉 달라붙어 옆이라도 트여 있지 않으면 거동 자체가 불편하니 옆이 트인 건 자연스러운데 왠지 자꾸 눈길이 간다. 중국 여자의 매력은 치파오에서 온다.

"푸링 여자들 예쁘죠? 중국에서 예쁘기로 소문났어요. 이유가 뭔 줄 알아요? 강이랑 산이 있기 때문이에요. 예쁘긴 한데 가끔 성격이 너무 강할 때도 있어요. 이유가 뭔 줄 알아요? 강이랑 산을 끼고 있기 때문이래요."

피터는 미국에 있을 때 간혹 푸링이 그립다고 한다. 자기가 가르친 학생들, 피터를 가족처럼 대해 준 국숫집 부부, 동네 꼬마아이들을 죄다 몰고 우리 집에 찾아온 앞집 아이…….

장강 변을 따라 홀로 즐겼던 트래킹도 잊을 수 없다. 트래킹을 하면 이런 생각이 들었다. 여길 걸어본 외국인은 나뿐일 거야. 그러면 기분이 좋아졌다고.

"내 인생 최고의 경험은 중국어를 배우고 푸링에서 사람들을 만난 거예요. 2년 동안 강은 늘 같은 모습이었지만 사람들은 그렇지 않았어요. 내가 푸링을 떠날 때 아이들과 포옹도 없이 악수만 하고 어색하게 헤어졌어요. 하지만 아이들이 눈물을 꾹 참고 있다는 걸 알았죠. 내가 푸링에서 만난 사람들은 강하고, 착하고, 재미있고, 슬픈 사람들이었어요."

피터와 달리 장강 변의 사람들 대부분은 평생 장강을 떠나지 않고 살 것이다. 할아버지가 갈던 땅을 아버지가 갈고, 다시 손자가 갈 것이다. 장강 변에서 볼 수 있는 계단식 밭은 이들이 오로지 두 손으로 일군 터전이다.

"지금은 결혼해 도시에 살지만 주말에 친정에 가려면 두 시간 반 동안 산을 넘어야 해요."

장강 변의 소수민족 출신인 어느 여자 가이드 얘기다. 과거에도 유배지 같은 강마을이었지만 삼협댐으로 인해 수면이 150미터 이상 높아진 지금도 이곳은 여전히 외지고 가파른 산간 지역이다. 어디를 가려면 두 발로 걷는 수밖에 없다. 목숨을 걸어야 넘을 수 있는 길이 장강의 산봉우리였다. 하지만 장강의 어느 여객선들은 '저층 아파트'처럼 보일 만큼 크다. 내가 탄 크루즈선도 그렇다. 중국 농민

들은 이제 오래되고 낡은 집을 버리고 아파트에 살기를 갈망한다. 장강 변에서 중국의 과거와 현재는 끊임없이 교차한다.

한나절의 푸링 산책을 마치고 배로 돌아왔다. 배를 타고 3박 4일이라니 처음에는 좀 지루하지 않을까, 생각했는데 기우를 덜었다. 장강의 풍광은 여전히 회색빛이다. 산은 산에 가리고 강에 가렸다. 부표들만 붉게 반짝인다. 어느새 어둠이 내린다. 밤의 장강은 아주 고요하겠지……. 반짝이는 별을 보거나 환한 달빛을 받을 거라 생각했다. 길을 밝히는 헤드라이트 불빛을 제외하곤 칠흑 같은 밤에 뱃머리에 앉아 어둠 속을 망연스레 바라본다. 불현듯 적막을 깨고 거대한 협곡 사이에선 꺄아 꺄아아 꺄아 하는 소리가 울려 퍼진다. 배를 집어삼킬 듯한 기세에 소름이 도톨도톨 돋는다. 사람 사는 세상에서 나는 소리가 아니다. 세상의 어떤 끝에 맞닥트렸을 때 들을 수 있는 소리다. 어쩌면 장강이 저세상과 맞댄 틈 사이에서 우연히 터져 나온 소리, 장강의 소리였다. 장강은 훤한 대낮이 아닌 칠흑 같은 어둠 속에서 제 모습을 드러냈다.

나는
걸었다,
세계는
좋았다

내가 찾고 있는 것은 어떤 '끝'이었다.
여행의 끝이자 삶의 끝.
피할 수 없이 가야 할 길이라면 끝까지 가야겠다고 생각했다.
정처없는 유랑에 대한 욕망이 슬금슬금 때로는 불끈불끈 치밀었다.

세상

모든 괴짜들의

고향

프로빈스타운은 거의 400년 동안
망명자들, 반항자들, 이상주의자들을 유인해왔다.
여기서는 그 어떤 사람도, 실패하거나 포기한 사람도,
문제를 잘 처리할 수 없거나 처리할 마음이 없는 사람도
창피를 당할 일이 전혀 없다.

Bookmark * 『아웃사이더 예찬』, 마이클 커닝햄

보스턴을 출발해 차를 타고 오는 데 두 시간이 걸렸다. 보스턴에서 43킬로미터 떨어진 곳, 비행기로는 겨우 25분이면 도착하는 매사추세츠 동쪽 끝 반도에, 보스턴이 상징하는 보수적이고 전통적인 세계와는 완전히 동떨어진 세계 '프로빈스타운'이 있다.

세상에나, 미국에 정말 이런 곳이 있단 말인가!

『아웃사이더 예찬』을 읽으며 처음 프로빈스타운을 알고 나서 든 생각이다. 그만큼 매혹적이고 도발적인 곳. 하지만 "그곳이 도대체 어떤 곳인데?"하는 물음에는 대답을 머뭇거릴 수밖에 없는, 도무지 정리가 안 되는 곳이랄까.

언젠가 지도에서 '프로빈스타운'을 찾아보았다. 맙소사! 정말 있다. 소설 속 허구의 공간이 아닐까 하는 의심은 접어야겠다. 가슴이 두근거렸다. 그 후 3년이 지나 오늘 마침내 프로빈스타운에 도착했다.

다 함께 돌자, 마이너들의 동네 한 바퀴

프로빈스타운은 지형적으로 가느다란 갈고리 모양의 케이프코드 끝자락에 위치한 탓에 막장이나 종착지 같은 느낌이 강하다. 지질학적으로도 바다 한가운데 모래사장 위에 세워진 '모래도시'다.

동서 길이는 4.8킬로미터로 매우 짧다. 중심가인 커머셜거리를 끝에서 끝까지 설렁설렁 걸으며 구경하는 데 서너 시간이면 족하다. 단, 여름이 아닐 때! 오늘처럼 여름날에는 단단히 각오를 해야 한다. 다운타운의 도로는 달랑 두 개뿐인데 차도와 인도를 아랑곳하지 않는, 회오리 같은 관광객 수만 명이 바글거린다.

이곳에는 유명인이 많이 살았다. 마크 로스코도 한때 프로빈스타운에 살았다. 우리집 거실에 걸어놓고 싶은 그림의 주인공이다. 그의 그림 하나면 우리집 열 채 값과 맞먹을 테지만, 쩝! 교과서에서 봤을 법한 극작가 유진 오닐이나 테네시 윌리엄스도 청춘의 시절, 길건 짧건 이곳에 살았다. 유진 오닐은 프로빈스타운에서 쓴 희곡으로 퓰리처상을 받았다. 미국 화가들 중 마크 로스코 다음으로 좋아하는 에드워드 호퍼도 여기 살았다. 여기까지 듣고 나면 무언가 근사한 동네를 떠올릴지 모르겠으나, 사람들이 통념적으로 떠올리는 근사함과 프로빈스타운은 상관없다. 오히려 반대에 가깝다.

카페에 앉아 거리를 오가는 사람을 살펴보니 노인 단체 관광객, 뉴욕이나 보스턴에서 온 여피족 커플이 많다. 여기까지는 특별할 게 없지만, 이내 프로빈스타운의 색다른 모습이 눈에 들어오기 시작한다.

두 남자가 다정히 손을 잡고 지나간다. 얼굴은 예쁘고 모델처럼 차려입었으나 근육질의 탄탄한 몸을 자랑하는 뉴욕의 신세대다. 흔히 메트로섹슈얼이라 불리는 이들이다. 그 뒤로 남성스러운 두 여자가 다정하게 키스한다. 한 여자는 오른팔에 화려한 문신을 했다. 다음은 트랜스섹슈얼, 성전환자다. 제법 비욘세처럼 꾸민 여장남자를 보고 나는 깜짝 놀라지만 여기에 나 같은 이는 없다. 그 정도는 알고 왔다는 식이랄까. 프로빈스타운은 '성적 소수자들의 낙원'으로 불린다. 이곳에 게이 커플과 레즈비언 커플이 유난히 많은 이유다.

백인 일색이던 프로빈스타운 거리는, 피부색 짙은 저임금 자메이카 노동자들이 등장하며 다채로워진다. 미국 동부의 자긍심 높은 백인들이 아무도 주방일 같은 험한 일을 하려 들지 않자 최근 자메이카 이민자가 많아졌다.

"애틀랜틱 하우스요? 녹색괴물 지나 조금만 더 가면 돼요."

프로빈스타운은 이스트엔드와 웨스트엔드로 나뉘는데, 이스트엔드에는 '녹색괴물'이라 불리는 4층짜리 호텔이 있다. 나 같은 관광객이 길을 물으면 프로빈스타운 사람들은 녹색괴물을 기준으로 설명한다. 애틀랜틱 하우스는 카페이며 식당, 술집, 카바레다. 프로빈스타운을 'P타운'이라고 부르듯이, 사람들은 애틀랜틱 하우스를 'A하우스'라고 부르는데, 세상에서 가장 슬픈 목소리를 가진 빌리 홀리데이가 말년에 일주일간 노래를 불렀다.

다운타운에 여기저기 갈 곳은 많지만 오늘의 하이라이트는 스페이스 푸시 밴드의 공연이다. 이성애자와 레즈비언, 게이, 트랜스섹슈얼로 구성된 밴드다. 실력은? 죽인다고 할 수밖에! 그만큼 형편없다는 명성은 익히 들었다.

이 밴드의 가장 좋은 점은 누구나 밴드 멤버가 될 수 있다는 점. 단, 몇 가지 조건은 있다. 밴드 모집 공고에는 '몇 주 전부터 밴드의 리더와 알고 지내고, 리허설에 한 번은 올 것! 로큰롤을 부르고, 여장을 해야 한다'고 씌어 있다. 여장이라…… 마지막 조건만 없었으면 나도 한 번 끼어들어 봤을지 모르겠다.

이 밴드는 여자로 분장을 하고, 롤링스톤스나 프린스의 노래를 아낌없이 망친다. 이렇게 용감한 밴드에게 관객들은 아낌없는 야유와 박수를 보낸다. 전에는 한 번도 공연을 해본 적이 없는 이들이 펼쳐놓은 오늘 밤의 무대 역시 판타스틱하다고 말할 수밖에! 열정은 엉터리 연주도 환상적으로 보이게 한다.

밴드 리더 라이언에게 물었다.

"왜 남자가 여자로 분장을 해?"

"아름답잖아. 재미도 있고!"

새벽 1시, 스피리터스로 갈 시간이다. 스피리터스는 아이스크림 가게다. 하지만 아이스크림을 먹으러 가는 게 아니다. 새벽 2시까지 문을 여는 곳이 여기뿐이다. 그때쯤이면 다운타운의 모든 술꾼이 여기로 모여든다. 오늘 밤도 어마어마한 사람이 몰렸다. 아이스크림을 먹기보다 자동차 보닛에 올라가 춤추는 데 열중인 사람을 구경하며 하루를 마감한다.

카페에서 만난 마이클 이야기다. 이스트엔드에 사는 그는 오래전 늘 함께 포커를 하던 70대 할머니 크리스에게, 자기가 게이인 것 같다고 말했다. 가족에게조차 결코 꺼낼 수 없던 이야기를 들은 크리스 할머니가 한마디 했다.

"글쎄, 얘야. 내가 네 나이였으면 나도 한번 그래보고 싶구나."

프로빈스타운은 마이클 같은 '성적 소수자들의 낙원'으로 불린다고 했지만, 여기서 중요한 것은 소수자, 마이너리티란 단어다. 세상의 소수자들은 언제나 비난받는다. 하지만 프로빈스타운에서는 모든 종류의 마이너리티가 환영받는다. 1910년대 이미 예술의 중심지로 전성기를 구가했던 왕년의 끗발이 남아 있기 때문일까? 프로빈스타운은 '초로의 보헤미안 타운'이다. 다른 곳에서는 왕따를 당해도 이곳에서는 존중받는다. 반항아, 몽상가, 도피자 등 세상의 괴짜들은 다 모였다. 마이클은 이렇게 말했다.

내가 아는 소도시 가운데, 가정과 합법적인 결혼, 번듯한 직업과 혈연자녀라는 규정된 틀 안에서 사는 사람보다, 인습에 얽매이지 않고 사는 사람이 많은 듯한 곳은 프로빈스타운뿐이야.

내가 하루 동안 본 프로빈스타운의 게이들은 자신을 '지나치게'

자랑스러워한다. 그들의 표정은 허무맹랑하다고 할 만큼 밝다. 자기 자신이 자랑스러워 도무지 참을 수가 없는 것 같은 표정이다.

게이들이 스스로를 '게이'라고 부르기 시작한 것은 1960년대 이후다. '게이gay'라는 말 자체가 '명랑한, 즐거운, 낙관적인, 밝은'의 의미를 갖고 있다. 그들은 스스로를 더 이상 부끄럽게 여기지 않는다. 그러고 보니 '게이스럽게' 산다는 것은, 자신에게 자부심을 갖고 명랑하게 낙관적으로 산다는 말이다.

난 게이가 아니지만 이런 곳이 존재한다는 사실만으로 왠지 위로가 된다. 이곳에선 이성애자, 동성애자 모두 자연스럽게 살아간다. 단, 포르투갈 출신들은 예외다. 그들은 다른 주민들과 교류 없이 자기들끼리 살아간다. 뭐랄까, 눈앞에 뻔히 보이는 풍경을 무시하며 산다고 할까.

어쨌거나 프로빈스타운만 보면 미국처럼 관대한 나라가 없다. 그렇다고 동성애자들만 프로빈스타운을 좋아하는가 하면, 그렇지 않다. 프로빈스타운에 열광하는 이성애자들도 많다. 이성애자들은 별난 동성애자들의 차림을 보고 즐거워하고, 동성애자들은 이성애자들의 눈길을 받으며 자신을 뽐내기에 여념 없다.

언젠가 한국에서 나에게 프랑스어를 가르쳤던 미셸은 나를 게이라고 오해했다. 제법 나이가 많았던 그는 자신에게 프랑스어를 배운 한국인 게이와 사랑에 빠졌지만 결국 버림받은, 비련의 하지만 매우 명랑한 게이였다. 프랑스어 강의는 이른 아침에 있었다. 어느 날, 강의실에는 일등으로 등교한 모범생인 나와 빵과 치즈로 아침을 먹던 미셸뿐이었다. 그가 말한다.

"난 게이 포르노를 즐겨 봐. 정말 아름다워!"

통창으로 내리쬐는 햇살이 찬란한 아침, 그게 그렇게 아름다운지는 동감할 수 없지만, 그에게 무슨 의도가 있다곤 생각하지 않았다.

며칠이 지나고 그의 예순다섯 번째 생일이 되었다. 미셸을 위해 케이크를 샀다. 그저 축하하고 싶었다. 그의 나이 듦, 그리고 나와는 다른 그의 자유로움을.

이제 와 생각해보니 미셸은 프로빈스타운 사람 같다. 언제나 떠들썩한 이곳 사람들은 자기가 게이이며 섹스를 밝힌다고 말한다. 우리는 내놓고 하지 않는 모든 일을 내놓고 한다. '수치심'이란 단어는 애초 모르는 사람들 세계다. 우리가 중요하게 여기는 것들과는 작정이라도 한 듯 거리를 둔다. 내놓고 하는 표정이 하도 해맑아 순수하게 보일 정도다. 너무나 천연덕스러운 탓에 연극의 한 장면 같다.

특히 수십만 명의 관광객이 몰려드는 여름철에는 방종이 곧 삶이다. 술 마실 돈을 벌고 사랑의 상대를 고르는 게 일과의 전부다. 겨울이 되면 커머셜거리에서조차 사람 구경하기가 힘든데 1년의 한철, 그 절호의 찬스를 놓칠 수는 없잖은가. 이곳에서는 몸을 사리느라 쾌락을 누리지 못하는 것이야말로 비난받을 일이다.

프로빈스타운에서는 방종도 열정이다. 방종마저 자연스럽다. 오해는 말라. 섹스가 중요하지만 나쁜 행동을 해도 된다는 말은 아니다. 다만 이곳에서는 상식적이지 않다고 해서 누군가를 비난하거나 비웃지 않는다. 그들의 방종을 보면 불쑥 나도 한번 그래 볼까 하는 생각마저 든다. 소심하고 의심 많은 나는 결코 그런 사람이 되지 못하겠지만, 세상에 이런 사람들이 모여 있는 곳이 하나쯤 있는 것도 썩 괜찮은 듯싶다. 마음의 고향처럼 말이다.

프로빈스타운은 방정맞은 마을이지만 소박하고 평화롭다는 점에서 목가적이다. 이곳에 어두운 기운은 없다. 땅의 끝Land's End(『아웃사이더 예찬』의 원서 제목), 통념의 끝, 상식의 끝에 프로빈스타운이 있다. 세상에나! 정말 밝기만 한 세계다.

어디론가 도피해야 한다면

지형상으로도 프로빈스타운은 아웃사이더 같은데 주민들 역시 대부분 이주자다. 이곳 사람들은 외부인에게 관대하다. 누구라도 쉽게 주민이 된다. 누군가 여기 머물기 위해 어떤 핑계를 꾸며댄다 해도 의심하지 않는다. 프로빈스타운은 모든 의미에서 안전하다.

내가 한국을 떠나 어디론가 도피해야 한다면 프로빈스타운이 좋겠다. 한껏 고즈넉해지는 겨울날, 모래밭에 지은 집을 렌트하고, 침대에서 책을 읽으며 시간을 보낼 것이다. 어차피 겨울의 적막 속에

즐길 것은 책과 잠밖에 없다. 하지만 매년 여름, 묵은 때를 벗겨낼 수 있는 방종의 계절이 오지 않는가. 적막과 고요가 텅 빈 거리를 차지하고, 모래사장에 비치는 오렌지빛 석양이 입을 다물 수 없을 만큼 아름다울 때, 나도 한여름을 간절히 기다리겠지.

프로빈스타운에서는 언제나 소문이 무성하다. 대개의 소문은 너무 기막혀 입을 다물지 못할 정도다. 서로에게 무관심한데 소문은 하늘을 찌를 듯하니, 사람들은 소문내기 놀이를 하거나, 비난처럼 보이는 소문을 통해 서로를 보살피는지도 모른다. 프로빈스타운이 어떤 곳이냐고 묻자 마이클은 이렇게 말했다.

정착하기로 마음먹은 사람들에게 프로빈스타운은 가난하지만 너그럽고 자애로운 어머니, 산전수전 다 겪었기에 자식이 더 큰 세상에서 배워온 습관에 놀라지도 않는, 검소하게 살았으며 요즘에는 집에 먹을 것을 넉넉히 쟁여둘 수 없어도 가진 것은 무엇이라도 기꺼이 내놓을, 입이 건 노모老母다.

몽상가의
여행법

그 밤은 추웠지만 아름다웠다.
지금 내가 하는 행동을 보면 내 운명은 여행이었다.
아니, 어쩌면 '우리의 운명'이라고 말하는 편이 맞을 것이다.
Bookmark ＊『체 게바라의 모터사이클 다이어리』, 체 게바라

간혹 인터뷰를 하면 여행의 철학 같은 걸 묻는다. 뭐, 없진 않을 것이다. 그런데 그는 정말 그런 게 궁금한 걸까? 내 생각에 여행은 철학보다 몽상에 가깝다. 몽상가가 세계를 꿈꾸는 동안 철학자는 방 안에서 세계를 꿈꿀 이유에 대해 숙고한다. 숙고도 필요하지만 난 이미 그런 시간을 너무 많이 보냈다. 그러니 지금은 부지런히 몽상가의 꿈을 꾸는 게 유익하다. 의외로 세상엔 몽상가가 많지 않다.

몽상가는 지구 어디라도 간다

우리는 갑판에 나가 점점이 하얗게 반사되는 끝없는 초록바다를 바라보았다. 난간에 나란히 기대 각자 자신만의 꿈속을 비행하며 상상의 나래를 펼쳤다. 그곳에서 우리는 우리의 진정한 소명이 세계 곳곳을 방랑하는 것임을 깨달았다. 항상 호기심을 갖고, 눈에 띄는 대로 모든 것을 들여다보고, 세상의 구석구석을 돌아다니며…… 우리는 표면적인 것만을 보는 것으로도 충분했다.

스물세 살의 체 게바라는 몽상가였다. 그의 여행은 완벽하게 즉흥적이다. 내가 그랬듯 스물세 살의 체도 세상을 그저 떠돌아다니고 싶었을까? 의대, 병원, 시험 같은 것에 질려 있던 체가 친구 알베르토에게 불쑥 내뱉는다.

"북아메리카에 가보면 어떨까?"

"어떻게?"

북아메리카는커녕 서른이 다 되도록 바다에도 한번 가보지 못한 알베르토다.

"포데로사(알베르토의 오토바이 이름)를 타고!"

8개월간의 여행은 순식간에 결정된다. 정작 북아메리카에는 가지도 않고, 처음부터 끝까지 사람들에게 달라붙는 '왕빈대' 생활의 연속이지만, 8개월 동안 길 위에서 본 풍경은 청춘의 각막에 각인되었다.

체는 몽상을 즐겼지만 상상만 하지 않고 실제로 여행을 시작했다. 그렇다고 남들 보기에 폼나고 그럴싸한 길은 아니다. 하루하루 좌충우돌에, 남에게 폐 끼치는 일이 다반사다. 그래도 여행을 포기하진 않았다. 말하자면 그는 '실천하는 몽상가'다. 뜨거운 열망에 빠진 몽상가는 지금 당장 자기가 하려는 일이 얼마나 황당무계한지 알지 못한다. 그저 눈앞에 놓인 뿌연 길을 바라보는 것만으로 심장은 벌렁거리고, 당장 지구 어디라도 갈 것 같은 몽상에 빠져든다.

이제 몽상가 체의 길을 한 번 따라가 보려고 한다. 체의 여정을 따라 아르헨티나에서 시작해 칠레와 페루를 거쳐 베네수엘라로 넘어간다. 먼 길이지만 못 갈 길은 아니다. 체가 짜놓은 일정대로 움직이면 그만이다. 일정을 고민하지 않고 여행하는 것만으로 큰 짐을 덜었다.

체의 여정을 따라, 책에 나오는 지명대로 쫓아가다 보니, 책에서 본 장소들이 하나둘 나타난다. 아르헨티나 '산 마르틴 데로스 안데스'에선 체가 며칠간 지냈다는 국립공원 관리사무소를, 칠레에선 체가 묵었다는 '로스 앙헬레스 소방서'를 발견했다. 책 속에서만, 머릿속에만 맴돌던 체의 모습이 구체적으로 느껴지는 순간이다. 당연한 일이지만, 책에서 본 장소를 실제로 마주하면 신기하기만 하다. 체가 이곳을 지나간 지 벌써 60년이 지났다.

여정이 끊기면 사람들에게 묻는다. 스페인어는 못해도 외국인이 "체? 체!"하는 것만으로도 사람들은 손짓 발짓으로 길을 알려준다. 이미 전 세계에서 모여든 수많은 여행자가 앞서간 길이다. 머지않아 우리나라에도 '체 게바라 따라가기' 같은 패키지여행 상품이 나올지도 모르겠다.

혁명을 꿈꾸지 않는 시대에 아이러니하게도 그는 시대의 아이콘이 되었다. 희한하다. 혁명의 대리만족도 아니고, 간접체험도 아니다. 그럼 영화배우 같은 용모의 체가 단지 유행인 걸까? 그게 아니라면 세상은 벌써 여러 번 바뀌었어야 하는 것 아닌가. 하지만 세상이 바뀌기는커녕 전 세계에 신자유주의의 광풍이 휘몰아친다.

어쨌거나 체의 여정을 절반 정도 따라온 지금은 페루의 쿠스코다. 우리나라 티코가 많아 깜짝 놀랐다. 쿠스코 택시의 대부분은 티코다. 쿠스코의 좁은 도로 사정에 제격인 탓일까? 티코 서너 대가 납작돌이 깔린 쿠스코의 가파르고 좁은 골목길을 질주하듯 내려가는 걸 보면 왠지 웃음이 난다. 거리엔 값비싼 점퍼를 입은 백인들이 선글라스를 끼고 카메라를 든 채 활보한다. '잉카의 심장' 같은 말은 애써 외면하고 왔지만, 원주민 복장을 한 채 몇백 원을 받고 백인들과 사진 찍는 인디오를 보는 건 씁쓸하다.

내 속이야 어떻건 외국인과 나란히 사진 찍는 원주민들 표정과 포즈는 매우 자연스럽다. 돈을 받고 사진을 찍지만 그런 내색은 않는다. 마치 마추픽추의 이름 모를 계곡에서 운 좋게 만난 인디오처럼 무표정한 얼굴이다. 연기자로서 그들의 직업이고 쿠스코의 일상이다.

거리엔 코카인 호객꾼이 많다. 코카인을 소비하는 건 밤낮으로 술에 절어 사는 원주민들이다. 잉카의 찬란한 문명은 진작 사라지고, 원주민들에게 남겨진 건 암울한 현실이다. 이런 상황은 아랑곳없이 관광객들은 매년 점점 더 많이 몰려든다. 관광객이 몰려드니 물가는 급등한다. 쿠스코에서 마추픽추 부근인 아구아스 칼리엔테스까지 가는 기차는 96달러, 기차역에서 마추픽추까지 오르는 버스는 20달러, 마추픽추 입장권은 40달러다. 하루 동안 마추픽추를 구경하는 데만 150달러 이상 든다. 여행사 직원 말로는 앞으로도 계속 오를 거라고 한다. 그것도 서서히 완만하게 오르는 게 아니라, 영국계 회사라는 '페루 레일' 맘대로 꽉꽉 오를 것이란다. 여기까지 와서 비싸다고 마추픽추에 가지 않을 외국인은 없다는 걸 그들이 모르겠는가.

시내를 돌아다니다가 아르헨티나에서 왔다는 두 녀석을 만났다. 슬금슬금 내 옆에 앉아 다짜고짜 말을 걸어온다. 1년 전 여행을 시작했는데 오늘이 딱 1년, 365일째 되는 날이란다. 그래? 축하한다고 말해주었다. 그런데 땅이 꺼질 듯 한숨을 쉬기에 왜 그러느냐고 하니, 무슨 사정이 있어 곤경에 처했단다. 지금은 거지꼴이지만 아르헨티나에선 잘나갔다고 큰소리를 치는데, 썩 믿음이 가진 않는다. 그래도 집을 나와 이제까지 고생한 얘기 하는 걸 보면 솔직한 것도 같다.

그들 사정을 들어봐야 내가 해줄 건 딱히 없어, 그럼 맥주라도 한 잔 사겠다고 했더니 미안하다는 듯 극구 사양한다. 겨우 맥주 한 잔인데 뭘 그렇게 사양하느냐고 하니, 아르헨티나에서는 술을 마실 때 식사를 함께 하는 게 풍습이라며 덧붙인다. "우린 지금 돈이 없어 식사를 할 수 없으니 맥주를 마실 수 없어요."

그때 알아봤어야 했다. 녀석들은 지난 몇 달 동안 이런 식으로 여행했다. 내게 건 수작도 돈 없이 여행하는 녀석들의 생존법 중 한 가지다. 술이 들어가고 배가 부르자 녀석들이 알아서 그동안 있었던 일을 털어놓는데, 이를테면 이런 식이다. 칠레 북부의 사막을 여행한다. 시간이 지나니 지겹다. 배를 타고 바다로 나가고 싶다. 그럼 항구로 간다. 바다 너머 페루 국경을 넘어가는 배를 탈 수 있으면 좋겠지만, 그게 여의치 않으면 북쪽에 있는 항구 어디라도 좋으니 배만 타면 좋겠다고 생각한다. 그런데 배를 탈 돈이 없으니 밀항을 하듯 몰래 배에 올라서, 역겨운 냄새 풀풀 나는 화장실에 숨어 밖에서 문을 두드릴 때마다 코맹맹이 소리로 "사람 있는데요"라고 말하며 버틸 수 있을 때까지 버틴다. 그러다 결국 선원들에게 들키고 만다. 선장의 선처로 배에서 쫓겨나진 않았지만 한 녀석은 지독하게 더러운 화장실 청소를 하게 되고, 다른 한 녀석은 감자껍질을 까게 된다. 화장실을 청소하는 녀석이 불공평하다고 씩씩거리는 사이, 감자 까는 녀석은 상대적 행복감에 흐뭇해 한다. 나 참 어이가 없어서 웃음밖에 안 나온다.

녀석들이 내 앞에서 다시 아웅다웅하기 시작한다.

"감자 까는 일, 그만 양보하지?"

"지엄한 선장의 명령을 어떻게 어기냐고?"

녀석들이 풀어놓는 이야기 보따리엔 별의별 이야기 다 있다. 자기 나라가 아닌데도 잠은 일단 경찰서나 소방서를 찾아가 해결하고, 그게 여의치 않으면 농가의 창고건 국립공원 관리사무소건 무조건 사정한다. 들판을 걷다가도 농가만 보이면 무작정 찾아가 태연하게 음식을 부탁한다. 누군가 친절하게 음식과 술을 제공하면, 술에 취한 녀석들은 실수로 큰일을 벌이고 그 집에서 재빨리 도망쳐야 할 상황에 빠져버린다.

생긴 건 멀쩡한 녀석들이 하는 짓은 엉뚱하기 그지없다. 젊어서 용서가 되는 거지, 한마디로 대책 없는 녀석들이다. 그러나 한편으로는 녀석들 객기가 좋아 보인다. 누가 뭐래도 녀석들은 세상을 만나고 있다. 어떤 식으로든 여행을 하지 않으면 결코 볼 수 없는 것을 보고 있다. 한 녀석이 웬일로 정색을 한다.

"내 생각에 쿠스코는 하나가 아니야. 대개의 관광객들이 보는 건 화려한 컬러의 전통적인 옷차림을 한 원주민처럼 피상적인 쿠스코야. 관광객들은, 이제 과거의 영광이 되어버렸지만 한때 '세계의 배꼽'으로 불렸던 쿠스코에 대해서는 관심이 없어. 가혹한 스페인 정복자들이 쿠스코를 어떻게 파괴했는지에 대해서도 별생각이 없지. 리마에서 비행기를 타고 날아와, 하루는 쿠스코를 보고, 하루는 마추픽추를 보고, 다음 날 집에 돌아가선 과시하듯 안갯속에 잠긴 마추픽추가 얼마나 아름답고 신비한지 늘어놓을 거야."

낯짝 두꺼운 녀석들이 이런 걸 다 고민한다는 게 신통하다. 어쩌면 여행이 녀석들을 조금씩 바꾸어놓았을지도 모를 일이다.

여행의 목적을 묻는다면

누군가는 "여행을 한다고 달라지는 것은 없으며 일상에서 벗어나는 충동 외에 여행의 목적은 없다"고 한다. 그럴 수도, 아닐 수도 있다. 여행의 패러독스가 아니다. 내가 여행을 하는 것은 달라지기 위해서가 아니다. 물론 달라질 수도 있고 아닐 수도 있다. 하지만 여행을 한다고 해서 무조건 변하는 건 아니다. 일상과 마찬가지로 여행도 만들어가야 하기 때문이다. 필요한 변화는 자연스레 오지만, 그건 어떤 여행을 했는가에 달려 있다. 진짜 변화는 머리가 아니라 몸으로 온다.

체는 오토바이를 타고 커브를 돌다 넘어져 화상을 입고, 노숙을 하며 허기보다 고통스러운 추위에 시달렸다. 폭우 속에서 비 피할 곳을 찾지 못했고, 칠레의 사막에선 머리 위로 내리쬐는 태양 탓에 그의 말대로라면 '두 시간 동안 3리터의 땀'을 흘렸다. 하지만 체의 황당무계한 여행은 8개월 동안 계속되었다. 그는 길 위에서 '왕빈대' 생활을 하며 여행을 지속했다. 여행의 목적을 심각하게 고민하기보다 여행에 집중하며 순간을 즐겼다.

몽상가건 현실주의자건, 여행을 하고 얼마나 변할지는 누구도 알 수 없다. 체는 혁명가가 되기 위해 길을 나선 게 아니지만 여행은 그를 혁명가의 길로 이끌었다. 체의 여행은 몽상가의 여정이었지만, 여행이 자신을 얼마나 바꾸어놓을지는 그 자신도 몰랐을 것이다. 몽상가는 언제나 지금, 여기에 없는 것을 꿈꾼다. 그래서 지구 어디라도 갈 수 있다.

하루에 아홉 번의 사고라니! 우리는 오토바이 옆에 깐 침낭 속에 달팽이처럼 누웠다. 잇따른 사고에도 불구하고 여전히 시들지 않은 즐거운 기분으로 앞날을 그려보았다. 더 자유롭게, 상쾌한 공기와 모험의 기운을 들이쉬고 있는 듯했다. 머나먼 나라들, 영웅적인 행동, 아름다운 여인들이 우리의 어지러운 상상 속에서 소용돌이쳤다.

나는 걸었다,
세계는 좋았다

인간의 어리석음이 인간을 지탱하는 것과
인간의 위대함이 인간을 지탱하는 것은 어떤 차이가 있을까.
인도인을 보면서 든 생각인데,
어리석음에 의해 지탱되는 인간이 더 강인하고
오래 사는 거 아닐까.

Bookmark ＊『인도방랑』, 후지와라 신야

젊은 날, 매일 최루탄을 맞으며 학교에 다니던 시절을 겨우 보내고, 강석경의 『인도기행』을 읽었다. 운명이었다. "그때 내게로 여행이 왔다"고 말할 수밖에. 나도 언젠가 인도에 가게 될까? 나는 인도를 꿈꾸기 시작했다.

세월이 흘렀다. 두 번에 걸쳐 석 달 정도 인도를 다녀온 시간마저 먼 과거가 되었다. 인도는 한마디로 정신없었다. 좋은 일이 없었던 게 아닌데도 질려버렸다고 할까. 인도에 가기 전에 여행해본 곳이라곤 일본과 유럽밖에 없었던 탓도 있다. 사람들이 인도에 대해 물을 때마다 '아주 피곤한 곳'이라고 대답했다. 인도는 점차 관심에서 멀어졌다.

단, 짜이(밀크티)나 짜파티(밀가루반죽을 둥글고 얇게 만들어 구운 것)가 먹고 싶을 때는 인도가 그리웠다. 어떻게 해서든 짜이를 마셔야 했다. 그러나 서울의 특급호텔에서 모처럼 마음먹고 마시는 짜이는, 인도의 30원짜리 짜이보다 맛이 없다. 짜이를 마시고 있어도 짜이가 그립다.

그렇다고 해서 다시 인도에 가고 싶은 건 아니다. 인도에서 난 왠지 지쳤고, 무엇엔가 나가떨어진 기분이었다. 인도는 내 여행의 첫날밤 같은 곳이지만, 그 밤이 지나자 완전히 잊혀진 격이다.

어느 날, 후지와라 신야의 『인도방랑』을 읽었다. 이 책은 내가 보지 못한 인도를 보여주었다. 다시 가슴이 일렁거리기 시작했다.

나는 '여행'을 계속했다. …… 다분히 어리석은 여행이었다. 때로 그것은 우스꽝스러운 발걸음이기도 했다. 걸을 때마다 나 자신과 내가 배워온 세계의 허위가 보였다. 그러나 다른 좋은 것도 보았다. 거대한 바난나무에 깃들인 숱한 삶을 보았다. 그 뒤로 솟아오르는 비구름을 보았다. 인간들에게 덤벼드는 사나운 코끼리를 보았다. 코끼리를 정복한 기품 있는 소년을 보았다. 코끼리와 소년을 감싸 안은 높다란 숲을 보았다. 세계는 좋았다. 대지와 바람은 거칠었다. 꽃과 나비는 아름다웠다.

『인도방랑』은 나를 세 번째 인도 여행으로 이끌었다. 내가 그동안 인도를 그리워했다면 짜이나 짜파티, 라씨(걸쭉한 요구르트에 물, 소금, 향신료를 섞어 만든 인도 음료) 같은 음식 때문이었지만, 이번에는 『인도방랑』이 보여준 인도를 보고 싶다. 눈앞에 있었으나 내가 보지 못했던 인도를 찾아 다시 여행을 시작한다.

델리에서 바라나시로 가는 기차를 탔다. 스무 살 전후의 프랑스 여자아이 셋과 같은 칸이다. 인도에서 티베트어를 공부하는 열아홉 살 그로인은 『데미안』을 읽고, 나머지 두 아이는 노래를 부른다. 덕분에 밤새 기차를 타는 지루함을 덜었다. 이른 아침, 바라나시에 도착했다. 사람들이 도가니처럼 들끓는 기차역을 간신히 빠져나왔다.

그냥 걷는 게 좋을 뿐이야

릭샤를 타고 갠지스로 가는 길, 더럽고 가난한 골목길은 여전한데 깔끔하게 차려입은 서양인 단체 관광객은 더 많아졌다. '강가'(인도인들이 갠지스강을 부르는 말)에서는 여기저기 시신을 태우는 연기가 피어오르고, 가트(화장터)에서는 개들이 어슬렁거린다. 남은 살점 한 조각이라도 얻을까 침을 머금고 기다리는 녀석들이다. 시신의 재는 강가에 뿌리는데 사람들은 그 옆에서 몸을 씻고, 이를 닦고, 빨래를 한다. 그 물을 마시고, 그 물로 밥을 짓는다. 가트에서 벌어지는 일들은 정신을 쏙 빼놓는다. 처음도 아니고 두 번, 세 번째인데 도무지 익숙해지지 않는다.

가트에서 행색이 변변찮은 젊은 남자를 만났다. 카메라를 들고 있지 않았다면 걸인으로 보였을지도 모를 차림의 일본인이다. 그 별난 행색이 아니면 인도에서 마주치는 수많은 사진가 중 한 사람이라 생각했을 것이다. 뭘 찍느냐고 물었다.

"화장하는 모습, 불타는 시신의 발, 물에 떠오른 시신…… 아름답잖아. 혹시 물에 가라앉았다 떠오른 수장 시신을 본 적 있어? 수장을 하면 시신은 일단 가라앉았다가 바닥에 닿은 다음 다시 떠오르지. 그렇게 떠오른 시신의 얼굴이나 몸은 불순한 것이 전부 씻겨나간 것처럼 아름다워. 반쯤 눈을 감고 미소를 머금은, 불상을 닮은 시신도 있어. 그 사람이 살아 있을 때 모습을 고스란히 보여주는 느낌

142

이야."

그의 말은 충격적이었다. 내게 강가는, 바라나시의 어둡고 좁은 골목길처럼 죽음에 가까웠다. 밤엔 게스트하우스 나서기를 주저했다. 나는 무서운데, 그는 아름답다고 한다. 그에게 아름다운 사진을 많이 찍었느냐고 물었다. 난 인도에서 사진을 많이 찍지 않았다. 내가 찍은 사진이나 다른 사람이 찍은 사진이 다 비슷해 보였기 때문이다. 그가 빙긋 웃으며 말한다.

"보이는 대로 다 찍어서 그래. 인도는 어디를 찍어도 전부 사진이 되니까, 무엇을 찍지 않을까 하는 마이너스 작업에 의해서만 사진 찍는 사람의 시각이 드러나. 하지만 일본이나 한국처럼 양이 중요한 사회에서 살다가 인도에 온 사람에게 '찍지 않는 것도 표현'이라는 발상이 나오기는 어렵지."

그날 저녁 그가 보여준 사진은 대체로 어두웠다. 사진 찍는 사람들이 금과옥조로 삼는 명암의 디테일이나 그러데이션 같은 게 없다. 무거운 덩어리만 있다. 사람도, 대지도, 수면에 떠 있는 한 마리 오리마저 묵직하게 보인다. 그가 히피 사진을 몇 장 내민다.

"어쩌다 마주친 히피를 슬쩍 찍으려 들면 '도대체 일본에는 카메라가 몇 대나 있는 거지?'하고 웃으면서 물어. 비웃는 거야. 굴욕감이 치밀어 오르지. 인도 같은 곳에서 히피처럼 날것의 행위만을 원칙으로 삼는 인간 앞에 서면, 행위를 표현과 결부시키려 드는 인간은 꼴사나워. 나 같은 사람이지. 난 방랑자이고 싶었지만, 언제나 돌아갈 곳을 마련해두고 날것의 행위를 사진이나 글자로 얼버무리며 떠돌아다닌 거야."

오전에 가트에서 그를 만났을 때 그의 목에 걸렸던 카메라, 내 어깨의 카메라와 노트북이 생각났다.

"인도나 티베트를 다녀와서 신비를 팔아먹는 것은 사기야. 힌두신은 어디에나 있어. 그렇기 때문에 정작 인도 사람들은 힌두신에 대해 말하지 않지. 말없이 좌선을 하는 게 명상이라고 생각하지도 않아. 명상은 자기도 모르게 하는 거야. 난 그냥 걷는 게 좋았을 뿐이야."

그는 그저 걸었고, 좋았다고 말했다. 좋.았.다. 좋았다는 게 뭘까? 그의 이야기를 다 듣고 나니, 즐겁고 행복하기만 했다는 게 아니다. 인도 여행은 언제나 경악 또는 비명과 함께 한다. 게스트하우스로 돌아오면서 후지와라 신야의 말을 흉내 내본다.

"나도 여행을 계속했다. 언제나 불평하는 여행이었다. 때로 그것은 우스꽝스러운 발걸음이었다. 걸을 때마다 내가 얼마나 편협한지 알았다. 그러나 나도 좋은 것을 보았다. 세상이 내 생각과 다르다는 것을 알았다. 그 뒤로 솟아오르는 생명을 보았다. 이제는 혼돈이어도 좋다. 충격적이어도 좋다. 슬퍼도 좋다. 극단적이어도 좋다."

다음 날 아침, 토스트와 짜파티와 수프를 먹고 다시 갠지스로 나갔다. 보트를 타고 가트를 돌아보는 단체 관광객이 많다. 화사한 봄

날, 한가롭게 꽃놀이에 나선 듯 들뜬 얼굴들이다.

"짤로, 짤로(가자가자, 비켜비켜)!"

가트에서 나오는 길, 하얀 천으로 뒤덮인 또 하나의 시신과 마주친다.

미국인 히피와 코카콜라

"'인도'하면 '고행' 같은 단어가 떠올라. 그런 여행은 싫어."

인도에 가보지 않은 친구가 말했다. 어떤 이들은 인도 여행을 고행처럼 말한다. 고행이나 순례를 하고 각성을 얻는다고 한다. 난 요령부득한 게 틀림없다. 인도에 세 번 다녀왔지만, 인생이 뒤집히는 일 같은 건 생기지 않았으니까. 한 가지 찐한 경험은 떠오른다. 싸구려 게스트하우스에서 온몸을 벼룩에게 내주었던 일. 공덕을 쌓았다.

어떤 이들에게 인도는 값싼 여행지다. 고생은 하지만 적은 돈으로 여행할 수 있다. 또 다른 이들에겐 아름다운 동화가 펼쳐진다. 서정적인 동화처럼 인도를 묘사한 책이 많기 때문이다. 나도 그런 책을 읽고 인도를 꿈꾸던 때가 있었다. 하지만 그런 기대를 품고 찾아간 인도에서 나는 장사꾼과 사기꾼의 갖가지 거짓말에 속고 또 속았다. 인도는 여행자의 본성을 왜곡시키는 곳이 아닐까 하는 생각이 들 정도다. 한번은 기차표를 사러 가는데 누군가 말을 걸었다.

"기차역은 파키스탄의 테러로 봉쇄됐으니 내일 떠나려면 당장 여행사로 가서 버스표를 사야 해요. 서두르지 않으면 문을 닫을 거예요. 내가 안내해줄 테니 따라오세요. 시간이 없어요!"

그는 말을 끝내자마자 앞으로 달려나가고, 그의 속사포 같은 말에 혼이 쏙 빠진 나는 그를 따라 땀을 뻘뻘 흘리며 델리 거리를 달린다. 그러다 문득 정신이 든다. 내가 지금 왜 뛰는 거지? 저 남자 얘긴 딱 가이드북에 나오는 수법이잖아!

더욱 어처구니없는 건 사태의 전말을 눈치챈 내게 그가 지어 보이는 환한 미소다. 도망을 가기는커녕 미안해하는 기색도 없다.

인도의 북부 스리나가르를 여행할 때 만난 한 장사꾼은 이렇게 말했다. "내 말을 믿지 못하겠지만, 내가 파는 파시미나숄은 너무 따뜻해서 숄로 계란을 감싸놓으면 계란이 부화돼서 병아리가 나와요!"

내가 그의 말을 믿었을 성싶은가? "말도 안 되는 소리!"라고 면박을 주는 대신, '아, 그럴 수도 있구나' 하고 생각했다. 그 순간엔 진짜 믿었다. 인도 장사꾼들은 구태의연한 거짓말을 철석같이 믿게 만든다. 배우 뺨치는 연기다. 인도에서 할리우드 영화가 맥을 못 추고, 오로지 인도 영화만 번창하는 건 분명 인도 전역에 탄탄한 배우층이 존재하기 때문이다. 지금도 파시미나숄을 팔던 그 장사꾼의 진지하고 믿음직한 표정을 생각하면 웃음이 나온다.

이제 와 생각해보면, 아이러니하게도 그게 인도의 매력이다. 내가 인도를 부정적으로 생각하게 되었다면, 인도를 있는 그대로 받아들이지 않았기 때문이다. 내가 원하는 모습이 아니라고 인도를 비난한 셈이다.

내가 그랬듯 사람들은 모두 자기 경험만으로 인도를 말한다. 인도에 관한 책에, 인도를 다녀온 사람들 말에 속아 인도에 대해 시비를 판단한다. 문제는, 애써 규정해봐야 맞지도 않고, 나만 그렇게 생각할 뿐이라는 것이다.

인도를 여행한다는 건 엄청나게 불편하고, 심지어 무정부주의적인 혼란을 경험하는 일이다. 극단적으로 엑조틱 exotic 하다. 인도에 가면 지겹게 듣게 되는 말, "This is India!"이기 때문이다. 누군가 나를 속이는 건 매우 자연스러운 일이니 화를 내거나 흥분할 필요 없다. 무슨 일이 생겨도 그저 "캬(그게 뭐냐)?"하고 빈정거리거나 "앗차(좋아)!"라고 한마디 하고 잊으면 그만이다.

바자르(시장)에서 만난 한 남자는 내 나이키 에어운동화와 하도 오래 신어 너덜너덜하고 시커멓게 때가 낀 자기 슬리퍼를 바꾸지 않겠느냐고 진지하게 묻는다. 그렇게 해주면 '형제'인 나를 위해 뭔가 해주겠다 한다.

인도 사기꾼들에게 외국인을 속이는 일은 하나의 생활방식이다. 그들로서는 도저히 물러날 수 없는 '생활' 자체다. 사기꾼은 사기꾼대로 치열하게 살아간다. 세상의 모든 게 묵중한 존재라고 했지만, 오리 한 마리의 존재감보다도 못한 모습으로 매일 여행자를 속이며 살아가는 그들은 얼마나 우스꽝스러운가. 하지만 알고 보면 세상의 모든 존재가 우스꽝스럽다. 가트에서 만난 그의 말이 기억난다.

"아프가니스탄의 사막에서 미국인 히피가 코카콜라를 외치며 쓰러져 죽었다."

인도에서는 참 많은 게 우스워진다. 세상은 내가 생각하는 것처럼 단순하지도, 아름답지도 않다는 사실을 알게 된다. 심지어 '아름다움의 기준은 뭐란 말인가' 하는 데까지 생각이 미친다. 이렇게 되면 모든 기준은 홀연히 사라져버린다. 그러니 인도에서는 그저 경험할 뿐이다. 인도의 대기에 내 몸을 실어 보낼 뿐이다. 그렇지 않으면 몸만 피곤하고, 충격에 몸부림치게 되어 정신건강에도 해롭다.

난 지금까지 바라나시에 세 번 왔지만 바라나시와는 영 기운이 맞지 않는다고 생각했다. 왠지 음습한 기운이 느껴졌다. 하지만 이제 와 생각해보니, 바라나시에선 생사의 경계가 희미하기 때문이다. 죽은 자는 사라지는 게 아니다. 화장을 하면 육체의 수분은 공기 속으로 증발하고, 재는 강물 위에 뿌려진다. 바라나시에 머무는 동안 나는 그 공기를 마시고, 그 물로 지은 밥을 먹는다. 죽은 자가 마치 내 몸속으로 들어오는 것 같아 무서웠다. 하지만 가만히 생각해보면, 바라나시만 그런 게 아니다. 우리가 인식하지 못할 뿐 서울도, 도쿄도, 뉴욕도 그렇다. 그곳이라고 죽음이 없겠는가. 인도는, 세상의 실체란 이런 게 아닐까, 생각하게 해준다. 나는 아니더라도 숱한 순례자, 구도자가 인도를 찾는 건 당연하다. 받아들이지 못하면 인도를 떠날 수밖에 없다. 그러니 인도에서는 그저 경험할 뿐이다. 카오스와 아나키즘적 정신을 경험하는 게 인도 여행의 백미다. 인도에서 봐야 할 것은 온갖 혼란이다. 세 번 인도를 여행하고 내가 알게 된 건 이뿐이다. 적나라한 인간의 모습을 눈앞에서 마주하기 때문이다.

누군가는 인도를 들먹이며 "여행갈 곳이 못 된다"고 단정한다. 이 말은 결국 인도 사람 전부를 비난하는 것이니, 공정하지 않다. 누군가는 "인도는 더럽다"고 타박한다. 가난한 사람이 많으니 더러울 수 있다. 하지만 몇십 년 전 우리나라도 그랬다. 게다가 가난이 인도의 전부는 아니다. 인도는 세계 최대의 금 소비국이다.

즐거운 여행이 무조건 좋은 것도 아니다. 나빠도 좋을 수 있다. 처음에는 우리와 너무 다른 삶을 받아들이기 힘들어 나빴다고 느꼈더라도, 시간이 지나면 완전히 다른 삶을 보았기에 삶이 유연해진 것을 알게 된다. 세상에 "여행갈 곳이 못 된다"고 할 나라는 없다. 후지와라 신야는 『인도방랑』에서 이렇게 말한다.

유유상종이란 말을 쓰는데 여행이 바로 그런 겁니다. 시시한 여행을 할 때는 시시한 사람을 사귀지요. 얽매인 데 없이 좋은 여행을 할 때는 격이 높은 사람을 만나게 됩니다. 하지만 높은 인격의 사람을 만나는 게 곧 좋은 여행은 아닙니다. 오히려 여행 중에 얼마나 다양하게 만났느냐가 중요하지요. 그것이 여행의 풍성함이라고 생각합니다.

이 별에서 저 별로

지쳐 쓰러질 때까지

모두 들떠 있었다. 모든 혼란과 헛소리를 뒤로 하고,
우리에게 있어 유일하게 고귀한 행위가 드디어 시작되었다.
즉 움직이는 것. 우리는 움직였다!

Bookmark ∗『길 위에서』, 잭 케루악

1997년 10월 카오산로드. 내일 나는 한국으로 돌아가고, 민주는 밴쿠버로 돌아간다. 민주와 나는 카오산로드에서 우연히 만나 태국 남부의 섬 타오에 다녀왔다. 민주가 책을 한 권 내민다. 『On the Road』. 표지를 넘기니 민주가 옮겨 쓴 문장이 보인다.

차를 몰고 떠날 때, 벌판에 서 있는 사람들이 점점 멀어지다가 결국엔 작은 점이 되어 사라져버리는 기분은 어떤 것일까? 너무도 거대한 세계가 우리에게 덮쳐오는, 그것이 이별일까? 그럼에도 우리는 하늘 아래 펼쳐질 또 다른 광기 어린 모험을 향해 돌진한다.

– Kerouac, from 『On the Road』 Take care and Watch the Stars, Minju, 06/10/97

나는 케루악의 소설 『길 위에서』를 이렇게 알게 됐다. 케루악은 이 책 한 권으로 방황하던 비트세대의 제왕이 되었다. 사람들이 점점 멀어지다가 결국 작은 점이 되어 사라져버리는 기분…… 모든 것에서 자유롭고 싶다고 갈망하던 시절이었기 때문일까? 첫 문장이 좋았다. 이 문장을 읽을 때마다 집을 나서 어디론가 떠나는 내 모습을 상상했다. 그러나 매번 주저하고, 뒤를 돌아보았으며, 두고 온 것들이 아득한 저 너머로 사라질까 불안했다. 그래도 막상 길을 나서면 어느새 새로운 세상이 펼쳐졌다. 두고 온 것들은 까맣게 잊은 채 그 세상에 빠져들었다.

'길 위에서'라는 말이 좋았다. 2005년 'On the Road'는 내가 만든 다큐멘터리의 제목이 되었고, 다음 해에는 내가 쓴 책의 제목이 되었으며, 나는 '온더로드의 저자'로 사람들에게 알려졌다. 2006년 잠시 뉴욕에 체류하는 동안 만난 로이드와 내 책 이야기를 하다가 제목이 'On the Road'라고 했더니 당연히 케루악 이야기를 꺼냈다.

"준, 그거 알아? 케루악의 『On the Road』 저작권 에이전시가 바로 저기 있어."

로이드는 우리가 앉아 있는 조그만 카페 유리창 너머 한 로프트 건물을 가리킨다. 소호 부근이었다.

이렇게 『길 위에서』를 알게 된 지 오랜 시간이 흘렀지만 가슴이 답답해질 때마다 『길 위에서』를 펴든다. 그 속에는 자유 그리고 또 자유가 있다.

괜찮아, 인생은 한 번뿐이야

나는 집에서 아주 먼 곳에 있다. 미국 중부 덴버의 싸구려 모텔이다. 천장의 페인트는 벗겨지고, 바닥은 삐거덕거리며, 위층에선 발소리가 쿵쾅거린다. 슬픈 오후다. 침대에서 일어나 거울을 본다. 거울 속에서 나를 바라보고 있는 건 분명 난데…… 낯설다. 시카고로 가야겠다. 노을이 붉게 물들 무렵, 히치하이크를 하기 위해 도로로 나섰다. 잠시 후 우아한 캐딜락이 멈춘다.

"기름값만 좀 내주면 돼."

캐딜락과 전혀 어울리지 않는 두 남자가 타고 있다. 내가 고개를 끄덕이고 차에 오르자마자, 운전대에 앉은 녀석은 대뜸 "친구들과 파티가 기다린다고!" 소리를 지르더니 튕겨 나가듯 도로를 질주한다. 녀석들이 라디오에서 흘러나오는 음악에 맞춰 몸을 거칠게 흔들자 차가 덩달아 들썩거린다. 정신 나간 녀석들 같다!

게다가 이 차는 훔친 거라고 아무렇지도 않게 이야기한다.

"사정 같은 건 없어. 그냥 차를 타고 싶었어. 내가 차를 훔쳐서 너도 태워줄 수 있는 거잖아."

이 녀석이 딘이다. 이런 식으로, 그저 차를 타고 싶어서 훔친 차가 지금까지 500대 정도란다. 그래, 고맙다, 고맙다고 해야겠지. 당장 차에서 내려 봐야 뾰족한 수가 없으니 일단 갈 수 있는 데까지 가봐야겠다.

"괜찮아, 인생은 한 번뿐이야. 우린 인생을 즐기고 있는 거라고."

조수석에 앉은 이 녀석은 샐이다. 운전을 하면서 온갖 짓을 다 하는 딘에 비해 멀쩡해 보이지만, 딘과 다니는 걸 보면 이 녀석도 제정신은 아니다. 뜻밖에도 녀석은 작가가 될 거라고 했다.

두 녀석은 도로의 온갖 차를 추월하며 밤 속으로 달려간다. 해는 지고 아무것도 보이지 않는 서부의 들판이다. 녀석들의 수다는 끊이지 않는다. 쉴 새 없이 떠들어대며 뭐가 그렇게 벅찬지 거칠게 숨을 내쉰다. 나는 과연 무사히 시카고에 도착할 수 있을까? 딘이 힐끔 나를 돌아본다.

"걱정하기를 엄청 좋아하고, 거리를 계산하고, 오늘 밤은 어디서 잘지 고민하고, 기름 값이랑 날씨, 목적지까지 어떻게 갈지를 생각하지? 그러지 않아도 어차피 도착할 텐데 말이야. 고민하고 싶어 안달이 난 사람 같아. 뭐가 정말 급한지도 모르는 채 불안과 불만으로 가득해. 네 영혼이 말이야. 어디로 가지? 무엇을 하나? 뭘 위해서? 그런 고민을 하느니 잠이나 자는 게 좋을 거야. 나는 말이야. 그래그래, 빵과 여자와 차! 빵과 여자와 차만 있으면 된다고! 그래그래! 좋아좋아!"

"그래그래! 좋아좋아!" 딘은 말끝마다 이 말을 덧붙였다. 그는 사막 한가운데를 가로지르며 여러 가지 드라이빙 시범이라도 보이는 것 같다. 흥분과 기쁨과 황홀함이 뒤섞인 몸짓이다.

"그래그래! 좋아좋아!"

거친 황야에서 딘은 계기판을 두 손으로 두드리며 액셀러레이터를 밟아댄다. 계기판을 보니 177킬로미터. 이곳에서 177킬로미터는 위법이 아니라나! 그는 진짜 미친 것 같다. 불쌍한 캐딜락은 고물이 돼가면서도 꿈같은 속도로 질주한다. 차가 좋은 건지 녀석이 운전을 잘하는 건지 모르겠지만, 멋진 드라이빙이라는 것은 인정한다. 크으응! 끼이익! 이야! 정신은 없지만 사고를 낼 녀석 같지는 않다.

난 그제야 가슴을 쓸어내렸지만, 내가 그러거나 말거나 딘은 달리는 내내 자기가 본 모든 것, 지나간 모든 순간의 세세한 부분에 대해서까지 엄청 흥분해서 떠들어댄다.

"오로지 여행을 하기 위해 돈을 벌었어. 휘발유가 없으면 목적지에 도착할 수 없잖아. 길 위에서의 인생이지. 태생부터 길 위에서였어. 솔트레이크를 통과하다가 고물차 안에서 태어났거든. 나한테는 오직 여자와 달리는 게 중요해! 서쪽으로 가고 싶으면 서쪽으로, 동쪽으로 가고 싶으면 동쪽으로 달리는 거지. 다른 일은 그저 먹고살기 위해 진땀 흘리며 해치울 뿐이야. 그래그래! 좋아좋아!"

차를 훔치고 여자를 찾고 떠돌아다니는 거 말고, 하고 싶은 건 없을까?

"뉴욕에서 몇몇 머저리를 만났거든. 처음에는 그 친구들처럼 되고 싶어서 어려운 말도 따라하고, 이런저런 흉내를 내곤 했어. 재미없더라고! 무엇보다 그 친구들은 행복해 보이지 않았어. 정치가, 사회가 어쩌고저쩌고 하는데…… 뭐, 아무려면 어때. 난 어려운 이야기를 늘어놓으면서 내가 왜 불행할 수밖에 없는지 변명하지 않잖아. 난 열심히 살고 있는 거야."

하지만 언제까지 이렇게 살 수 있을까?

"입에 풀칠만 하면 돼. 난 불평하지 않아. 무슨 일이든 그대로 받아들여. 그냥 살아가는 거지, 뭐. 인생을 음미하면서……."

샐이 딘의 말을 끊고 끼어들었다.

"주여, 어디로 가시나이까? 주는 대답하지 않아. 그대, 어디로 가고 있는가? 알 리가 없지. 그러니 우리가 할 유일한 일은 가는 것뿐이야. 우리 앞에는 아메리카 대륙이라는 거칠고 풍만한 덩어리가 놓여 있거든. 이렇게 가다 보면 어딘가에 빵과 여자, 미래…… 그 모든 게 있을 거야."

"너무나 많은 걸 좋아하고, 모든 게 뒤죽박죽이고, 이 별에서 저 별로 바뀌가며 지쳐 쓰러질 때까지 별똥별을 쫓아다닐 거야. 사람들은 이해하지 못하겠지. 하지만 지금은 밤이야. 밤이 다 그렇잖아. 내가 가진 혼란스러움 외엔 남에게 줄 수 있는 게 없다고."

"그래그래, 그게 세상이야. 맙소사! 그게 세상이야! 길이 있는 한 계속 어디든 갈 수 있어. 정말 굉장해! 맙소사! 너무 굉장하다고! 우리는 계속 달리는 거야!"

매우 노골적인 밤이었다. 해가 뜨면 내 찌그러진 여행가방은 다시 길 위에 던져질 것이다. 어디로 가야 할지 모르겠다. 하지만 근심은 그만두자. 저 녀석들 말대로 길은 삶이니까.

시카고에 도착했다. 딘은 덴버에서 시카고까지 혼자 운전을 하며 1,900킬로미터를 열여덟 시간에 가로질렀다.

"준! 가고 싶은 곳에 꼭 도착하도록 해. 어디서나 행복하라고!"

딘이 마지막으로 소리를 지른다. 나는 또다시 길 위에 섰다. 미국을 횡단하는 빨간색 6번 도로다.

어디로 가는지는 중요하지 않아

샐과 딘은 네 차례에 걸쳐 미국 동부에서 서부를 오가며 여행했다. 네 번째 여정에는 멕시코도 포함된다. 하지만 이들의 여정은 여행이 아니라 부랑자들의 유랑 같다. 그저 미친 듯 즐겁게 떠돌아다닐 뿐이다. 여행의 의미 같은 것을 물어보면, "그게 무슨 말이지?" 눈이 휘둥그레진다.

사람들은 두 사람을 부랑자라고 업신여기지만 이들은 자발적 부랑자다. 녀석들에게 여행은 삶 자체다. 그 속에서 여자를 얻기 위해, 휘발유 값을 벌기 위해, 달리기 위해 최선을 다한다. 캘리포니아에서 뉴욕에 가고 싶은데 차가 없으면 "그럼, 걸어서 가자"고 할 녀석들이다. 그러면서 "가는 길에 보이는 모든 것을 곰곰이 생각해보는 거야. 멋진데! 그래그래! 좋아좋아!"하며 떠들어델 녀석이 딘이다. 나처럼 뉴욕에 가고 싶지만 차가 없다느니 돈이 없다느니, 뉴욕에 갈 수 없는 온갖 핑계를 늘어놓지 않는다. 나는 결코 딘이나 샐처럼 할 수 없기 때문에 '하고 싶다'고 입으로만 중얼거린다.

딘은 배가 고프면 먹기 위해 달려나가듯, 현학적인 고민 대신 주저 없이 내달린다. 말이 앞서는 게 아니라 말과 몸이 동시에 앞선다. 자기가 원하는 것 외엔 무엇에도 신경 쓰지 않는다. 심지어 아내나 두 아이보다 자기가 더 중요한 '미친 듯이 자유로운' 사람이다. 이기적이라고? 그런 말은 모른다. 그게 무슨 뜻이지? 천연덕스럽게 되물을 녀석이다.

샐과 딘은 이제까지 길 위에서 인생의 모든 것을 배웠고, 그들 뒤에는 미국이라는 거대한 땅덩어리가 있다. 그들에게 "어디로 가고 있는 거야?"하고 묻는다면 단박에 대답할 것이다. "그런 건 중요하지 않아!" 하지만 누가 뭐래도 이 바보 패거리는 계속해서 앞으로 나아간다.

나는 늘 자유를 꿈꾼다. 하지만 몸은 움직이지 않고, 매번 어디로 가야 할지 재기만 한다. 그렇게 신중한 나는 내가 어디로 가고 있는지 아는 걸까? 딘의 말대로, 내가 무언가를 원한다는 기분이 드는 게 두려운 걸까? 딘처럼 한 번이라도 미쳐보고 싶다.

긴 겨울이 가고 봄이다. 다시, 여행하기 좋은 계절이 왔다.

보헤미안의
정거장

캘리포니아의 다른 곳은 모두 비치보이스 분위기지만 샌프란시스코에는 울적하고
습기를 머금은 을씨년스러운 분위기가 흐른다. 이런 분위기는 캘리포니아 드림을
진정시키고 삶을 좀 더 현실성 있게 만들어 준다.

Bookmark＊「보헤미안의 샌프란시스코」, 에릭 메이슬

내 직업은 작가다. 2006년 첫 책을 출간 후 '작가'라고 쓰인 명함을 쓰고, 사람들은 나를 작가라고 부르지만, 책이 나오고도 한참 동안 작가라고 불리는 게 어색했다.

　법대를 나왔지만 대학원에선 영화를 공부했으니 더더욱 여행작가가 될 줄은 몰랐다. 고등학교 문예반장이라는 왕년의 관록이 하나 있긴 하지만, 글쓰기보다는 합평회를 빙자해 여고 문예반 학생들과 중국집에서 노닥거리기를 좋아했고, 장차 작가가 될 거란 생각은 한 번도 해보지 않았다. 서른 후반 방랑하듯 이 나라 저 나라를 떠돌다 다큐멘터리를 만들고 무턱대고 출간한 책이 베스트셀러가 될 줄은 정말 몰랐다. 운이 좋았고, 방랑이라도 열심히 한 덕분이라면 덕분이다.

글 쓰는 인생을 축복하며

　글을 써 돈을 벌고, 그 돈으로 밥을 먹는 게 나로선 매우 신통한 경험이다. 그래서 누군가 글을 쓰고 싶은데 밥벌이를 걱정하면 '일단 쓰는 게 먼저'라고 말한다. 무슨 일을 하는 데 신중한 것보다는 그냥 하는 게 언제나 유익하다. 세상에는 팔리건 안 팔리건 무조건 써야 하는 사람들이 있고, 이런 이들은 대개 성공한다.

나는 작가를 단순히 글 쓰는 사람이라고 생각하지 않는다. 작가의 스펙트럼은 넓다. 글을 쓰건 사진을 찍건 다큐멘터리를 만들건, 그게 무엇이든 "이게 내가 만든 거야" "여기에 내가 있어"라고 말할 수 있는 사람이 작가이고, 나는 그런 사람이고 싶다. 재미와 돈벌이는 필수다. 내 경험으론 회사를 다니거나 대학에서 학생들 가르치기보다는 작가로 사는 게 더 재미있고 벌이도 나았다. 뭐, 지금까지는 그랬다. 순전히 내 경우를 말하는 것이니 대단한 연봉을 받는 회사원이나 교수와는 비교하지 마시길.

작가로 사는 데 큰 불만은 없으니, 책이 잘 팔리면 좋겠다. 살아남기 위해 좋은 글을 쓰려고 애쓴다. 간혹 글을 쓴다는 게 무슨 버티기처럼 느껴질 때도 있지만 아직 다른 길은 모르겠고, 먼 훗날은 생각 안 하려고 한다. 그러니 당분간은, 그게 얼마나 될지는 모르겠으나 작가로 살 것 같다.

사람들이 생각하는 여행작가는 여행을 하면서 돈을 번다. 이렇게만 말하면 참 근사하다. 여행작가는 많은 사람의 로망이다. 두 번째 책 『네 멋대로 행복하라』를 준비할 때다. 출판사에서 적잖은 돈을 받고 뉴욕에 체류하는 나를 친구들은 부럽다 했다. 정작 난 뉴욕에서 매우 심한 우울증을 겪었다. 그때를 생각하면 지금도 식은땀이 흐를 정도다.

언젠가 잡지사 기자가 '여행작가로서 직업적인 만족도'를 물었다. 답을 생각하는 데 잠깐 시간이 필요했지만 점수는 간단히 매겨졌다. 100점. 기자는 뜻밖이란 반응을 보였지만, 다 좋아서 100점을 준 게 아니다. 세상에 그런 일은 없다. 단지 내가 하고 싶은 일을 하고 있으니 100점이다. 이렇게 말하며 그렇게 되기 위해 노력한다. 성공하면 좋겠지만 성공이 아니라면 실패라도 해야 한다. 미련이 없어야 다른 길도 찾는다. 고비를 넘길 때마다 인간은 조금씩 더 아름다워진다. 어떻게 하면 작가로서 지속적인 성장을 할 수 있을까? 이런 고민에 『보헤미안의 샌프란시스코』는 한 가지 답을 준다.

삶을 오랫동안 생산적으로 유지하기 위해서는, 감정적으로나 존재적으로 그 지지기반을 마련하는 게 필요하다. 그 한 가지 방법은 보헤미안의 국제도로 위에 있는 한 정거장에 내려서 그 도시에 머물며 글을 쓰는 것이다. 이를테면 바르셀로나 또는 프라하의 거리를 어슬렁거리며 산책하다가 가끔씩 발길을 멈추고 글을 쓰는 삶의 방식, 그렇게 글 쓰는 인생을 축복하는 것이다.

누구에게나 끌리는 단어가 있다면, 내게는 '보헤미안'이란 단어가 그렇다. 보헤미안은 방랑, 창조성, 자유인이라는 세 단어로 표현된다. 보헤미안적인 사람들은 자기가 태어난 곳을 떠나기 쉽다. 방랑이나 일탈을 위해서가 아니다. 단지 자신이 이해받을 곳을 찾아보헤미안의 국제도로를 서성인다. 나 역시 아웃사이더였다. 교수 같은 인사이더가 돼야 할 것 같은 때도 있었지만 그건 내 옷이 아니었다. 보헤미안의 꿈은 단순하다. 획일적인 관습으로부터 자유로운 정신적 방랑자가 되어 삶을 창조하며 거리낌 없이 살고 싶다. 나도 그렇다. 작가로서 좋은 글을 쓰고 돈을 많이 벌기 위해서는 더더욱 그렇다.

샌프란시스코와 파리는 전 세계 보헤미안의 양대 집결지다. 하지만 파리는 왠지 너무 크게 느껴진다. 나로선 샌프란시스코처럼 버스표 하나 들고 만만하게 걸어 다닐 수 있는 데가 좋다. 『길 위에서』의 주인공 딘과 샐도 청춘의 한 시절을 샌프란시스코에서 보내지 않았던가. 게다가 여기저기서 지겹게 들은 말, 샌프란시스코는 보헤미안의 고향이란다.

보헤미안의 본바닥에서 그들 사는 모습을 구경하고 싶다. 한 달 정도라면 보헤미안 시늉이라도 즐겁겠다. 보헤미안의 국제도로 샌프란시스코로 간다.

여기선 누구나 행복해진다

크기로 보면 샌프란시스코는 뉴욕의 6분의 1 정도다. 공항도 아담하다. 무엇이든 도와줄 것 같은 예쁜 여자가 날 보고 싱글거리기에, 다운타운으로 들어가는 교통편을 물어보는 척 말을 걸었다.

"저 앞에 가서 ○번을 타세요." 친절하고 간결한 설명은 5초 만에 끝나고, 내가 "아, 네……" 대답도 하기 전에 그녀가 싱글거리며 말을 잇는다. "어려운 사람을 위해 기부 좀 하실래요?" 1달러나 2달러짜리가 없어 10달러를 주면서 차마 거슬러달라는 말은 하지 못했다. 속았다. 무슨 모금단체 카운터가 꼭 인포메이션센터처럼 생겼다. 나중에 들으니 샌프란시스코에는 비영리 모금단체가 많단다. 나의 10달러가 누군가의 한두 끼 밥이 된다면…… 뭐, 꽤 괜찮은 출발이라고 억지로 생각했다. 나도, 그녀도, 누군가도 행복하면 좋지 않은가. 미국 최초의 게이 시의원 하비 밀크가 그랬다. 샌프란시스코에서는 누구나 행복해질 수 있다고. 시대의 풍운아 오스카 와일드는 한결 근사하게 말했다.

이상하게도 샌프란시스코에 가면 사라진 사람들을 만날 수 있다. 이곳은 멋진 도시이며, 다음 세계의 모든 매력을 지니고 있음이 틀림없다.

연하의 남자를 사랑하고, 그 사랑은 완벽하며 순결하다고 한 오스카 와일드처럼 장엄한 결판을 맞을 정도는 아니지만, 이런저런 상처를 가진 사람들이 샌프란시스코로 모여들었다. 이런 사람들이 모여 1950년대 비트족의 근거지를 만들고, 1960년대 히피들의 아지트를 구축했다. 일찍이 게이 커뮤니티도 이루어 시드니와 더불어 세계에서 가장 든든한 게이 파워를 자랑한다.

샌프란시스코의 자유로운 공기는 단지 동성애자들만 살기 좋은 곳으로 만들지 않았다. 거리를 지나는 사람들을 보고 있으면 열 명 중 세 사람은 동양 사람이다. 샌프란시스코는 '미국에서 가장 아시아적인 도시'다. 끈질기게 살아남은 미국 최대의 차이나타운도 여기 있다. 중국인들은 1930년대 갱들이 지배하던 매춘가를 접수해 차이나타운으로 만들어버렸다. 참 대단하다!

중남미 사람도 많다. 칠레, 엘살바도르, 브라질, 에콰도르 레스토랑을 거리 곳곳에서 볼 수 있다. 이탈리아, 이스라엘, 아일랜드, 러시아 출신 주민도 적지 않다.

국적은 다양해도 비슷한 생각을 하는 사람들이 모여 살기 때문일까, 샌프란시스코에서는 매년 이슬람영화제와 이스라엘영화제가 사이좋게 열린다. 이곳에선 왠지 한국적인 사고방식마저 통할 것 같다. 하나의 유일한 가치, 정통성이 이 도시를 지배하는 일 따위는 없다. 이미 1970년대에 게이를 시의원으로 뽑은 도시가 샌프란시스코다.

다양한 인종만큼 각양각색의 아웃사이더들이 이곳으로 모여들었다. 어쩌면 자기가 태어나거나 속했던 곳에선 인정받지 못한 이들이다. 이 관대한 도시는 갖가지 아이디어로 머리가 터질 듯한 사이버펑크 같은 무리조차 창의적인 존재로 봐주었고, 그들은 샌프란시스코의 남동부 계곡에서 비즈니스를 시작해 큰돈을 벌었다. 1990년대 후반 실리콘밸리는 이렇게 생겼다. 자유의 힘이다.

새로운 가치와 돈

오전에 쨍하던 하늘이 어느새 청승맞게 바뀐다. 선사인 스테이트 캘리포니아에선 언제나 햇볕이 쨍쨍하고, 매일 비치로 달려가야 할 것 같지만, 유독 샌프란시스코만은 종종 을씨년스럽고 변덕스럽다. 다운타운에는 해가 떴는데 샌프란시스코베이 쪽은 보슬비가 내린다. 이런 건 뉴욕이랑 꼭 닮았다. 샌프란시스코는 여러 면에서 뉴욕과 비슷하지만, 매사가 전투적인 뉴욕보다 한결 여유롭다. 캘리포니아는 캘리포니아다. 그러니 캘리포니아의 한가로움에 뉴욕의 극성스러움을 더해 둘로 나눠 놓은 게 샌프란시스코라 할까. 딱 내가 원하는 스타일이다.

오늘은 샌프란시스코 남쪽에서부터 북쪽으로 쭈욱 올라가 보려고 한다. 샌프란시스코의 남쪽 가운데 지역은 카스트로다. 21세기에도 제 영역을 깃발로 표시하는 게이들의 거리다. 빨주노초파남보 무지개 깃발이 곳곳에서 나부낀다. 여기저기 게이 커플이 보이는 데, 아기를 품에 안고 있는 커플도 있다. 게이들 중에는 뜻밖에 근육질 남자가 많다. 카스트로에서 북쪽으로 올라가면 히피들의 아지트라는 헤이트The Haight 지역이다. 히피 문화와 언더그라운드 문화가 바로 여기서 생겨났다.

작가 켄 키지가 생각난다. 그가 쓴 『뻐꾸기 둥지 위로 날아간 새』는 1950년대 비트세대와 1960년대 히피세대를 이어주며 켄 키지를

일약 세계적인 베스트셀러 작가로 등극시켰다. 그의 나이 고작 스물여섯일 때다. 그는 『길 위에서』의 케루악처럼 새로운 가치를 말하고 돈을 벌었다.

새로운 가치를 발견하기 위한 켄 키지의 노력은 유별났다. 그는 정신병원에서 야간 아르바이트를 했고, CIA 주도로 스탠퍼드 대학에서 진행된 독특한 프로그램에도 자원했다. LSD, 코카인 등 다양한 마약 효과를 실험하는 테스트였다. CIA는 향정신성약물의 효과를 빌려 인간을 전투기계로 만들려고 고심했다.

켄 키지가 약물을 통해 '필' 받은 건 틀림없다. 방향은 CIA와 정반대였다. 억압과 강제에서 벗어난, 시대의 새로운 가치라는 '필'이었으니 말이다. 그는 『뻐꾸기 둥지 위로 날아간 새』를 쓰며 1960년대를 열었고, 헤이트 지역은 히피들이 꽃을 들고 군대에 맞선(이 사건은 '한여름의 사랑'이라 불렸다) 60년대 히피운동의 본거지가 되었다.

헤이트에서 마켓스트리트를 따라 북동쪽으로 올라가다 오른쪽으로 꺾어지면 차이나타운이다. 그 한쪽 코너에 '시티라이트City Lights'라는 구닥다리 서점이 있다. 외관만으로는 그저 그렇다. 의외였다. 대단한 말썽을 피운 녀석이 있다기에, 어디 한번 얼굴이나 볼까 하고 찾아갔더니 너무 평범한 녀석이랄까.

그러니 나 같은 구경꾼에겐 뭐 잠깐 들러 사진 한 장 찍으면 그만이지만, 어떤 이들에겐 샌프란시스코의 상징처럼 숭배되는 곳이 바로 시티라이트다. 한때는 "자, 여기가 그 유명한 시티라이트 서점입니다. 비트족을 구경하세요"라며 관광객을 가득 태운 버스가 멈출 정도였다. 샌프란시스코의 이단아 같은 이미지도 이 서점 때문에 생겼는지 모른다.

마침 한국을 떠나기 전 〈울부짖음Howl〉이란 영화가 개봉한다는 소식을 들었다. 울부짖음이라······ 참 부담스러운 제목이지만 영화 〈스파이더맨〉의 그 남자, 제임스 프랑코가 주인공이다. 시집을 출간했다가 외설죄로 기소되는 앨런 긴즈버그(케루악의 친구다)라는 시인 이야기다. 앨런은 친구 로렌스와 함께 부당한 권력의 간섭에 맞서 마침내 승리한다. 흥미롭게도 이 영화는 실화다. 출간하자마자 바로 외설죄로 기소된 시집『울부짖음』을 낸 출판사가 바로 시티라이트 서점이고, 시인의 친구 로렌스 퍼렁게티는 서점 주인이다. 재판에서 이긴 두 사람은『울부짖음』을 다시 발행해 100만 부를 팔았다. 이제는 과거와 비할 수 없는 큰 회사가 되었지만, 지금도 시티라이트는 출판사와 서점을 겸한다.

시티라이트 서점에 관한 에피소드는 이뿐만이 아니다. "비틀스 멤버들이 이곳에서 만났다" "서점을 나와 오른쪽으로 꺾어지면 사파티스타 벽화를 볼 수 있는 유일한 장소인 '잭 케루악 앨리'가 나온다"는 등 서점에 대한 찬사는 끝이 없다. 나로서는 작은 서점에서 커피를 마시며 책을 볼 수 있어 좋다. 한국에선 온라인 서점 때문에 서점 갈 일이 점점 없어진다. 거리에선 아예 서점 자체를 구경하기 힘들다. 그러다 보니 대형서점 말고는 갈 데가 없는데 나는 대형서점에서 30분을 견디지 못하겠다. 상품의 종류가 다를 뿐 교보문고와 이마트가 뭐가 다른지 잘 모르겠다. 다른 사람과 어깨를 부딪치지 않고 몇 걸음도 옮기기 어려운 혼잡 속에서 공짜로 책을 읽는 재미는 진작 잃었다. 구닥다리인 나는, 서점이 단순히 물건을 파는 곳이 아니라 특별한 공기로 가득한 곳이면 좋겠다고 생각한다.

시티라이트 서점이라고 다 좋은 건 아니다. 직원의 불친절은 끝내준다. 뭐 하나 물어봤더니, 마치 내가 매일 똑같은 질문으로 자신을 괴롭히기라도 한다는 표정으로 한숨을 푹 내쉬더니 뭐라고 오물대고 만다. 내가 뭘 잘못했지? 그런데 가만 보니 나한테만 그러는 게 아니다. 직원들 서비스 매뉴얼에는 고객을 불친절하게 응대하라고 나와 있는 게 분명하다. 여기 가는 분들은 종업원 눈치를 잘 살피시기를……

보헤미안의 국제도로

서점을 나와 어디로 갈까, 주변을 둘러본다. 서쪽은 차이나타운이니 패스, 동쪽은 스트립클럽이라 눈이 확 뜨이지만 거기 가긴 아직 이르다. 그러면 보헤미안 흉내 내며 커피를 한잔 마실까.

이 근처엔 토스카, 베수비오 등 에스프레소 카페가 많다. 그중 내가 고른 곳은 카페 트리에스테Trieste. 시티라이트 서점에서 한 블록

반 옆이다. 오페라 주크박스가 있고, 저녁엔 아코디언밴드가 나온다. 1950년대부터 번성한 카페답게 소품 하나하나 느낌이 각별하다.

그럼 여기서 글을 한번 써볼까? 모처럼 맥북을 꺼냈다. 뉴욕에서도 그랬지만, 여기서도 스타벅스건 50년 된 카페건 모두 약속이라도 한 듯 애플을 쓴다. 내 옆자리 남자는 한눈에도 작가 같다. 이름은 에릭 메이슬, 샌프란시스코 중심부 버널하이츠에서 오래 살았다고 한다. 그는 샌프란시스코를 이렇게 표현했다.

나 같은 사람한테는 카페, 독립영화가 잔뜩 쌓여 있는 비디오가게, 그리고 아웃사이더들이 집결하는 바, 서점, 뒤쪽으로 콘크리트 건물이 보이는 작은 공원, 도통 알아듣지 못하는 언어가 난무하는 시장도 필요해. 공허한 시선이 아닌 의미를 띤 미소가 오가는 곳, 평균값에서 가장 멀리 떨어져 있는 장소가 필요한 거지. 여기가 그런 곳이야. 이를테면 우리 동네 버널하이츠에 불이 나면 구경꾼의 절반은 스페인어를 쓰는 여자들, 나머지 절반은 집에서 일하는 레즈비언 그래픽 디자이너들이야. 여기선 수많은 예술가를 만날 수 있고, 어떤 생각도 할 수 있고, 어떤 생각도 멋지게 써져. 아! 미션에 있는 '프로그레시브 그라운즈 카페'에 가봐. 젠Zen적인 분위기에 보디피어싱과 내적인 고요함이 만나는 곳이거든.

172

하하, 난 웃음을 터뜨렸다. 보디피어싱과 내적인 고요함이 어우러지는 곳이라니! 역시 이곳은 보헤미안의 국제도로다. 어느새 옅은 어둠이 내리기 시작한다. 거리의 끝에서부터 자욱한 안개가 피어오른다. 그의 말대로 샌프란시스코에선 어떤 생각도 멋있게 써질 것 같다.

고 요 한

모 험

다시 도시로 돌아가 분주한 차량, 콘크리트 정글 속에서 직장 구하고……
그렇게 살아야 한다? 그것이 전부 싫다는 건 아니다.
다만 그렇게 답답하게 지내기엔 인생이 너무 짧다는 것,
또 진짜 하고 싶은 일이 따로 있다는 것.
Bookmark * 『on the road』, 한현주

나는 꼭 한국에 살아야 한다고 생각하지 않는다. 내가 태어난 곳이지만 맹목적인 애정을 가질 만큼의 소속감은 없다. 어디에도 속하지 못했기 때문이다. 하지만 언제부터일까, 세상을 떠돌아다니면 다닐수록 거꾸로 어딘가 은둔해 사는 꿈을 꾸었다. 세상의 시끄러움을 뒤로하고, 고요하게 살고 싶었다.

　어느 날 '한 사진가가 기록한 마음의 풍경'이란 부제가 붙은 『on the road』를 읽으며 태즈메이니아를 알았다. 책을 한 권 읽었을 뿐인데, 이곳이라면 닻을 내려도 좋겠다 싶었다. "삶의 마지막 순간까지 태즈메이니아의 바다를 보며 단순하고도 조용한 생활을 할 것"이라는 저자의 말 때문이었는지도 모른다. 그녀는 내가 꿈꾸는 대로 살고 있었다.

　후배 탓도 크다. 그는 취재차 태즈메이니아를 다녀오더니, 어느 날 부부가 나란히 회사를 그만두고 그곳으로 이민을 간다고 했다.

　"먼저 태즈메이니아를 좀 돌아봐야겠어요."

　3개월 동안 여행하고 돌아온 후배를 다시 만났다. 참 이상도 하지. 술 마시면 〈오솔레미오〉를 부르던 녀석이 고요해졌다. 왠지 차분하게 멋있어졌다. 태즈메이니아 탓이야. 그곳은 사람을 고요하게 만들어버리는구나. 역시 조용하게 살기 좋은 곳이 틀림없다고 나는 단정지어버렸다.

태즈메이니아는 호주 남쪽에 있는, 하트 모양의 작은 섬이다. 시드니에서 6개월 정도 산 적이 있지만 그때는 태즈메이니아에 가볼 생각을 하지 못했다. 그 나라의 어딘가를 가보고 싶다고 훌쩍 떠나기엔 호주는 너무 컸다. 호주 사람들조차 태즈메이니아는 아주 먼 곳이라고 생각한다. 호주는 대륙이다. 태즈메이니아를 작은 섬이라고 했지만 그건 호주 대륙과 비교했을 때 이야기다. 손톱만 한 땅에 사는 우리로선 상상도 할 수 없을 만큼 큰 나라가 호주다. 우리나라 면적의 77배라고 하면 짐작이 될까? 그러니 '호주가 떨어뜨린 한 방울 눈물'이라는 태즈메이니아도 우리나라의 3분의 2 정도다. 하지만 태즈메이니아의 인구는 고작 49만 명이고, 인구의 대부분은 호바트와 론체스톤에 모여 산다. 그 외 지역은 바다와 호수, 열대우림의 계곡에서부터 고산지대까지 다채로운 자연이다. 태즈메이니아의 절반이 국립공원 또는 보호구역이다. 사람이 적으니 다닥다닥 붙어살지 않아도 되고, 마음만 먹으면 사람을 보지 않고도 살 수 있다. 물론 주말에 장 보러 가는 건 예외다. 차도 많지 않고, 아파트도 없고, 생활이 단순해질 테니 걱정거리도 줄어들지 않을까?

스피릿 오브 태즈메이니아를 타고

어젯밤 멜버른에서 페리 '스피릿 오브 태즈메이니아'를 타고 출항한 지 열한 시간이 지났다. 이제야 눈앞에 태즈메이니아의 관문 데번포트가 나타났다. 비행기를 타면 고작 한 시간밖에 안 걸리지만, 한 번은 꼭 배를 타고 긴 항해를 하고 싶었다. 어제는 거친 바람이 불었지만 오늘은 바다가 잔잔하다.

"이제 곧 본섬에 도착이네요." 중년 남자가 말을 건넨다.

"네? 본섬이라고요?"

"아, 타스웨지안(태즈메이니아 주민)들은 태즈메이니아를 본섬, 호주 본토는 북섬이라고 불러요."

남극과 북극이 가깝다 보니 뭔가 통하는 걸까? 본토를 업신여기는 거 하나는 알래스카 사람들과 똑같다.

"본섬이지만 한편으론 '세상의 끝'으로 여기지요. 태즈메이니아에서 조금 더 내려가면 남극이 나오지만 그건 무시하고 말이죠. 하지만 몇백 년 전에는 태즈메이니아와 남극이 연결돼 있었대요. 그러니 세상의 끝이란 말이 영 틀린 건 아니죠."

"오늘은 1월 21일, 데번포트의 기온은 영상 21.5도"라는 안내방송이 나온다. 데번포트에 도착했다. 높은 건물 하나 보이지 않는 수수한 타운이다. 예약해놓은 캠퍼밴을 찾으러 렌터카 사무실에 들렀다. 나를 도와주던 직원이 한마디 한다.

"가는 곳마다 길 위에 색다른 풍경이 펼쳐지니 운전 자체가 관광이 될 거예요."

오래전 처음 호주를 여행할 때 나를 가장 설레게 만들었던 풍경은 캠퍼밴 파크였다. 그러니까 저 차 안에서 먹고 자며 여행을 한단 말이지? 여행에 필요한 모든 게 저 안에 다 있단 말이지? 캠퍼밴만 있으면 어디든 갈 수 있을 것 같았다. 그때부터 난 캠퍼밴으로 호주를 여행하는 꿈을 꿔왔다. 오늘은 그 꿈이 이루어지는 날! 화장실과 샤워실이 딸린 캠퍼밴을 열흘간 빌리는 데 보험료를 포함해 2천 달러가 조금 넘었다. 적지 않은 돈이지만 10년 넘게 품어온 꿈에 비하면 감당 못할 정도는 아니다.

사무실 안에는 노부부가 많다. 자식 다 키워 결혼시키고 이제 여행 중인 사람들. 나중에 알았지만 호주 사람들은 이들을 '그레이 노매드'라고 부른다. 말 그대로 '은발의 방랑자'라는 뜻이다. 인포메이션센터에 들러 지도를 얻고 몇 가지 알아보려는데 데스크의 여자가 말을 건넨다.

"어서 오세요. 태즈메이니아는 동서 길이가 315킬로미터밖에 안 돼요. 아주 작고 아담한 섬이니 천천히 둘러보세요."

센터를 나와 바로 1번 고속도로를 탄다. 톨게이트비는 겨우 6달러. 이것으로 태즈메이니아의 모든 도로는 내 것이다! 운전석이 오른쪽에 있는 게 영 어색하지만, 일단 다운타운을 벗어나자 차가 별로 없어 운전은 어렵지 않다. 들판 너머 톱니 모양의 산봉우리들이 이국적이다. 데번포트에 내릴 때 햇볕 쨍하던 하늘에 금세 먹구름이 낀다. 태즈메이니아 날씨는 하루에도 스물네 번씩 변덕을 부린다지. 덥다가 춥고 다시 덥고, 햇살이 따갑다가 비가 퍼붓고 다시 햇살이 따갑고…… 그러니 '배낭 안에는 여름옷과 겨울옷이 함께 있어야 한다'는 가이드북 조언은 틀리지 않다.

고요하게 서두르지 않고 단순히

태즈메이니아의 길 위에서 현주와 토니를 만났다. 현주는 한국에서 나고 자랐다. 일본에서 공부를 하고, 여행을 하다가 헝가리에서 토니를 만났고, 토니가 일하는 독일에서 살다가, 토니의 고향 호주로 돌아왔다. 캠퍼밴으로 9개월 동안 호주를 여행하다 태즈메이니아를 알게 되었고, 이곳에 정착하기로 결심했다.

두 사람은 태즈메이니아에서도 다시 페리를 타고 15분간 들어가야 하는 부르니섬에 산다. 섬의 크기는 싱가포르만 하지만 인구는 500명밖에 안 된다. 선착장에서 차로 50분을 더 가야 두 사람 집이다. 600미터 해안선을 끼고, 유칼리나무가 빽빽이 들어선 야산에 손수 지은 집. 호주 땅의 광대함에 익숙해지고 있던 내게 두 사람의 집은 작게만 느껴진다. 가로 6미터, 세로 9미터의 트윈 공간에 거실, 부엌, 욕실과 암실 하나가 전부다. 잠은 사다리를 타고 올라가 다다미 깔린 다락방에서 잔다.

운명이었을까? 처음 이곳에 왔을 때 현주는 "이곳이야! 여기야말로 우리가 남은 생을 보낼 곳이야"라고 생각했고, "여기가 아무리 좋아도 다른 곳도 한번 봐야지 않겠어?"하고 묻는 토니에게 고개를 가로저었다. 언젠가 두 사람을 만나러 한국에서 온 엄마는 심각한 얼굴로 "그런데 혹시 호랑이는 없니?"하고 걱정했고, 언니는 "어쩜 세상에! 어쩌자고 이런 깜깜 산중에서 살 생각을 했니?"라며 눈이 동그래졌다.

"너무 한적해 무섭지 않아요? 태즈메이니아를 배경으로 한 공포 영화도 있잖아요." 내가 물었다.

"태즈메이니아의 아름다운 자연을 배경으로 한 영화도 많아요. 여기라고 한적하기만 한 건 아니에요. 여름에는 관광객이 얼마나 많은데요. 우리가 오랫동안 여행을 다니다가 여기에 정착하니까, 이제는 관광객이 우리를 찾아오기 시작했어요. 뭐가 그리 신기한지 부엌, 거실, 밥상, 심지어 우리 빨랫줄까지 사진을 찍어요. 어쩌면 사람 눈에 띄지 않고 조용히 살려면 이런 외딴섬보다는 대도시로 가는 게 나을지도 몰라요, 하하."

"여기서 도대체 어떻게 먹고살아요?" 무엇보다 이게 궁금하다.

"하하, 나도 잘 모르겠어요. 현주, 우리가 어떻게 먹고살지?" 토니가 웃으며 현주에게 묻는다.

"밥상을 보면 알잖아요. 바다에서 따온 전복구이, 밭에서 따온 야채샐러드, 토니가 구워온 따끈따끈한 호밀빵…… 거의 자급자족하는 셈이에요. 한 달에 한 번 시내에 나가 몇 가지 물건을 사 오긴 하지만. 아! 운이 좋으면 토니가 낚시로 바닷가재를 잡아오거든요. 그런 날엔 스페셜 런치코스를 차려요. 1번 굴, 2번 성게, 3번 플랫헤드 생선구이, 4번 전복, 5번은 바닷가재!"

이들은 매일매일 무엇을 하며 시간을 보낼까?

"오늘 무슨 일을 했나 말해볼까요? 겨울이라 먹을거리가 궁한 야생동물들이 찾아와 레몬나무잎, 라벤더, 심지어 향이 강한 바질민트까지 갉아먹는 바람에 아침 내내 망을 씌웠어요. 밭에 씨 뿌리고, 해초류와 음식물 찌꺼기를 모아 비료 만들고, 간밤에 폭풍우로 넘어진 나무 치우고, 독수리에게 공격당한 닭집 고치고, 고아가 된 새끼왈라비 돌보고, 어망 손보고, 땔감 모으고, 장작 패고…… 이렇게 많은 일을 할 수도 있지만, 아무것도 하기 싫으면 하루종일 그냥 뒹굴 거려요."

"이거 한번 볼래요? 브루니 사람들이 어떻게 사는지."

토니가 건네준 건 〈브루니 뉴스〉라는 지역 소식지다. 한 달에 한 번 발행되고, 30페이지 정도 되는데, 주말에 누구네 집에서 하는 개러지 세일, 카트리나와 마이클의 50주년 결혼기념일 파티, 마을 장기자랑 대회, 새로 부임한 초등학교 교사의 인사말 등이 실려 있다. 19세기의 평화로운 목가적 마을 같다.

그런데 두 사람은 처음 어떻게 만났을까?

"토니를 헝가리에서 처음 만났을 때 날 보고 봄바람 같은 웃음을 지었거든요, 하하! 토니를 만나기 전에는 혼자서 부지런히 용감하게 여행을 다녔어요. 동남아, 인도, 네팔, 유럽…… 외로울 땐 마음 굳게 먹고, 아플 때는 약 먹으면 됐죠. 그런데 정말 아름다운 곳을 보았을 때 그것을 함께 나눌 상대가 그리웠어요."

벽에 걸린 한 장의 사진이 눈에 들어온다. 햇살 좋은 날, 뼈대만 세운 집터에서 들꽃 한 묶음과 커피가 놓인 하얀 테이블에 두 사람이 앉아 있다.

"집을 짓기 시작하고 얼마 안 됐을 때 찍은 사진이에요. 한여름의 새해 첫날 아침, 토니에게 말했죠. 여기서 매일 아침을 먹는 거야."

두 사람은 지금 그렇게 살고 있다. 길 위에서 발견한 그들의 천국에서 끝없이 뻥 뚫린 하늘과 거울같이 빛나는 바다를 바라보며 조용히 고요하게 자기들의 리듬대로 서두르지 않고 단순히.

은둔의 꿈, 조용한 모험

내 앞에 놓인 길만 보면 가슴이 설레고, 그 길로 가야만 할 것 같던 때가 있었다. 지금도 불쑥불쑥 그럴 때가 있다. 하지만 어딘가에 뿌리를 내리고, 조그만 집을 짓고, 거실의 통창과 테라스 너머 산과 들이 보이는 곳에서 채소를 키우고, 낚시를 하고, 글을 쓰며 살면 좋겠다는 생각도 든다. 햇살이 따스한 날엔 테라스에 앉아 커피를 마시며 바람을 맞거나, 도시락을 들고 피크닉을 가면 좋겠다. 돈이 필요하다면 방을 두 개쯤 더 만들어 게스트하우스처럼 손님을 받으면 되지 않을까?

캠퍼밴을 타고 어디로든 갈 수 있는 자유를 만끽하며 아이러니하게도 어딘가 정착해 사는 꿈을 꾼다. 정착해 사는 것은 길 위에서의 시간과는 다른 삶을 창조한다. 내가 원하는 대로 하고 싶은 일만 하며 살 것! 그때 사는 것은 조용한 모험이자 특권이다. 한국을 떠나야만 여행을 하는 게 아닌 것처럼 길은 집 밖에만 있지 않다.

길에는 시작과 끝이 있을까? 전에는 그렇다고 생각했다. 무조건 끝까지 가야 한다는 강박도 있었다. 하지만 이제는 내 마음이 들 곳을 찾는다. 내가 꿈꾸는 목가적 세계가 어디에 있고, 어디에 정착할지는 아직도 모르겠지만 한 가지는 안다. 길 위에 서 있건 일상을 살아가건, 내가 어디에 있고 어디로 가는지를 안다면 삶을 사랑하고 창조하며 즐겁게 살 수 있다.

태즈메이니아를 떠나야 할 시간이다. 오늘은 매우 덥지만 견딜만한 겨울날, 바다가 핑크빛으로 물든다. 다시 '온더로드 on the road'다.

청춘은
방황이니까

검은 아프리카를 보고나면 북아프리카의 온화함이 그렇게 쾌적할 수 없다.
그렇지만 사헬로부터 멀어져서 안락하게 사는 것은
세계의 표면에서 산다는 느낌을 준다.

Bookmark * 『청춘·길』, 사진 베르나르 포콩·글 앙토넹 포토스키

말리에 도착한 첫날 나는 디저트로 요구르트를 먹었다. 하얀색의 플라스틱 통에는 아무것도 씌어 있지 않았다. 다만 은색의 뚜껑에 검은 잉크로 이렇게 찍혀 있었다.

말리
우유
딸기

나는 이 나라의 모든 요구르트가 그러리라 생각하고 또 볼 수 있을 거라는 생각에 그걸 간직하지 않았다. 그러나 그 후로 이 세 단어가 찍힌 요구르트를 두 번 다시 보지 못했다. 그 단어들은 이 나라를, 이 나라의 부드러움을, 검은 입술 안의 분홍색 혀를, 사헬이 프랑스어에 부여하는 멋진 억양을 닮았다.

서울 효자동을 걷다가 헌책방 '가가린'에서 발견한 사진집 『청춘·길』의 한 대목이다. 청춘과 길이라니, 바로 집어들지 않을 수 없었다. 사진은 투박했다. 사람들이 흔히 좋다고 말할 사진은 아니지만 이 책을 보며 사막, 모래, 황무지, 콘크리트덩어리, 바위산이 아름답다는 걸 알았다. 내가 몰랐던 낯선 세계, 미얀마의 바간호수, 말리의 수도 바마코, 사하라 남부의 사막이 한 권의 책에 고요하고 쓸쓸하게 담겨 있었다.

사막에서 만난 두 남자

여기는 사헬, 사하라 사막의 남부 지역이다. 아침 10시도 안 됐는데 이미 펄펄 끓기 시작한 열기는 상상을 초월한다. 한국의 남도에선 이제 개나리가 막 피어날 3월 초순, 이곳의 기온은 46도다.

푸석푸석한 거리를 따라 사막의 학교를 찾아간다. 교문도, 담벼락도, 문구점도 없다. 텅 빈 사막 한가운데 학교만 덩그러니 있다. 운동장엔 모래뿐이다. 미끄럼틀, 시소, 축구골대, 철봉 등 운동장에 있을 만한 것은 하나도 없다. 학교 너머로 나지막한 언덕이 보이는데, 그마저 모래뿐이다. 아이들의 하굣길도 모래뿐일 것이다.

하늘에서 뚝 떨어진 것 같지만, 천막으로 얼기설기 지은 건물은 아니다. 교실은 두 개 정도 있을까? 크지는 않아도 반듯한 시멘트건물이고, 아랍어가 쓰인 바깥벽엔 아이들 키를 넘길 만한 큰 창이 나 있다.

갑자기 아이들이 먼지를 일으키며 숨바꼭질이라도 하듯 학교 뒤편으로 달려간다. 약속이라도 한 듯 남자아이들은 오른쪽 뒤로, 여자아이들은 왼쪽 뒤로 순식간에 숨어버렸다. 아이들은 사라지고, 아

186

이들이 벗어놓은 가방만이 일자로 놓여 있다. 사막에선 빨간색 책가방마저 무채색으로 보인다. 그런데도 사막 한가운데 있는 학교가 하도 아름다워 눈을 돌리지 못하고 한참을 바라보았다.

학교 앞 사막을 걷다가 프랑스에서 왔다는 두 남자를 만났다. 두 남자라고 했지만 둘의 나이 차는 스물네 살. 두 사람은 미얀마의 바간과 말리의 바마코를 거쳐 이곳에 왔다. 나이 많은 남자는 사진을 찍고, 나이 어린 남자는 글을 쓴다. 어린 남자가 자신이 쓴 글을 보여주었다.

열네 살 무렵 거리를 걸을 때면 나는 누군가가 나를 납치해주기를 꿈꾸곤 했다. 내 등 뒤로 다가오는 자동차 소리를 들으면서 이번이야, 라고 혼잣말을 하곤 했다. 자동차는 오랫동안 달려갈 것이다. 아주 긴 수면의 밤이 될 것이다. 그러다 동이 틀 무렵 어느 바닷가에 당도할 것이며, 자동차 뒷좌석에서 잠을 깬 나는 몽롱한 상태에서 피부 위로 점점 더 따가워지는 햇볕을 느낄 것이다. 그러고도 한참을 남쪽으로 달려갈 것이다. 모국의 태양보다도 훨씬 뜨거운 북아프리카의 태양을 받으며 잠에서 깨어난다…….

그는 열네 살 무렵부터 바로 이곳, 사하라의 땅, 북아프리카를 꿈꾼 모양이다. 청춘만이 쓸 수 있는 그의 글을 보며 내 청춘을 떠올렸다. 그때가 언제던가, 어설픈 게 아름다운 시절이었다. 나로선 더 이상 하지 못할 이야기를 펼쳐놓는 그의 감상이 부럽다. 청춘이기에 빠져들 수 있고, 청춘이기에 가질 수 있는 감상이라면 결코 놓쳐서는 안 되겠지. 바로 그런 여행을 할 때가 가장 아름다운 청춘의 나날, 그는 지금 영원히 잊지 못할 시간을 보내고 있다.

　나이 많은 남자는 일회용 카메라를 쓴다. '사하라 사막' 하면 장대한 풍경만이 떠오른다. 그럴 수밖에 없는 게, 사하라는 동서로 5,600킬로미터, 남북으로 1,700킬로미터에 달한다. 하지만 그의 사진에서 드러나는 사하라는 소소하고 하찮은 풍경뿐이다. 이런저런 줄이 엉킨 가운데 백열전구 하나가 매달려 있거나, 거친 질감의 토담을 따라가면 거뭇한 연기가 피어오르거나, 야자수 두세 그루 너머 바위인지 모래인지 모를 나지막한 산이 보이거나, 해질녘 짓다 만 콘크리트 건물이 실루엣으로 물드는 게 전부다. 말라서 먼지가 풀풀 날릴 것 같은 흙바닥을 찍은 사진도 있다. 정말 아무것도 없는 흙바닥이다.

　보통사람들에겐 보잘것없는 사진들로 여겨질 것이다. 그런데 이상하게 그게 아름다워 보인다. 사헬에선 언제나 볼 수 있는 풍경이지만, 거대한 사하라만 찾는 사람들은 쉽게 지나치고 말 것들, 그는 사하라 사막의 주변부에서 사하라의 극적인 모습을 발견한다.

　그에게 사헬의 땅은 눈앞에 있어도 어렴풋한 대상일까? 마치 일회용 카메라의 운명처럼, 그가 세상을 카메라에 담는 방법은 매우 조용하다. 익숙한 사막의 풍경에서 익숙하지 않은 아름다움을 찾아

낸다. 사막을 여행하는 꿈을 잔잔하지만 눈물겹게 펼쳐놓는다.

어쩌면 다시 못 볼지도

여행은 아름답다. 여행은 두렵다. 여행은 설렌다…… 청춘은 아름답다. 청춘은 두렵다. 청춘은 설렌다……. 헤어지고 다시 만나지 못해도 괜찮다. 어차피 구하고 싶은 걸 구할 수 없는 게 청춘이다.

방황을 아름답다고 용인하는 대가다. 청춘을 소유할 순 없다. 그래서 아름답다. 마치 흘러간 여행처럼…….

중년의 남자는 청춘을 그리워하고, 청춘만 되찾으면 될 것 같은 생각에 빠져든다. 하지만 그 시절로 돌아간다고 다시 사랑하는 사람을 만나고, 눈물 없이 그 시절을 살아낼 수 있을까? 다시 아프고, 다시 눈물이 흐르고…… 아물어갈 것이다. 청춘은 방황이니까.

우리는 다시 못 볼 길을 떠난 것이다. 일회용 카메라를 든 나이 많은 남자는 그걸 안다. 그의 사진이 무언가를 움켜잡고 있지 않은 이유다.

우리가 떠나온 세계들은 멈추지 않고 계속 돌아간다. 몇 광년이 걸리는 여행에서는 우리가 떠나온 세계가 우리보다 빨리 늙어버리기 때문에 그 세계를 다시 찾을 수 없는 것과 같다. 라오스에는

"씨윗 코 펜 법 니(사는 게 그런 거야, chivit ko pen bep ni)"라는 말이
있다. 머나먼 여행을 떠나면서 친구에게 남기는 말이다. 우리는 어
쩌면 다시 못 볼지도 모른다. 그 사실을 우리는 출발할 때 이미 알
고 있었다.

거침없이
원하는 대로

"나는 디에고가 내 남편이라고 말하지 않겠다.
그는 누군가의 '남편'이 된 적이 없으며 앞으로도 되지 않을 것이다.
또한 나는 디에고가 내 애인이라고 말하지도 않겠다.
나에게 그는 섹스의 영역을 초월하니까."

Bookmark ✻ 「프리다 칼로」, 헤이든 헤레라

피식 웃음이 나온다. 프리다 칼로를 만나러 가는 길에 스타벅스를 만나다니! 코요아칸 지하철역에서 내려 밖으로 나오니 버젓이 스타벅스가 있다. 영어를 쓰는 프리다가 등장해 생뚱했던 영화 〈프리다〉처럼 뭔가 엉뚱하다. 조용하고 컬러풀한 주택가를 20분 정도 걷는다. 야자수 아래 주차된 차들이 장난감 같다. 저 앞에 드디어 '파란집'이 보인다.

프리다 칼로 박물관이다. 프리다가 태어나 살았고 또한 죽은 집이다. 그녀가 침대에 누워 있을 때 이 집은 세계의 전부였다. 파란집이란 별명대로 외벽은 파란색으로 칠하고 벽의 가장자리는 암적색으로 둘렀다.

입장권 뒷면에 프리다와 디에고가 마주 보며 찍은 사진이 있다. 두 사람의 결혼을 "코끼리와 비둘기의 결혼"이라고 비아냥거린 프리다 어머니의 말처럼 디에고의 배는 불룩하다.

파란집에서 그녀를 만나다

안으로 들어가니 ㅁ자형 벽에 둘러싸인 안뜰이 나온다. 안쪽 담도 파란색으로 칠했는데, 안뜰 한쪽에 제단 같은 게 있다. 맨 위에는 프리다의 사진이 있고, 그 밑으로 벤치에 앉아 디에고의 목에 팔을 두른 프리다 인형이 있다. 벤치도 파란색이다.

안뜰에서 2층 현관으로 이어진 계단을 오른다. 아, 그러고 보니 입장권 사진의 바로 그 계단이다! 조금 전 안뜰 한쪽 벽에서 "프리다와 디에고가 1929년에서 1954년까지 이곳에서 살았다"는 문구를 보았지만 그 사실이 실감 나진 않았다. 하지만 이 계단에선 기분이 좀 다르다. 두 사람이 사진을 찍은 바로 그 자리에 내가 있다. 드디어 두 사람을 만났다. 거침없이, 원하는 대로, 놀라운 인생을 산 두 사람을.

2층 프리다의 침실엔 그녀가 마지막 날을 보낸 침대가 있다. 침대 가운데는 꺼져버렸다. 프리다가 즐겨 입은 옷들, 척추를 지탱하던 코르셋과 함께 그림 〈두 명의 프리다〉가 한쪽 벽을 채운다. 디에고와 헤어진 후 그렸다. 실연으로 인한 상처를 두 명의 프리다로 표현했다지만, 바짝 붙은 그녀의 일자형 짙은 눈썹과 콧수염 흔적에 웃음이 새나온다. 프리다의 사진을 보면 눈썹이나 콧수염이 그다지 진하지 않다. 그런데 왜 그녀는 자기 눈썹을 언제나 일자형으로 만들었을까?

프리다의 침실 옆엔 디에고의 방이 있다. 중절모와 침대가 있고, 침대 머리맡엔 프리다의 사진이 있다. 한때 프리다의 애인이었던 미국 사진가 니콜라스 머레이가 찍은 사진이다. 내가 본 프리다의 모습 중 가장 아름답고 여성스럽다. 일단, 이 사진에선 일자 눈썹이 아니다! 프리다가 디에고와 이혼을 하고, 파리에서 머레이와 지내던 시절의 사진이다. 프리다의 사진이 이것만은 아닐 텐데 디에고의 방에 왜 하필 머레이가 찍은 사진을 둔 걸까?

디에고의 방을 나와 프리다의 작업실로 간다. 그곳엔 사람 키보다 큰 이젤이 있고, 이젤 앞에는 휠체어와 거울이 있다. 허리를 곧추세우게 받쳐준 의자도 있다. 프리다는 휠체어에 앉아 왼편에 놓인 거울을 보며 자화상을 그렸다.

내 옆에 있던 20대 여자 관람객이 눈시울을 붉힌다. 그녀가 프리다에게 자신의 상처를 투영하고 있는 거라면 모르겠지만, 단지 일곱 살 때 소아마비로 오른쪽 다리를 절게 되고, 열여덟 살 때 교통사고로 척추와 골반이 부러진 프리다의 불행만을 떠올리는 거라면, "그렇게 슬퍼하지 않아도 돼요" 하고 말해주고 싶다.

"프리다는 그녀의 고통을 그림으로 승화시켰어요."

이런 식의 말이 상투적인 것처럼, 그녀가 당한 사고만으로 그녀를 불행한 여인으로 여기는 것은 당치 않다. 프리다는 한술 더 떠 이렇게 말할지도 모른다. "나 때문에 눈물을 흘리나? 교통사고나 디에고의 외도로 인한 고통이 내 삶의 전부는 아니야. 기쁨과 절망이 공존하긴 했지만 나는 원 없이, 하고 싶은 대로 하며 살았어. 내가 당신보다 불행할 거라는 생각은 완전히 착각이라고."

늘 드라마의 주인공처럼

프리다는 수십 차례 수술을 받아야 했지만 의기소침하지 않았다.
오히려 인생과 감정을 표현하고자 하는 욕망은 보통사람들과 비교도
할 수 없을 만큼 강했다. 프리다가 사춘기 시절부터 연인들에게 보낸
편지를 보면, 그녀가 자기감정에 얼마나 솔직했는지 알 수 있다.

나의 알렉스에게.
당신을 처음 본 순간부터 사랑했습니다. 며칠 후 다시 만날 때까
지 당신의 작고 예쁜 여인을 잊지 마세요. …… 당신은 쉬운 여자
를 사랑하죠? 나는 더 쉬운 여자가 될래요. …… 거짓말이라도 좋
으니 나를 아주 많이 사랑한다고 말해주세요. 당신의 사랑, 당신의
여자 …… 당신이 원한다면 무엇이라도 좋아요.

프리다가 열여섯 살 때 쓴 편지다. 1929년 스물두 살 때 프리다
는 디에고의 세 번째 아내가 되었지만, 그녀는 디에고만 바라보며
살지 않았다. 언제나 '자기'라는 드라마의 주인공으로 살았다. 미국
의 조각가이자 건축가인 이사무 노구치도 한때 그녀의 애인이었다.
서른 살 때는 파란집에 한동안 머문 백발의 러시아 혁명가 트로츠
키와 염문을 뿌렸고, 다음 해에는 니콜라스 머레이와 사랑에 빠졌
다. 프리다는 알렉스에게 그랬던 것처럼 또 다른 연인 닉에게도 편

지를 썼다. 그녀의 연애사는 거침없다.

사랑하는 나의 닉, 나의 소년에게.
당신이 보고 싶어 눈물이 났어요. 사랑해요. 내 사랑 믿어줘요. 당
신처럼 사랑했던 사람은 없어요. 당신처럼 가슴 깊이 기억될 사람
은 디에고 말고는 아무도 없어요. 당신의 목에 특별한 키스를……

프리다는 많은 남자를 사랑하고, 많은 남자의 사랑을 받고자 했
다. 미로와 칸딘스키는 공개적으로 그녀를 숭배했다. 그녀는 여자들
과도 애정행각을 벌였다. 양성애 성향조차 솔직하게 드러냈고, 디에
고는 프리다를 부끄럽게 여기지 않았다.

프리다는 자신의 온갖 사생활, 고통받는 현실을 가감 없이 그림
으로 그렸다. 때로는 솔직함이 지나친 데다가 그녀가 쓰는 영어에
속어가 많아 '독설가'란 소리를 들었다. 인습에 얽매이지 않고 모든
것을 하고 싶어 한 그녀는 디에고와 다름없이 열심히 일하고, 열심
히 놀고, 열심히 사랑했다.

의외인 건 디에고다. 자신은 끊임없이 바람을 피우면서도 프리
다의 바람에 대해선 총을 들고 난리를 쳤다는 속설(사실 디에고는 모
든 종류의 가십을 즐겼다)이 있을 만큼 질투심이 강한 그는 프리다에게
이런 편지를 쓰기도 했다.

인생이 주는 모든 것을 취하시오. 재미있고 즐거운 것이라면 무엇이든. 나이가 들면 자기가 무엇을 잃었는지 알게 된다오. 어릴 때 자기에게 주어진 것을 취하지 못한다면 잃어버린 것과 다름없소. 당신이 정말 나를 기쁘게 해주고 싶다면, 나에게는 당신이 기쁨을 누리는 것보다 더한 일은 아무것도 없다는 사실을 명심하시오. 당신, 나의 꼬마는 모든 것을 누릴 자격이 있다오. …… 그들(프리다의 남자들)이 프리다를 좋아하는 것은 그들 잘못이 아니오. 나도 그 누구보다 당신을 좋아하니까.

— 당신의 일등 두꺼비, 개구리 디에고로부터

사람들은 흔히 프리다를 '사랑도, 건강도, 아이도 갖지 못한 여인'이라고 생각하지만 그녀는 많은 남자에게 사랑을 받았고, 몸은 아파도 여러 남자와 연애를 즐겼으며, 디에고를 '아이'처럼 여겼다. 디에고에게 보낸 편지에 "잘생긴 나의 아이 없이는 못 산다"고 쓰기도 했다. 그녀는 충동적으로 자유롭게 살았기에 보통여자가 하나도 누리기 힘든 여러 가지를 가졌다.

이 외출이 행복하기를

〈비바라비다Viva la vida(삶이여 만세)〉라는 노래가 있다. 영국의 록

밴드 콜드플레이의 보컬이자 기네스 펠트로의 남편으로 유명한 크리스 마틴이 프리다의 그림을 보고 영감을 받아 만들었다는 곡이다. "난 한때 세상을 지배했지"로 시작하는 노래 가사가 정작 프리다의 그림과 무슨 상관인지는 모르겠지만…….

프리다가 이 집에서 세상을 떠나기 전 마지막으로 그린 것은 다름 아닌 '수박'이다. 크리스 마틴이 영감을 받았다는 바로 그 그림이다. 프리다는 말년에 침대에 누워 지내야만 했으니 편하게 그릴 수 있는 게 과일 같은 정물뿐이었다.

수박은 멕시코 사람들이 가장 좋아하는 과일이다. 멕시코인으로 태어난 걸 오만스럽다고 할 만큼 자랑스럽게 생각한 그녀는 마지막 순간에 빨간 수박을 그리고, 잘린 단면에 '인생이여 만세, 멕시코 코요아칸'이라고 써넣었다. 조금 전 프리다의 침실에서 본 그림이다. 프리다는 칼날에 잘려나간 수박 조각에서 과일의 단맛 같은 인생을 보았을까?

블랙유머 같은 문구가 새겨진 그림이 마음에 걸리기는 하지만, 난 프리다의 인생이 나쁘지 않았다고 생각한다. 그녀는 디에고를 사랑한 만큼 자기 자신을 지독히 사랑했다. 자기가 사랑하게 된 것이 무엇이건, 사랑을 위해 어떤 소동을 일으키게 되건 두려워하지 않았다. 그녀의 인생은 온갖 소동의 연속이었다. 나로선 그녀의 용기가 부럽기만 하다. 그녀는 파란집에서 47년의 삶을 마무리하며 마지막 일기에 그 유명한 말을 남겼다.

"이 외출이 행복하기를…… 그리고 다시는 돌아오지 않기를!"

고대 멕시코인들은 죽음을 끝이라고 여기지 않았다. 하지만 그녀는 돌아오고 싶지 않다고 썼다. 그녀는 평범한 하루하루를 놀랍고 신비한 경이로 만들며 거침없이 살았지만 종국에는 안식을 택했다. 살면서 겪어야 하는 소동을 치르며 후회 없이 열렬하게 살았기에 이제 좀 쉬고 싶었을까?

파란집을 나와 골목을 지나니 시장이다. 어쩌면 그림 속의 빨간 수박도 여기서 샀는지 모르겠다. 시장 한편에선 밴드가 구성진 노래를 부른다. 오후가 되어도 멕시코시티의 태양은 뜨겁고 몸은 축축 늘어진다. 파란집에서 나왔지만 여전히 그녀와 함께 코요아칸 거리를 걷는다. 열렬한 인생은 아름답다.

'여기에
산다'는
여행

정착해 사는 것은 길 위에서의 시간과 다른 삶을 창조한다.
내가 원하는 대로 하고 싶은 일만 하며 살 것!
그때 산다는 것은 조용한 모험이자 특권이다.
한국을 떠나야만 여행을 하는 것이 아닌 것처럼
길은 집 밖에만 있지 않다.

잘 입고,

잘 먹고,

달콤하게 연애하고

이탈리아 사람들은 즐기려고 산다.
펠리니 감독의 영화 제목처럼 '달콤한 인생'은 그들의 인생 모토다.
복잡한 것은 딱 질색이다. 대책 없을 만큼 낙천적이며, 느리고, 단순하다.
어떤 일이 생겨도 프레스토(빨리빨리)가 아닌 라르고(천천히)!

Landmark * 크레모나

이탈리아 여행의 기억은 씁쓸한 게 많다. 처음 이탈리아에 갔을 때는 로마의 지하철에서 소매치기를 당할 뻔했고, 두 번째 갔을 때는 밀라노 부근 베라가모 공항에서 이민국 경찰들에게 된통 골탕을 먹었다. 게다가 이탈리아에서 공부를 했던 막냇동생은 그리운 이탈리아로 신혼여행을 갔는데, 비행기에서 내리자마자 공항 주차장에서 모든 귀중품이 든 손가방을 도둑맞았다.

이런 얘기를 이탈리아 사람들에게 하면 그들의 대답은 한결같다. "도둑놈들은 이탈리아 사람이 아니야. 모두 동유럽에서 온 불법체류자들이지."

나쁜 건 죄다 동유럽 사람들 핑계를 댄다. 하지만 불법체류자라면 유럽 어느 나라에나 있다. 그런데 왜 유독 이탈리아에서만 이런 일이 빈번할까. 그나마 위로가 되는 건 이탈리아 도둑들이 공평하다는 사실! 벌건 대낮에 경찰 오토바이나 사이드카에도 묵직한 쇠사슬 자물쇠가 걸려있으니 도둑들은 경찰이라고 해도 봐주는 게 없나 보다. 이렇게 잔뜩 불평을 늘어놓았는데 어쩌다보니 다시 이탈리아에 왔다. 운명은 아니고, 한 권의 책 때문이다.『이탈리안 조이』의 저자는 내가 모르는 이탈리아를 이렇게 이야기한다.

이탈리아에서는 누구도 외롭게 지내지 않는다. 점심을 먹는 가족에게 사진을 찍어도 되겠냐고 물었다가 세 시간 동안 집에서 만든 갖가지 음식을 맛볼 수 있었다. 가게에 처음 가면 주인이 정중하게 구매를 도와준다. 두 번째 그곳에 가면 가게 주인과 일하는 사람들의 이름을 알게 된다. 세 번째 그곳에 가면 나는 이미 그곳 대가족의 일원이 되어 있다.

조리준비를 하고 요리를 하고 먹으면서 음식에 대해 이야기를 나누는 것은 이탈리아 사람들의 일상에서 사랑만큼이나 기본적인 것이다. …… 별 다섯 개짜리 최고급 호텔에서나 맛볼 법한 근사한 음식들을 국민 모두가 집에서 뚝딱 만들어내는 '요리사의 나라' 같은 곳이다. 이탈리아 사람들의 영혼은 하루에 세 번 사랑을 먹고 그것을 자양분 삼아 성장한다.

『이탈리안 조이』에서 보이는 이탈리아는 정겹고, 뜨겁고, 화려하고, 풍요롭다. 이탈리아가 정말 그런 곳이었어? 이탈리아에 대한 반감은 여전한데, 책을 다 읽고 나니 왠지 그럴 수도 있겠다는 생각이 든다. 그럼 이번 이탈리아 여행은 좀 다르려나?

열심히 빨아 폼나게 입는다

지난밤 크레모나에 도착했다. 크레모나는 안토니오 스트라디바리의 고향이다. 첫인상은 낡고 바랬다. 창문을 열었더니 옆집이 바짝 붙어 있어 햇볕 쬐기도 힘들다. 숙소를 나와 그늘이 드리운 골목길을 벗어나 거리를 걷는다. 상점이 늘어선 좁은 골목을 지나면 두오모 광장이다. 아침부터 시장이 섰다. 이탈리아 사람들은 점심을 여섯 시간에 걸쳐 먹기도 한다더니, 역시나 먹는 게 중요한가 보다.

먹는 거 다음으론 잠자는 게 중요한지, 낮잠도 빼먹지 않는 게 이탈리아 사람들이다. 오후 1시 반부터 4시 반까지 이탈리아의 온 국민은 사이좋게 낮잠을 잔다. 급한 사정이 생겨 뭘 사려고 해도 아무 소용없다. 모든 상점이 문을 닫기 때문이다. 심지어 구찌 같은 명품 매장도 마찬가지다. 도무지 급한 게 없는 사람들이다. 인생 참 편하게 산다는 생각이 들밖에!

크레모나를 걷다 보니 유독 눈길을 끄는 게 있다. 어디를 가나 플래카드처럼 줄줄이 널려 있는 옷가지들이다. 어느 골목이건 '빨래 플래카드'는 한두 개가 아니다. 줄줄이 널린 빨래들 아래로 50년은 된 것 같은 베스파가 질주한다. 차 두 대가 겨우 다닐 만큼 좁은 도로 사이로 플래카드처럼 늘어선 빨랫줄이 한 개, 두 개, 세 개…… 그 뒤로 몇 개가 더 있는지 다 셀 수조차 없다.

어느 집 발코니 앞엔 하얀색 빨래만 줄지어 널어놓았다. 오늘은 흰옷만 빠는 날이었나? 수건, 셔츠에다 팬티와 브래지어까지 온통 하얀색 일색이다.

옷가지는 여러 종류라도 일단 빨랫줄에 주렁주렁 널리기만 하면 뭔가 규칙적이고 조화롭다. 예술가가 무슨 설치작업을 한 것 같기도 하고, 동네 전체가 무슨 빨래 널기 경연대회라도 벌이는 것 같다. 골목이건 광장이건 도로건 발코니건 가로등이건 닥치는 대로 빨래를 널었다. 푸른색 벽에 새긴 마리아상 위로 하늘하늘한 스커트가 바람에 나부낀다. 오래돼 탈색된 노란색 벽을 배경으로 붉은색 슬리퍼와 핑크색 테디베어가 대롱대롱 달려 있다. 테디베어는 귀엽지만 붉은색 슬리퍼는 무척 강렬하다. 햇볕이 좋아서일까, 너울너울 걸린 옷가지를 바라보면 기분이 좋아진다.

옷걸이는 안 보인다. 모두 빨랫줄에 빨래집게만 사용한다. 이탈리아 사람들의 패션이 뛰어난 이유 중 하나는 옷 관리를 잘하기 때문이다. 미국 사람들이 상습적으로 사용하는 빨래건조기 따위는 절대 쓰지 않는다. 막냇동생이 말했었다. 이탈리아에선 배관공도 캐시미어 스웨터를 입고, 페라가모 구두를 신으며, 목에는 느슨하게 선글라스를 걸친다고. 거리를 오가는 사람을 보면 정말 모두 '새 옷'을 입었다.

그나저나 이 사람들은 프라이버시엔 별 관심이 없는 건가? 618번지 집 앞에는 팬티를 비롯한 갖가지 속옷이 내걸렸다. 이탈리아에 살면 이웃집 여자의 속옷 취향마저 줄줄이 꿸 판이다. 내가 묵고 있는 숙소에선 옆집에서 하는 이야기가 다 들린다.『이탈리안 조이』를 읽으며 알았다. 이탈리아어에는 사생활을 의미하는 단어가 없다는 것을.

커피는 오로지 에스프레소뿐!

　빨래 구경을 마치고 두오모 광장의 카페 피에로에 앉아 두오모를 마주하고 에스프레소와 크루아상을 먹는다. 이탈리아에 도둑은 많아도 에스프레소 하나는 최고다. 요즘은 서울에도 커피를 볶는 집이 많아져 신선한 커피콩을 구하는 게 어렵지 않지만, 불과 몇 년 전만 해도 맛있는 에스프레소를 한 잔 마시겠다고 한강을 건넜다. 그때만 해도 사람들은 '엉터리 에스프레소' 맛을 진짜 에스프레소의 맛인양 오해했고, 그러다 보니 에스프레소는 그저 '쓰고 독한 커피'가 되어버렸다. 진짜 에스프레소의 고소하고 깊은 맛은 마셔봐야 안다. 그러지 않고선 이른 아침 에스프레소에 설탕을 한두 스푼 넣고 홀짝거리는 기분이 어떤지 알 수가 없다. 그렇다고 에스프레소를 마시는 데 대단한 미각은 게 필요 없다. 커피콩이 신선하고, 제대로 뽑아내면, 다방커피밖에 모르는 사람들조차 "어, 이건 뭔가 맛이 독특한데!"하고 느끼기 마련이다. 커피도 음식이니 구구한 설명은 필요 없다. 맛있는 건 누구에게나 맛있다.

　내가 이탈리아를 좋아한다면 어디서나 맛있는 커피를 마실 수 있기 때문이다. 하지만 우리가 흔히 '아메리카노'라고 부르는 커피는 없다. 그들에게 커피는 오로지 에스프레소뿐! 이탈리아 사람들이 아메리카노를 보면, 희멀건 구정물 같은 게 무슨 커피냐고 되물을 게 뻔하다.

카페 피에로의 손님 중에는 바에 팔꿈치를 괴고 홀짝 홀짝 두 번에 걸쳐 에스프레소를 마시고 가는 사람이 많다. 에스프레소는 3분만 지나도 커피 맛이 변한다니, 가장 맛있을 때 홀짝 마시고 갈 길을 간다. 이탈리아 사람들은 매일 아침 무슨 의식이라도 치르듯 에스프레소를 마신다.

사랑은 인생의 목표

살살 햇볕이 내리쬐기 시작할 때쯤 옆자리에 앉은 여자와 얘기를 하게 됐다. 칼라 콜슨. 호주에서 태어났고, 이탈리아에 산 지는 5년쯤 된 사진작가란다.

"처음에는 정말 놀랐어. 이탈리아 전체가 영화 속의 긴 러브신처럼 보였으니까. 이탈리아 남자들의 '티아모(사랑해)'란 말은 정말 달콤해. 이탈리아 남자는 온갖 찬사로 여자를 유혹하려 들지. 거리낌 없이 여자에게 접근하고 구애를 해. 여자가 거절해도 낙심하지 않아. 호주 남자들과는 완전히 달라. 이탈리아 남자들의 연애사전에 포기라는 말은 없나 봐. 여자가 거절을 하면 오히려 각오를 새롭게 한다고 할까. 구애를 일종의 사냥처럼 생각하는 게 틀림없어."

시드니에 살 때는 모든 것을 다 가진, 말하자면 부족한 것 없이 잘나갔다는 이 여자가 이탈리아에서 처음 사랑에 빠진 남자는, 카프리섬과 아말피 해변을 오가며 관광객을 실어 나르는 뱃사공이었다. 하지만 남자의 사랑은 곧 시든다. 남자는 '쭉쭉빵빵'한 금발의 독일 여자를 만나더니 이내 칼라를 차버렸다.

어쨌거나 이탈리아의 연인들은 거리 곳곳에서 '영화 속 러브신'처럼 포옹하고 애무하며 뜨거운 사랑을 만끽한다. 마치 오늘 하루가 삶의 마지막 날이라도 되는 것처럼, 사랑이 인생의 목표인 것처럼 열렬하다. 길을 가다 깜짝깜짝 놀랄 지경이다. 어차피 프라이버시란 없으니, 거리의 계단이나 다리의 난간처럼 남들 다 보는 데서 더 열렬한지도 모르겠다.

그러고 보니 두오모로 오다가 본, 어느 성당 외벽에 그려진 '화살 맞은 하트'가 생각난다. 그때는 누가 저런 장난을 쳤을까, 엉뚱하다고 생각했는데, 이제 와 생각해보니 열심히 사랑하라는 성모 마리아의 뜻이 아닐까 싶다. 성당에서 두오모로 이어지는 거리 이름은 산타트리니타, '열정의 거리'다. 산타트리니타 거리에는 'LOVE IS IN THE AIR'라는 낙서가 있다.

카푸치노를 한 잔 더 시켰더니 피에로의 예쁜 바텐더가 카푸치노 잔 안에 하트 모양의 거품을 만들어준다.

"이탈리아에서 기차여행을 하려면 꼭 배워야 할 말이 두 가지 있어. 하나는 '파업', 다른 하나는 '그건 무슨 맛이에요?'"

내가 며칠 후 피렌체로 간다고 하자 칼라가 해준 말이다.

"기차에서는 항상 사람들이 좋은 냄새를 풍기며 무언가를 먹고 있어. 그때 '그건 무슨 맛이에요?' 한마디만 하면 돼. 그러면 그 사람들 식사에 낄 수 있을 거야. 이탈리아 사람들은 지나치게 정이 많거든. 맛있게 먹고 나선 '아 프레스토(또 봐요)!' 한 마디 해주고 손 흔들며 일어나면 돼."

외롭지 않아,
고독한 거지

핀란드 사람들은 고독한 늑대 같다.
핀란드는 '고독'과 잘 어울린다.
어둠이 내린 헬싱키 거리를 걷다 보면
무엇에도 동요하지 않을 고독한 소녀를 만날 것 같다.

Landmark * 헬싱키

직항노선이 생기는 바람에 한국에서 제일 가까운 유럽이 되어버린 곳, 인천공항을 떠난 지 아홉 시간 30분 만에 헬싱키 반타공항에 내렸다. '출구', '헬싱키', '환승' 등 한글 안내판이 제일 먼저 눈길을 끈다. 시내도 가깝다. 공항에서 차로 25분이면 헬싱키 시내에 도착한다.

북구의 도시 헬싱키 중앙역에선 러시아 상트페테르부르크로 가는 톨스토이 열차와 산타클로스가 산다는 로바니에미로 가는 야간 열차 산타클로스 익스프레스가 출발한다. 두 기차의 이름만으로도 북유럽에 왔다는 게 실감난다. "유하너스!" 하고 소리라도 질러야 할 것 같다. 유하너스^{Juhannus}는 핀란드어로 '한여름을 축복한다'는 뜻이다.

헬싱키는 '발트해의 소녀', '북구의 하얀 도시'라는 별명을 가졌다. 실제로 마켓스퀘어 부근에 '발트해의 소녀상'이 있다. 음, 소녀라고 하기엔 좀 요염한 포즈를 취하고 있지만.

헬싱키 중심가에서 흔한 흰색 건축물 때문에 '하얀 도시'라고 부르는 거야 그렇다 해도, 혹한과 어둠의 세계를 살아가는 그들에게 '소녀'라는 말이 어울리는지는 잘 모르겠다. 핀란드 사람들은 감상적인 소녀의 모습과는 거리가 멀다. 여름휴가 때면 깊은 숲 속에 들어가 문명과 완전히 동떨어진 생활을 즐기는, 씩씩하고 용감한 사람들이다. 정반대로 이런 말도 종종 듣는다. 핀란드 사람을 만날 때마다 듣는 말이다.

"핀란드인은 내성적이에요."

야생적인 생활을 즐기면서 내성적이라니, 잘 이해가 되지 않는다. 가만히 생각해보니 내성적이라기보다는 본질적이라는 말이 더 잘 맞겠다. 그들은 본질적일 수밖에 없는 자연환경을 가졌다. 한겨울 서투른 감상에 빠졌다가는 꽁꽁 얼어 죽을지도 모를 일 아닌가? 1년 중 절반 동안이나 계속되는 겨울과 어둠 속에 어설픈 감상이 끼어들 여지는 없다.

좀체 감상적일 수 없는 사람들이기에 그들의 감정표현은 정제되고 특별하다. 아름답기까지 하다면 감동은 배가될 수밖에 없다. 핀란드 디자인이 그렇다. 내가 핀란드를 소녀적이라고 한다면 그것은 디자인 때문이다. 고요한 호수에 물결 이는 모양을 디자인에 차용한 알토 그릇처럼, 핀란드 디자인은 숲이나 호수 같은 자연을 닮았고, 매우 단순한 선을 가졌으며 여성적이다.

소녀는 까다롭다. 하루에 다섯 잔, 전 세계에서 커피를 가장 많이 마시지만 거리에선 커피자판기를 볼 수 없고, 공공장소에 놓일 벤치를 교체할 계획을 수년 동안 연구한다. 긴 겨울은 사색을 일상으로 만드는 걸까? 어둠이 내린 헬싱키 거리를 걷다 보면 무엇에도 동요하지 않을 고독한 소녀를 만날 것 같다.

모두 홀로 존재한다

트램 3B를 타고 헬싱키 남쪽 비스쿨마역에서 내렸다. 핀란드어로는 '루오칼라 로키', 우리말로는 '갈매기식당'인 '카모메식당'을 찾아가는 길이다. 영화 〈카모메식당〉을 본 모든 사람처럼 나도 그 공간에 매혹됐다.

모던하고 아늑한 실내 '공간'이 주인공만큼 눈길을 끌었던 영화 〈카모메식당〉에선 매우 심플한 디자인의 나무 의자와 테이블 등 가구뿐 아니라 윤이 날 만큼 꼿꼿하게 빛나는 냄비들, 컬러풀한 주전자와 커피분쇄기, 조리공간과 손님공간을 구분하는 두 가지 펜던트 조명 등 낯설고 매혹적인 소품들이 빛을 발했다. 한낮의 꿈같은 영화를 본 모든 이가 카모메식당과 핀란드를 동일시하기에 이르렀다.

"핀란드에 가고 싶어." 나도 그랬고, 내 친구도 그랬다.

한 가지 의문이 든다. 카모메식당은 왜 하필 헬싱키에 문을 열었을까? 북유럽의 매력 때문이라곤 할 수 없다. 북유럽에는 스톡홀름도 있고 오슬로도 있지 않은가. 이 영화를 만든 감독은 핀란드에 '망할 놈의 갈매기들'이라는 록밴드가 있는 걸 알았을까?

의문은 핀란드에 와서 풀렸다. 〈카모메식당〉은 고독에 대해 말하고 있고, 핀란드라는 나라가 '고독'이란 단어와 잘 어울리기 때문이다.

"다른 사람들과 어울리기보다 혼자 있는 시간이 좋다."

핀란드 사람들은 '고독한 늑대' 형이라고 할까. 매우 순해 보이는 늑대 한 마리가 하늘을 스치는 한 점 불빛을 쫓아 어두운 숲 속을 내달린다. 하얀 입김을 풀풀 내뿜으며 찬바람을 가르고 눈길을 헤쳐나간다. 하지만 멀어져가는 불빛을 따라잡을 순 없다. 그러고 보면 핀란드 국영항공사인 핀에어의 CF에 '외로운 늑대'가 등장하는 건 우연이 아니다.

자연환경 탓도 있다. 핀란드에 사는 것은 단순히 유럽 변방에 사는 것과 다르다. 겨울날 이른 오후에 해가 지면 갈 곳이 없다. 일을 마치면 대부분의 시간을 집에서 보낸다. 가족이라도 있으면 낫겠지만 핀란드의 1인 가구 비율은 매우 높다.

고독한 사람이 일을 하고, 수영과 합기도를 즐기고, 자기처럼 고독한 타인을 만나 관계를 맺고, 고독하지만 유쾌하게 살아간다. 핀란드 사람들 이야기가 아니라 카모메식당 주인 사치에 이야기다.

무슨 사연인지, 일본에서 머나먼 핀란드까지 와서 오니기리를 파는 식당을 열었지만, 한 달이 넘도록 손님은 전혀 없다. 그녀는 유리컵만 닦으며 시간을 보낸다. 엄마가 세상을 떠났을 때보다 고양이가 죽었을 때 더 울었다는 사치에, 그녀는 엄마를 사랑했지만 엄마를 비롯한 가족이나 친구 누구에게도 소속감을 느끼지 못했다.

〈카모메식당〉의 다른 등장인물도 모두 홀로 존재한다. 공짜 커피 손님 토미에서부터 〈갓챠맨〉의 노래가사를 가르쳐준 미도리, 갑자기 자기를 버리고 떠나버린 남편 때문에 괴로운 중년의 핀란드 여

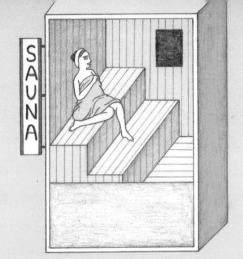

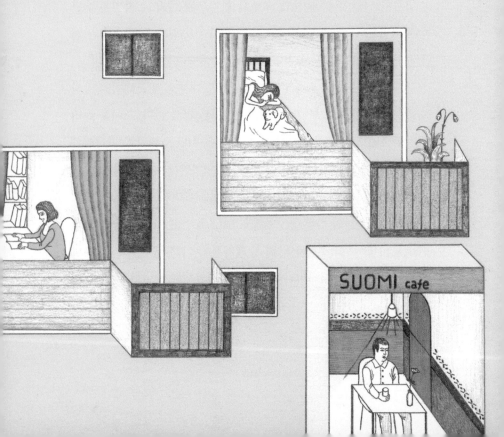

인 등, 일본 사람이건 핀란드 사람이건 별반 다르지 않다. 모두 자신이 속한 곳에서 소속감을 갖지 못했다.

이들은 제각각 카모메식당을 찾아와 여기서 다른 이들을 만나 위로를 받는다. 고독한 존재는 고독한 존재끼리 만나게 되는 걸까? 비행기 불빛은 점점 더 멀어지는데, 언덕 위로 하나둘 모여든 늑대들이 무리를 이루고 얼굴을 비비며 핀에어 광고는 끝이 난다.

나도 위로가 필요했을까? 햇볕 좋은 날 헬싱키 주택가의 한적한 거리를 걸어 찾아간 그곳에 영화 속 카모메식당은 없었다. 그 자리에는 '핀란드 카페'가 있지만 카모메식당과 많이 다르다. 영화의 흔적은 블루톤의 실내 벽면과 포스터 한 장뿐이다.

점심시간을 지나서인지 옆자리의 세 테이블 모두 일본 사람이란 점을 제외하면, 생선과 감자 같은 핀란드 가정식을 파는 평범한 식당이다. 영화에서처럼 누구나 편히 들어와 식사할 수 있는 곳이다. 사치에가 말하지 않았던가. "레스토랑이 아닌 식당이면 좋겠어." 이름은 달라도 카모메식당과 핀란드 카페는 통하는 게 있는 걸까. 핀란드 카페에서도 시나몬롤과 커피는 기본이다. 커피는 2유로, 핀란드 홈스타일의 롤빵은 3.40유로다.

카모메식당이건 핀란드 카페건, 커피를 마실 때는 검지를 커피드립퍼 안에 넣고 '코피 루왁'이란 주문을 잊지 말 것! 당신의 커피맛을 다르게 할 테니까. 고독하건 고독하지 않건 인생에도 주문은 필요하다.

사우나에서 쉬는 고독한 영혼

독일에서 10년 동안 살고 있는 친구가 말했다.

"독일 사우나는 남녀를 구별하지 않아. 남자건 여자건 몸을 몸 그대로 볼 수 있는 공간이야."

독일 남자들은 여자의 벌거벗은 몸을 의식하지 않는지 모르겠으나 내가 그럴 수 있을지는…… 잘 모르겠다. 핀란드 사우나는 다르다. 일단 가족 아닌 남녀가 사우나를 함께 하진 않는다. 하지만 함께 하느냐 않느냐의 차이는 아무것도 아니다. 핀란드 사람들은 사우나에 대해 믿을 수 없을 만큼 진지하기 때문이다. 사우나를 대하는 태도가 어찌나 경건한지, 사우나를 하려고 미리 몸을 씻을 정도다.

하르주토린카투 1번지. 이곳에 헬싱키에서 유일한 나무사우나가 있다. 코티하르주는 장장 1928년에 만들어진 사우나다. '나무사우나'라는 말처럼 나무로 불을 땐다. 사우나 직원은 "나무로 불을 때면 전기로 때는 것보다 열기가 부드럽다"고 했지만, 웬걸 사우나 안으로 들어서자마자 뜨거운 공기가 온몸을 덮친다. 정말 뜨겁다! 게다가 사우나 밖으로 나가는 사람들은 모두 약속이라도 한 듯 스토브의 거대한 돌에 국자로 물을 뿌려, 치지지익 촤아악~ 하는 소리와 함께 뜨거운 수증기가 끊임없이 솟구친다.

사우나는커녕 온몸에 화상을 입는 건 아닌지 모르겠다. 의연히 앉아 있는 다른 사람들 때문에 좀 더 견뎌보려다 더 이상은 안 되겠

218

다 싶어 허겁지겁 나왔다. 찬 공기를 마시니 좀 살 것 같다. 사우나를 하다 밖으로 나와 찬바람을 쐴 수 있는 건 참 좋다.

옆 사람을 곁눈질하며 두세 번 더 사우나 안에 들어갔다 나왔다 하니 그제야 좀 적응된다.

"어디서 왔죠? 당신 나라에도 사우나가 있나요?"

옆자리 남자가 묻는다. 내 대답을 들은 그가 다시 묻는다.

"한국 사우나 안에는 뜨거운 돌이 있나요? 여기 사우나 스토브 안에 있는 큰 돌 봤죠? 돌이 제일 중요해요. 돌을 뜨겁게 만드는 데만 대여섯 시간이 걸려요. 핀란드 사우나에는 반드시 큰 돌을 담은 스토브가 있어야 해요."

'사우나'라는 말 자체가 핀란드어다. 그러니 돌이 없으면 핀란드 사우나가 아니라는 말은, "당신 나라 사우나는 가짜야"란 말의 완곡한 표현이자 핀란드 사우나에 대한 자부심이다. 그럴 만도 하다. 인구 530만 명인 나라에 사우나가 80만 개다. 핀란드에서 사우나가 없는 집은 집도 아니란다.

핀란드에서 사우나는 육체뿐만 아니라 정신이 쉬는 곳, 몸과 마음을 가다듬는 공간이다. 사우나카페, 사우나바, 사우나버스 등 종류도 각양각색이다. 공항에도, 페리에도 사우나가 있다. 어느 스키 리조트에는 세계에서 유일한 곤돌라사우나가 있단다.

"핀란드에는 여러 종류의 사우나가 있지만 그중에서도 숲 한가운데 있는 사우나를 최고로 꼽아요. 숲 속에 사우나를 갖춘 작은 통나무집을 갖는 게 모든 핀란드인의 꿈이에요."

옆자리 남자가 비흐따를 건네주며 말한다. 비흐따는 푸른 잎이 달린 자작나무의 어린 가지를 묶은 것이다. 사람들은 사우나를 하며 비흐따로 머리끝에서부터 발끝까지 내리친다. 무슨 의식이라도 치르는 것 같다. "사우나에서 교회에 있는 것처럼 행동하라"는 속담도 있다. 그리고 보니 사우나 안에선 모두 침묵을 지킨다.

『핀란드 디자인 산책』의 저자 안애경은 사우나에 대해 이렇게 말한다.

좋은 사우나일수록 뜨겁다는 느낌보다는 습기를 머금은 열기가 온몸을 엄습하고 오히려 정신이 맑아진다. 몸속 깊은 곳까지 깨끗해지는 기분이다. 더 이상 뜨거운 습도를 견딜 수 없을 때 밖으로 나와 자연의 신선한 공기와 마주하며 몸을 식힌다. 혹은 곧바로 물 속에 몸을 던지기도 한다. 사람의 몸속에 존재하는 그 어떤 노폐물도 모조리 걸러내는 듯한 기분이다. 때로 실컷 울고 난 후 심장 속까지 시원하게 뚫리는 느낌과도 같다.

핀란드 사람들에게 사우나만큼 중요한 게 하나 더 있다. 바로 국토의 70퍼센트를 차지하는 숲이다. 숲은 갈색곰, 늑대와 여우, 무스의 고향일 뿐만 아니라 핀란드 사람들의 모태 같은 곳이다. 아무리 도시에서 살더라도 숲 속에서 고독하게 자기를 돌아보는 시간이 필요한 걸까? 핀란드 사람들은 휴가철이면 전기도, 수도도 없는 숲 속의 통나무집에서 지낸다.

숲 속으로 들어가 살고 싶은 핀란드인들의 마음은 에스프레소잔에도 담겨 있다. 헬싱키에 오면 마리메코의 소나 송아지 프린트와 함께 꼭 사고 싶은 게 있었다. 사미 린네가 디자인한, 손잡이가 사슴 뿔 모양인 에스프레소잔. 내 눈엔 금방이라도 커피잔이 후닥닥 사슴 얼굴로 바뀌어버릴 것 같다.

누군가는 핀란드 사람들에 대해 이렇게 묘사한다.

> 말수가 아주 적고 조용하다. 숫기가 없고 좀처럼 속내를 보이지 않으며, 붙임성이 없고 내향적이며, 다소 냉정하고 딱딱한 면이 있으며, 사람을 잘 믿지 않고 의심이 많으며, 설득하기 힘들고 고집이 세며…… 매우 '내적인' 사람으로…… 자기확신이 부족하며…….
> 비관적이고 항상 애수에 젖은 느낌을 준다. 유머감각도 신통치 않고…… 자기애가 강하고 예민하며…….
> ─『미래는 핀란드에 있다』, 리처드 D. 루이스

여기서 제일 눈에 들어오는 건 '내향적'이며 '자기확신이 부족'하다는 대목. 정말 뜨끔했다. 영락없이 내 얘기다. 몇 년 전 출간한 첫 책에 씌인 "두 권의 여권에 200개가 넘는 스탬프를 찍었다"는 식의 저자 프로필 때문일까? 많은 사람이 나를 언제나 자유로울 것 같은 사람, 자기의 길을 확신하는 사람으로 여긴다. 하지만 난 그러고 싶은 사람일 뿐이다.

어쨌거나 내가 핀란드적인 인간인 줄은 처음 알았다. 게다가 나도 고독하지 외로운 것은 아니니까…… 핀란드에서 고독의 긍정적인 힘을 알았다.

긴긴 겨울의 깊은 어둠 속에서 발견한 작은 희망의 불빛에 감사한다. 여름 태양 아래 충만한 에너지를 온몸으로 만끽할 시간들을 상상하며 기다린다. 그 안에 고독의 그림자가 함께한다. 기다림과 꿈꾸는 상상의 세계를 넘나드는 힘은 고독이며 혼자일 때 가능하다.

— 『핀란드 디자인 산책』, 안애경

할렘
산책

맨해튼은 바쁘고 할렘은 느긋하다.
맨해튼 사람들이 치열하다면 할렘 사람들은 편안하다.
맨해튼 사람들이 이웃에게 별 관심 없다면
할렘 사람들은 이웃 모두와 인사하고 지낸다.

Landmark * 할렘

일본 친구의 콘도(우리 식으로 말하면 오피스텔)를 빌려 맨해튼 30번가에서 지낸 지 한 달이 지났다. 걸어서 10~15분이면 엠파이어 스테이트 빌딩에 도착할 만큼 맨해튼 중심부인 이곳은 '미드타운'이라 불린다. 미드타운에 산다고 하면, 뉴욕 친구들은 대개 "왜 하필 그렇게 재미없는 곳에?"하는 반응을 보인다. 물음표 다음에 생략된 질문도 짐작된다. "렌트비는 얼마야?"

난 우연히 알게 된 일본 친구로부터 하해와 같은 은혜를 입어, 도어맨이 있는 근사한 콘도를 운좋게 1,000달러에 빌렸지만, 사실 미드타운의 렌트비나 호텔비는 꽤나 비싸다. 하루에 150달러짜리 호텔에서 바퀴벌레가 기어 나오는 게 맨해튼의 호텔 사정이라나 뭐라나……

재미로 치자면 이스트빌리지나 윌리엄스버그 같은 곳과 비교해 매우 심심한 동네이지만, 대신 치안은 확실하잖아! 하고 위안을 삼는다. 하룻밤도 귀청을 때리는 사이렌소리를 듣지 않곤 잠들 수 없는 곳이 뉴욕이다.

심심한 동네지만 단골 커피집은 있다. 아침이면 종종 세수도 하지 않고 '브라질 커피하우스'로 간다. 내 방이 있는 4층에서 엘리베이터를 타고 내려가, "굿모닝!" 하고 도어맨과 인사하고, 현관을 나가 오른쪽으로 1분만 걸으면 브라질 커피하우스다. 노트북을 들고

와 일을 하기도 좋고, 창가에 앉아 따사로운 햇살을 쬐기도 좋다. 5월에도 오리털파카를 입은 사람과 마주치는 게 뉴욕 날씨다.

맨해튼의 커피꽃

문득 내가 앉은 자리 옆으로 그림이 하나 보인다. 이틀에 한 번씩은 앉던 자리인데 한 번도 유심히 보지 않았다. 커피농장이다. 농장에서 새빨간 커피열매를 따는 농민들을 그린 그림이다. 커피농장이 이렇게 생겼구나. 먼저 눈길을 끈 것은, 그림 한가운데 그려진, 여섯 개의 꽃잎을 가진 새하얀 커피꽃이다. 열대지방이나 고산지대에서 볼 수 있는 꽃을 맨해튼에서 만났다. 활짝 핀 꽃도, 이제 막 피기 시작한 꽃도 있다. 활짝 핀 커피꽃은 도도하고 화려하지만 아직 피지 않은 커피꽃은 새악시처럼 수줍은 듯 다소곳하다.

커피꽃 주변의 붉은 커피열매 안엔 커피콩이 들어 있겠지? 언젠가 커피농장에 가면 커피열매를 벗겨 꽁꽁 숨어 있는 생두를 만져보고 싶다.

새하얀 커피꽃을 바라보다 한 가지 결심을 했다. 커피를 마시며 오늘의 계획을 생각하던 참이었다. 며칠째 갈까 말까 망설인 곳에 가보기로 했다. 그곳은 바로 '할렘'이다.

아폴로극장이나 할렘뮤지엄이 있는 125번가 마틴루서킹 대로를 걷겠다는 게 아니다. 뉴욕에 대한 모든 가이드북에도 할렘의 대로는 '안전하다'고 나와 있고, 125번가에는 스타벅스도 있다. 하지만 오지랖 넓은 난 할렘의 골목 안으로 들어가 보고 싶다. 할렘이란 이름은 익숙하지만 내가 아는 할렘은 영화 속의 가짜 할렘일 테니 진짜 할렘을 보고 싶다. 그런데 벌써부터 신경이 곤두선다. 커피꽃을 발견하고 왜 할렘에 가야겠다고 생각했는지 설명할 수는 없지만, 오늘 아침 기분이 그냥 그렇다. 바구니를 하나씩 목에 걸고 커피열매를 따고 있는 흑인 노동자, 농민들의 모습이 예뻐 보였기 때문인지도 모르겠다.

할렘의 골목 안으로

많은 사람이 오가고 버스가 획획 달리는 125번가 대로를 잠시 맴돌며 숨을 고르다 드디어 할렘의 골목 안으로 들어선다. 가슴이 두근거리기 시작한다. 의외로 조용하고 한적하다. 할렘만 아니라면, 이곳을 걷는 데 아무 일도 없을 거란 확신만 든다면, 산책하기 제격인 동네다. 하지만 이 고요한 거리에서 난 경계의 날을 바짝 세운다. 어디선가 당장 총을 든 흑인 강도가 나타나 카메라를 내놓으라고 하지는 않을까, 10대 아이들이 떼를 지어 덤벼드는 건 아닐까? 심장이 쿵덕거린다. 그러면 어떡하지? 카메라는 내 밥줄이니 봐주고 지갑만 가져가라고 사정해볼까? 온갖 망상이 머릿속을 맴돈다.

내가 아는 할렘은 온통 부정적 이미지다. 이게 전부 사실은 아니란 것을 머릿속으론 알겠다. 영화에 나오는 흑인이나 할렘의 이미지는 대개 못된 백인들의 편견을 그대로 보여줄 뿐이란 것도 알겠다. 하지만 그게 사실이 아니라 해도 실제로 할렘에서 느끼는 두려움은 전혀 가시지 않으니, 머리로만 알고 있는 알량한 지식은 별 소용이 없다.

그러니 언제라도 재빨리 도망갈 준비를 하고 사방을 살피는 수밖에 다른 도리가 없다. 어깨에 멘 카메라를 가슴 앞으로 끌어당겨 두 손으로 움켜잡은 채 길을 걷는다.

코너를 하나 돌아가니 작은 교회가 있고, 붉은 벽돌로 지은 타운하우스가 골목 양쪽에 늘어서 있다. 그러고 보니 할렘엔 교회가 참 많다. 하느님의 은총을 곳곳에서 만나니 그나마 좀 여유가 생기고, 할렘이 예쁘다는 생각마저 하게 된다. 부자동네인 업타운이나 브루클린의 타운하우스에 비해 잘 관리가 되지 않았을 뿐, 할렘의 타운하우스 정원에도 꽃나무가 많다.

흑인들이 자리를 잡기 전 할렘은 뉴욕 중산층의 거주지였다더니, 그 말을 할렘에 와 실감한다. 하긴 할렘은 위치부터 센트럴파크에 가깝지 않은가. 내가 아는 한 모든 뉴요커는 센트럴파크 주변에 살고 싶어 한다.

어…… 문득 깨달았다. 주변에 사람이 하나도 없다! 한적한 할렘의 골목 안에 나밖에 없다는 것을 불현듯 알게 된 순간, 영화에서 그렇듯 덩치 큰 흑인 남자 하나가 저 앞에서 불쑥 나타났다. 그는 주변을 한번 둘러보고는 나를 향해 성큼성큼 다가온다. 예쁜 타운하우스에 빠져 잠시 방심한 사이 순식간에 벌어진 상황이다.

어쩌지, 그냥 도망쳐야 하나? 카메라를 잡은 손에는 힘이 바짝 들어갔지만 정작 발은 꼼짝도 하지 않는다. 덩치 큰 흑인과 좁은 골목에서 딱 마주쳤을 때 느껴지는 위압감은 당해봐야 실감한다. 어느새 바로 눈앞까지 다가온 그가 조용히 입을 연다.

"당신, 사진가인가?"

완전히 얼어버린 나는 기어들어가는 목소리로, 네, 그런데요, 최대한 예의 바르게 대답한다. 그러자 갑자기 신나는 표정으로 돌변한 그가 묻는다.

"내 사진을 찍어줄 수 있나요? 이제 막 학교를 졸업하고 회사에 취직했어요. 프로필 사진이 필요한데 좀 싸게 해줄 수 없나요?"

아, 그...래.. 무슨 일을 하는 회산데? 할렘에 살아? 그런데 어떤 사진이 필요하지? 그와 잠깐 얘기를 주고받는 사이, 숨 가빴던 몇 초 동안의 긴장과 두려움은 흔적도 없이 사라졌다. 그를 강도 취급한 게 미안했다.

이날 할렘을 돌아다니는 동안 사진을 찍어줄 수 있냐고 한 사람은 이 친구만이 아니다. 두 사람이 더 있었다. 음악을 한다는 20대 흑인 남자, 그리고 학교가 끝나고 친구들과 함께 집으로 돌아가던

10대 흑인 꼬마. 20대 남자는 옷차림새가 홈리스 같다. 새카만 비니를 쓰고 새카만 파카를 입은 그가 말한다.

"난 음악을 해요. 앞으로 발간할 앨범에 쓸 '죽이는 사진'이 필요해요!"

10대 꼬마는 헤벌쭉 웃으며 너스레를 떤다.

"내가 이 동네에서 꽤 유명하거든요. 여기 왔으면 나를 꼭 찍어야 해요."

아이건 어른이건 몸짓이 과장스럽기는 매한가지였지만, 음악을 한다는 친구가 카메라를 들이대는 순간 '죽이는 사진'을 만들기 위해 취한, 매우 반항적이고 심각한 표정은 두고두고 나를 웃겼다. 녀석은 쓰레기더미가 있는 가로등에 삐딱하게 기댄 채, 비니를 깊이 내려 왼쪽 눈을 가렸다. 오, 이건 부조리한 세상에 대한 분노가 폭발하기 직전 불굴의 의지로 꾹 참고 있는 표정이 아닐 수 없다. 거리가 한산해 그런대로 분위기가 나는 게 다행이었다. 이 친구가 다음으로 취한 자세는 두 팔을 양옆으로 쭉 펴고 하늘로 날아오를 것 같은 포즈다. 오, 이건 세상에 대한 분노를 음악으로 승화시킨다는 건가?!

그의 몸짓과 포즈만으론 뉴욕 최고의 힙합 뮤지션이 따로 없다. 이만하면 됐을 법한데 그는 계속 포즈를 바꾼다. 비싼 카메라 앞에서 그는 모델놀이에 신이 났다. 그의 사진을 찍고 있는 내가 왠지 민망해 주위를 살펴보니 다행히 아무도 없다, 싶었는데 아니다! 롤러

블레이드를 신은 예닐곱 살 꼬마아이가 가게 앞에 주저앉아 아이스크림을 먹으면서 우리를 보고 헤헤거리며 박수를 친다.

나는 백인일까, 흑인일까?

뉴욕에서 지내는 몇 달 동안 부자동네인 업타운이나 미드타운 거리에서 누가 말을 걸어오는 일은 거의 없었다. 내 경험으로 보면, 백인들과 비교해 흑인들은 사람을 대하는 게 거침없다. 좋게 말하면 처음 만나도 스스럼없고, 나쁘게 말하면 거칠고 급하다.

하지만 흑인 많은 곳이 곧 위험한 곳은 아니다. 가난해서 제대로 공부할 기회를 갖지 못하고, 그렇다 보니 좋은 직장도 구하지 못하고, 결국 커다란 덩치로 껄렁거리며 사는 그들 중 남을 해치며 돈을 뺏겠다고 덤비는 사람은 거의 없다. 할렘이 아니어도, 세상 어디에나 나쁜 사람은 있다. 사실 다른 사람을 해칠 수 있는 사람은 '힘이 있는 사람'이다. 하지만 대다수 흑인은 힘이 없다. 더욱이 흑인의 가난은 어떤 힘에 의해 조장되는지도 모른다.

시크한 신자유주의 도시 뉴욕이 이룩한 진정한 미학적 성취는 빈곤율 20퍼센트가 넘는 도시를 시크해 보이도록 만든 것.

뉴욕은 지난 30~40년간 연대와 관용, 복지의 질서를 해체하려

231

는 전투가 가장 격렬하게 벌어진 곳.

— 『너 자신의 뉴욕을 소유하라』, 탁선호

난 할렘에 한 번도 가보지 않은 채 할렘의 흑인들을 범죄자로 간주했다. 할렘을 한번 걸어보고 나서야 할렘을 무조건 위험하다고 말하는 게 난센스인지 알았다. 정작 백인들이 나를 본다면, 나는 백인에 가까울까 흑인에 가까울까?

언젠가 타임스퀘어 부근 초콜릿 가게에 들어갔을 때다. 어느 순간 직감으로 알아차렸다. 백인 주인이 나를 유심히 관찰하고 있다는 것을. 그가 왜 나를 '잠재적 좀도둑'으로 취급했는지 모르겠다. 난 초콜릿을 사고 싶었을 뿐이고, 내 행색이 유별나지도 않았다. 그런데 그는 왜 그랬을까? 내가 백인이어도 그랬을까? 난 화가 나지 않았다. 다만 좀 슬펐던 것 같다.

"난 미국에서 좋은 대학과 대학원을 나왔고 워킹비자도 갖고 있지만 늘 불신검문을 당해. 내 백인 친구는 어떤 줄 알아? 그는 고등학교만 졸업했고, 불법체류중이야. 그런데 그는 한 번도 불신검문을 당하지 않았다고! 나보다 돈도 잘 벌어."

한국에서 영어를 가르치던 흑인 친구가 떠오른다.

할렘에서 돌아 나오는 길, 허름한 가게가 하나 있어 무엇을 파나 하고 기웃거리니, 흑인 할머니가 웃으며 "들어와서 보라"고 말을 건넨다. 가게 유리창엔 '카드, 선물 전문' 그리고 '최고의 품질'이라는 문구가 씌어 있다. 안으로 들어가 보니 값싸 보이는 중국산 물건만 잔뜩 있다. 이 조잡한 물건을 누가 사려나, 할머니 용돈은 버실까 걱정된다. 그런데 할머니의 표정만은 우리나라 시골 할머니 표정과 똑같아 무작정 마음이 편해진다.

할머니 가게 옆엔 우리나라 70년대 스타일의 미용실도 있다. '최고의 품질'을 자랑하는 캔디를 입에 물고 미용실 사진을 한 장 찍는데, 한 여자가 나오더니 "왜 사진을 찍느냐?"고 묻는다. 하지만 그건 호기심이지, 사진을 찍지 말라고 거부하는 게 아니다.

나는 할렘의 흑인도 뉴요커란 사실을 잠깐 잊고 있었다. 뉴욕에서조차 할렘, 정확히 말하면 할렘의 골목 안에 가봤다는 사람을 좀체 보지 못했다. 맨해튼에 갈 데가 얼마나 많은데 왜 거기까지 가느냐는 식이다. 어쩌면 내가 할렘에 갔을 때는 운이 좋아 아무 일도 없었는지 모른다. 하지만 맨해튼 미드타운에 있을 때는 느끼지 못하는 사람 냄새를 할렘에서 맡았다. 할렘에 다녀온 나는 한술 더 떠 브롱크스에도 가봐야겠다고 생각한다.

"거긴 정말 위험해."

뉴욕에서 10년 가까이 살고 있는 친구가 말했다. 하지만 위험한 게 전부일까? 난 가보지 않았으니 모르겠다.

한 달 후 한국으로 돌아오는 비행기 안에서 잡지를 보니, 몇 년 전부터 '할렘 르네상스' 프로젝트가 추진 중이란다. 아티스트들도 모여들기 시작했다. 할렘이 뉴욕의 새로운 '힙한' 장소로 변하고 있다. 몇 년 후에는 첼시와 윌리엄스버그의 뒤를 잇는 뉴욕의 '힙스터 포켓^{hipster pocket}(새롭게 뜬 힙한 지역)'으로 할렘이 등장할지도 모르겠다.

붉은 구름

사이에서 보낸

하룻밤

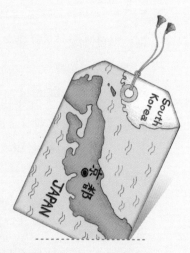

교토처럼 하이쿠를 읽기 좋은 곳이 있을까.
얼마 동안은 꽃 위에 달이 걸린 밤이겠구나.
교토에 있어도 교토가 그립구나. 소쩍새울음.
―『하이쿠와 우키요에, 그리고 에도 시절』, 마쓰오 바쇼

Landmark * 교토

교토엔 관광객이 정말 많다. 어디를 가나 외국인은 외국인대로, 일본인은 일본인대로 거리를 서성인다. 일본 국내에서뿐만 아니라 전 세계에서 교토를 찾는 이는 늘어만 간다. 애당초 도쿄마저 '동경東京'이란 한자처럼 '동쪽의 교토京都'로 간주하던 교토 사람들 콧대는 나날이 높아만 간다.

140만 명의 인구만으론 별 볼 일 없을 것 같은, 일본의 수많은 소도시 중 하나에 불과한 교토에 달랑 절과 신사밖에 없다면 이렇게 많은 사람이 찾아오진 않을 것이다.

저마다 교토를 찾는 이유야 다르겠지만, 나로선 '천년 고도' 교토에 가면 료칸旅館에 한번 꼭 묵고 싶었다. 캐주얼하거나 모던한 료칸 말고 제대로 된, 오리지널 료칸 말이다. 여기는 교토다. 오늘만큼은 유스호스텔도, 펜션도, 비즈니스 호텔도 아닌 근사한 료칸에서 지내리라.

여기에 교토 요리를 빼놓을 수 없으니 먼저 들를 곳이 있다. 오늘 점심을 먹을 곳은, 콧대 높은 교토에서도 제일 콧대 높은 '기온祇園'이다. 어쩌다 보니 호사를 부리기로 작정한 날처럼 돼버렸다.

버스를 타고 기온으로 향한다. 만화 『시마과장』 탓일까? 기온의 요정은 대기업 임원이나 야쿠자쯤은 돼야 기웃거릴 수 있는 곳 같다. 음식점 사정도 비슷하다. 선뜻 문을 열고 들어가기 어려운 게 일단 가격을 가늠하기 쉽지 않다. 잘은 몰라도 무지하게 비쌀 가능성을 생각하지 않을 수 없다. 호기롭게 들어갔다가 가격에 깜짝 놀라 뒷걸음질 쳐 나올 순 없지 않은가.

게다가 일본 친구 말에 따르면, 기온의 음식점은 처음 오는 손님을 받지 않는다. 처음 이 말을 들었을 땐 이게 도대체 무슨 소리인가 싶었다. 교토로 여행을 왔으니 교토 요리를 먹고 싶은 게 당연하고, '교료리京料理'를 제대로 한 번 먹겠다고 음식점에 갔는데, 단지 처음 왔다는 이유로 거절당할 수 있다니, 참 어처구니가 없었다.

오늘 점심을 먹으러 가는 '기온 유야마'도 이런 부류의 음식점이다. 교료리로 이름난 가게라는데, 밖에서 보아선 '유야마'라는 이름 밖에 보이지 않고, 무슨 메뉴가 있는지, 가격이 얼마인지는 짐작조차 할 수 없다.

나로선 유야마를 예약해준 일본인 동행이 있는 게 다행이다. 동행 없이 저 문을 열기는 쉽지 않았을 테니까. 어디, 뭐가 그리 대단한지 한번 보자! 유야마의 미닫이문을 열어젖힌다.

"이랏샤이마세(어서 오세요)!"

애개, 가게 안은 생각보다 좁다. 여덟 명 정도 겨우 앉을 수 있는 기다란 바와 안쪽의 작은 다다미방 하나가 전부다. 가게 이름은 주인이자 요리사인 '유야마 다케시' 씨의 이름에서 따왔다. 바에 앉아 런치코스를 주문했다. 내가 앉은 자리 바로 맞은편에서 유야마 씨가 조수 한 사람을 데리고 음식을 만들기 시작한다.

제일 먼저 나온 음식은 깨로 만든 두부인데 푸딩처럼 부드럽다. 깨순두부에 이어 생선회, 도미찜 요리를 거쳐 디저트로 벚꽃아이스크림까지, 열여섯 가지 음식을 게 눈 감추듯 먹어치웠다. 맛을 설명한다는 게 참 허무맹랑한 일이나, 음식이 나올 때마다 한 가지 한 가지 설명해주던 유야마 씨의 말을 몇 마디 옮겨보면 이렇다.

"크림치즈를 쪄서 부드럽게 만든 다음 명태알을 넣고 랩으로 싸 냉장고에서 식혀요."

"도미는 아와지시마에서 잡힌 것만 써요. 해류가 부딪치는 곳에서 잡힌 것이 제일 맛있거든요. 도미는 입안을 씻는 역할도 해요."

"한약재인 나무 열매를 물에 담가 불려서……."

"복어에 함유된 젤라틴으로 젤리처럼……."

"레몬두부는 두부 만들 때 생기는 막을 떠내서 튀기고……."

"꽃향기가 나는 '자소'라는 향초를 넣고……."

간단하게 조리한 음식 다음에는 복잡하게 조리한 음식이, 신선한 사시미 다음엔 절인 생선이, 뜨거운 음식 다음에는 차가운 음식이 나온다. 두부껍질과 도미를 양념해 얹은 밥 한 가지만으로도 유야마 씨가 어떤 마음으로 음식을 만드는지 느껴진다. 그의 요리는 간단하지만 화려하다. 오늘 내가 먹는 점심은 그가 새로 만들어본 코스란다.

"봄이잖아요."

유야마에서 먹은 열여섯 가지 음식은 하나하나 사연이 깊다.

"손님들이 내 음식을 먹고 어떤 반응을 보일까 상상하는 게 즐거워요." 유야마 씨는 손님들에게 이게 뭐냐는 질문을 받고 대답해주는 게 좋단다.

"맛있어요. 또 올게요." 몇 번을 들어도 기분 좋은 말이란다. 주인의 마음이 이러하니 여기서 밥을 먹으면 맛있을 수밖에!

유야마 씨는 자신의 음식을 이렇게 표현했다.

"하나하나가 산이고 하나하나가 계곡이에요."

요리사의 말과 식당 분위기에 취하기는 처음이다. 아우라는 예술가에게만 있는 게 아니다. 3,500엔이 전혀 아깝지 않다. 다음에는 꼭 저녁을 먹으러 와야지. 아니, 그런데 왜 뜨내기손님은 안 받는 거죠?

"처음 온 손님을 무시하는 게 아니에요. 가게에 자주 오는 단골 손님을 배려하는 거죠. 기온 음식점은 비싸잖아요. 어떤 분들은 여기 오려고 돈을 모아요. 특별한 날에 가족, 친구들과 함께 오려는 거죠. 저희로선 그분들이 여기서 식사를 즐기는 게 중요한데, 처음 온 손님이 그분들께 폐를 끼치면 안 되잖아요. 그래서 낯선 손님을 받는 게 부담스러운 거죠."

그는 마흔네 살이다. 고등학교를 졸업하자마자 요리를 시작했으니 벌써 26년 차다. 기온의 다른 음식점에서 일하다 독립했는데 6월이면 문을 연 지 3년이란다. 어차피 공간이 좁아 손님을 많이 받을수도 없으니 따로 홍보 같은 건 안 한다. 다만 손님 앞에서 화려한 기량을 선보이며 잊을 수 없는 기억을 남겨준다. 바로 내게 그런 것처럼. 큰 소리로 그에게 작별인사를 한다. 유야마 씨, 점심 정말 맛있었어요!

달을 건너 이르는 여관

한큐 오미야역에서 기차를 타고 교토 중심가를 벗어난다. 캐리어를 들고 기차에 타서 그런가? 마치 교토를 떠나는 것 같다. 어느새 일주일이 지났다. 기차를 타고 창밖으로 바라보는 교토는 제법 크다. 교토의 북서쪽 아라시야마嵐山로 가는 길이다. 수백 년 선 교도의 모습을 잘 간직한 곳이다.

내가 탄 기차는 우리나라 지하철과 비슷하지만 객차는 달랑 두량뿐이다. 객실 창 너머로 운전석이 보인다. 기관사는 운전을 하고 신호를 주고받는 손짓을 하며 안내방송을 한다. 흔들리는 기차에 몸을 맡긴 채 스쳐 지나는 교토를 바라본다.

30분 후 기차는 한큐 아라시야마역에 도착했다. 역을 나와 5분 정도 걸으니 도게쓰교渡月橋다. 달을 건너는 다리, 이름만으로 기분이 좋다. 다리 난간에 기대서 있는, 어린 연인이 예쁘다.

오늘 내가 묵을 도게쓰테이료칸이 다리 저편에 있다. 옥빛 기모노를 입은 젊은 매니저가 반색하며 나를 맞는다.

내 방은 3층으로 가장 위층이다. 방 이름은 '붉은 구름 사이紅雲の間'. 달을 가로지르는 다리를 건너 붉은 구름 사이에 놓인 방에 도착했다. 안으로 들어가니 바로 다다미 촉감이 폭신한 큰 방이 나오고, 왼쪽으로는 거실이, 그 옆에는 욕실이 있다. 욕실엔 나무욕조가 놓여 있고, 거실 바깥엔 뜻밖에도 정원이 있다. 잔자갈을 깔고 그 위에 ㄱ자로 조성한 3층의 정원이다! 정원 코너를 도니 두 사람이 들어가면 딱 좋을 것 같은 볼bowl 모양의 노천탕에서 옅은 수증기가 피어오른다. 아, 탄성이 절로 나온다.

굵은 대나무로 엮은 난간 너머 도게쓰교가 내다보인다. 다리 위로는 인력거가 오가고, 가파르게 경사진 산은 강물에 그림자를 드리웠다. 관광객을 태운 인력거는 아라시야마의 풍광과 잘 어우러진다. 사람들 옷차림은 다르겠지만, 포장도로는 아니겠지만, 지금 내가 바라보는 아라시야마의 풍경은 몇백 년 전과 별반 다르지 않을 것 같다. 그만큼 적요한 산과 강에 둘러싸였다. 아라시야마에 귀족의 별장이 많은 것도 이런 이유 때문일까?

잠시 강가로 산책을 나갔다 돌아오는 길, 해가 저물자 도게쓰교 위로 불이 들어온다. 하늘거리는 작은 등불이 나를 인도한다.

료칸으로 돌아오니 '교토 가이세키 요리'로 성대한 저녁이 나를 맞는다. 내 방의 룸서비스는 '아유미'라는 메이드가 맡았다. 프런트의 매니저와 마찬가지로 기모노를 입었다. 그녀는 시애틀의 대학에서 호텔매니지먼트를 공부했다고 한다. 아유미가 내 방으로 한 가지씩 날라다준 식사를 마치고 디저트를 먹고 나니, 잠시 후 이부자리를 깔아준다.

이 밤의 풍정風情을 어떻게 말해야 할까? 유카타를 입고 가이세키를 먹는 것도 좋았지만, 노천탕에 몸을 담그고 어두워지는 하늘을 바라보는 건 더 좋았다. 3월의 봄날, 밤기운은 싸늘하지만 노천탕에서 살갗으로 느끼는 공기는 상쾌하다. 온몸의 세포가 파닥파닥 살아난다. 깊은 밤, 가슴속 깊은 곳에서 무언가 벅차오른다. 내가 여기 오려고 교토에 왔구나…… 늦은 밤이 될 때까지 정원의 욕조와 방을 몇 번이나 오갔는지 모른다.

노천탕에서 나오면 그 다음에 할 일은 한 가지다. '후톤布團'이라 불리는 폭신한 이불에 몸을 누이는 것! 잠이 절로 든다.

다음 날 아침, 내내 나를 보살펴준 아유미가 마지막으로 식사를 준비해준다. 이제 체크아웃할 시간이다.

"이곳에 와주셔서 진심으로 고맙습니다."

아유미가 앉은 자리에서 허리를 깊이 숙이며 인사를 한다. 당황스러울 만큼 정중하다. 그러고 보니 어제 체크인 후 내 방으로 인사를 하러 온 나이 지긋한 지배인도 대뜸 내 앞에 무릎을 꿇고 앉았다. 나는 기겁을 했지만 이게 이들의 예법이다. 지배인이 이런 말을 했다. "호텔은 공간만 판매하지요. 우리는 고객에게 어떻게 서비스할지를 제일 중요하게 여깁니다."

하긴 일본 어디를 가나 기차역 앞에서 만날 수 있는 '도요코인' 같은 비즈니스호텔에 가보면 '공간만 파는 호텔'이란 게 어떤지 제대로 실감한다. 일본에서 료칸의 역사는 1,300년 전으로 거슬러 올라가지만 호텔의 역사는 고작 120년이다.

아유미의 단아한 인사를 받으며 나야말로 정말 고맙다고 인사를 하고 싶었다. 우아한 서비스 속에서 편안하고 즐거웠다. 10시라는 이른 시간에 체크아웃하는 게 아쉬울 뿐이다.

보지 못해도 괜찮아

도게쓰테이료칸에서 다리를 건너 5분 정도 걸으면 덴류지天龍寺다. 오래전 가이드북에서 본, 그림 같은 정원 풍경이 잔상처럼 남아 있다. 붉고 진한 단풍 때문이었는지 모른다. 하지만 지금 같은 3월의 덴류지는 화려한 모습 대신 연못과 어우러진 신록이 싱그럽다.

덴류지의 북쪽 출구로 나가면 대나무숲 사이로 오솔길이 나온다. 교토를 소개하는 사진에 자주 등장하는 곳이다. 노노미야 신사를 둘러싸고 있는 대나무 오솔길을 걷다 연인들을 태운 인력거를 만난다. 노노미야 신사의 주인은 연분을 맺어주는 신으로 유명하다.

교토의 많은 곳이 그렇지만 아라시야마도 산책하기 좋은 작은 동네다. 어느 집이나 현관 앞 또는 낮은 담 위에 내놓은 화분들이 가지런하다. 인적 드문 거리에서 느닷없이 눈에 띄는 맨홀 뚜껑만 아니라면, 주택가에 자리한 작은 이탈리안 레스토랑이 아니라면, 현재와 과거의 경계는 희미해진다.

지난밤 해가 저물자 아라시야마의 강변 풍경은 더욱 과거의 시간으로 빠져들었다. 교토의 은둔지 같은 이곳은 예나 지금이나 별로 달라진 게 없다. 교토에서는 도심에서 조금만 벗어나면 과거의 정갈한 흥취를 자아내는 풍경과 마주친다. 한국에 돌아가면 아마 이런 풍경이 그리울 것이다.

말은 통하지 않지만 골목 안에서 만나는 사람들은 하나같이 친절하고 정답다. 우연히 약국에서 만난 사치코와 그녀의 딸 유리도 그렇다. 두 사람은 모녀가 아니라 친구 같다.

"어, 아저씨, 아까 만났었는데……."

유리가 나를 아는 체한다. 그러고 보니 조금 전 철도 건널목 앞에서 내가 길을 물어본 아가씨다. 그때 유리는 모자에 마스크를 하고 있었다. 유리는 약대 1학년, 얼마 전 한국에 다녀왔는데 한국 음식, 그중에서도 호떡이 제일 맛있었단다. 사치코 가족은 올여름에 다시 한국에 올 거란다.

한 일본 친구는 내가 벚꽃이 피기 직전 한국으로 돌아간다며 무척 아쉬워했다. 정작 난 하나도 아쉽지 않았지만 벚꽃이 만개한 풍경에 관심이 없는 건 아니었다. 아름다울 것이다. 하지만 볼 수 없어도 괜찮다. 다음이 기약되어 있어서도, 쿨한 척하느라 괜찮다고 말하는 것도 아니다. 그냥 괜찮다 하는 생각이 들 뿐이다.

축 늘어져 있지만, 손톱만큼도 피지 않은 덴류지의 벚나무 사진을 보며 친구는 이게 뭐냐고, 벚꽃을 보지 못하고 돌아가는 내가 불쌍하다고 한숨을 쉬었지만, 나로서는 그 모습도 아름다웠다. 인파로 북적이는 덴류지의 만개한 벚꽃은 물론 아름답겠지만, 지금 이대로의 한가한 덴류지도 나쁘지 않다.

아라시야마의 정취는 벚꽃이 피기 직전 덴류지처럼 투박하지만 고요하다. 그게 마음에 든다. 종종 청승맞은 정취를 좋아하는 나로선 교토의 이런 모습이 나에게 딱 맞는 옷처럼 편하다. 누군가는 교토의 이런 모습을 '와비사비'라는 단어로 풀이한다.

와비사비. 투박하고 쇠락한 모습을 가리키는 동사 '와비루'와 한적하고 고요한 상태를 일컫는 동사 '사비루'를 합성한 조어다. 이 도시는 반짝거리는 새것보다는 어딘지 모르게 낡고 약간 녹이 슨 듯한 세월의 흔적, 거기서 피어나오는 쓸쓸한 감성을 더 가치 있게 쳐주는 정서를 가지고 있다.

— 『그 도시가 내 삶에 들어왔다, 교토』, 이혜필

잘 노는 데다가
고고하기 까지

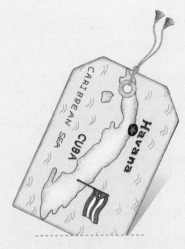

고장 난 차는 고쳐 쓰고, 발레신발이 해지면 기워 신는다.
사람들은 어디서나 춤을 춘다.
"다 같이 잘 살아보자"는 이상을 버리지 않고,
없으면 없는 대로, 쿠바식으로 살아왔다.
쿠바엔 여전히 이상주의가 살아 있다.

Landmark * 아바나

"웰컴!"

입국심사대의 군인이 한쪽 눈을 찡긋하며 윙크를 한다. 세상에
나! 이민국에 내가 모르는 친구라도 있는 줄 알았다. 세계 여러 나라
를 다녀봤지만 입국심사대에서 윙크를 받기는 처음이다. 이곳의 군
인과 경찰이 외국인에게 친절하다는 소문은 들었지만, 막상 이런 대
접을 받으니 여독이 한 방에 풀리는 것 같다.

서른다섯 시간의 기나긴 비행이 끝났다. 줄지어 선 야자수가 나
를 맞는다. 뜨겁지만 건조한 공기를 폐부 깊숙이 빨아들인다. 드디
어 카리브해의 작은 섬, 쿠바에 왔다.

빛바랜 영화의 장면 속으로

호세마르티공항에서 아바나로 들어가는 택시에서 〈관타나메라〉
를 흥얼거린다.

관타나메라 과히라 관타나메라 관타나메라.
관타나모의 농사짓는 여인이여.
나는 종려나무 고장에서 자라난 순박하고 성실한 사람입니다.

내가 죽기 전에 내 영혼의 시를

사랑하는 사람들에게 바치고 싶습니다.

관타나메라 과히라 관타나메라 관타나메라.

영화 〈부에나비스타 소셜클럽〉을 통해 이제는 세계적 히트곡이
된 〈관타나메라(관타나모의 여인)〉는 쿠바의 국민가요다. 카스트로나
체 게바라보다 더 국가적으로 추앙받는 민족시인이자 혁명가 호세
마르티가 쓴 시에 곡을 붙였다.

가벼운 슬로 리듬에 흥은 점점 더해가지만, 낭만적인 노랫말과
다르게 관타나모는 현재 미국의 감옥으로 쓰인다. 쿠바 남동부의 작
은 도시, 종종 CNN에서 감옥이나 테러리스트 같은 단어와 함께 등
장하는 그곳이다.

1903년 미국은 선박용 석탄창고로 쓰겠다며 1년에 600만 원을
내기로 하고 30만 평의 관타나모를 '빌렸다'. 쿠바 혁명 후 세상에 이
런 불공평한 계약이 어디 있냐고 반환을 요구했지만 미국은 들은
척도 않는다. 계약서대로라면 "임차기간의 종료는 두 나라가 합의
할 때까지", 한 마디로 '미국 맘대로'인 계약이다. 쿠바의 반식민지
혁명영웅이 만든 노래 〈관타나메라〉는 미국에서도 히트했다.

내가 탄 택시는 어느새 해안도로 말레콘을 달린다. 100년은 됐
음직한 분홍색, 파란색, 연두색 자동차뿐만 아니라 마차와 인력거가
거리를 오간다. 마치 오래된 영화의 한 장면 같은 풍경이다. 아바나

엔 1950년대 미국에서 들여온 미제 차가 많다. 세상에서 유일하게 쿠바에서만 볼 수 있는 차들이다.

나 같은 이방인은 클래식카를 타고 말레콘 해변을 달리는 낭만에 젖지만, 쿠바에선 돈이 있어도 새 차를 구하기가 쉽지 않다. 미국의 경제봉쇄 탓에 쿠바는 미국 자동차의 성능이 얼마나 오래 가는가를 보여주는 경연장 또는 클래식 자동차 박물관이 되었다.

오래된 것은 자동차뿐만이 아니다. 아메리카 대륙에서 가장 오래된 도시 아바나엔 스페인 식민지 시대 주택가의 모습이 그대로 남아 있다. 사람들은 쿠바 하면 흔히 체 게바라, 부에나비스타 소셜클럽, 살사 같은 것을 떠올리지만 난 쿠바에 오면 제일 먼저 올드아바나의 골목길을 걷고 싶었다. 사진에서, TV에서, 다큐멘터리 화면에서 본 올드아바나는 군데군데 칠이 벗겨지고 벽은 갈라졌지만 내 눈엔 아름답기만 했다.

내 상상 속의 쿠바는 따뜻하고 즐거운 나라였다. 이상했다. 쿠바는 400년 동안 스페인의 지배를 받았다. 오늘날 쿠바 사람들의 월급은 2~3만 원 정도다. 그런데 어떻게 사람들은 춤추고 노래하며 살 수 있을까? 빔 벤더스 감독의 다큐멘터리 〈부에나비스타 소셜클럽〉을 본 후에도 기억에 남은 건 오직 춤추고 노래하는 사람들의 모습뿐이다.

"아바나에선 자주 전기가 나가요. 밤에 냉장고에서 물이 흘러나올 수 있으니 조심해야 돼요."

민박집 주인이 나를 방으로 안내하며 주의를 준다. 방의 TV나 선풍기, 냉장고 같은 가전제품은 거리의 오래된 자동차처럼 하나같이 골동품 같다. 민박을 한다지만 집이 넓지는 않다. 천장이 높은 방을 위아래로 잘라 두 개로 만든 게 이색적이다.

저녁시간이다. 모두가 식탁에 모였다. 닭고기와 검은콩, 바나나 튀김이 함께 나오는 쿠바식 백반이다. 민박집 주인인 후안 부부는 교사 출신으로, 발레중학교에 다니는 딸이 하나 있다.

"아저씨, 이번 주말에 발레 보러 오세요."

후안의 딸 마라가 살갑게 말을 건다. 마라의 꿈은 발레리나인데 주말에 동네 극장에서 공연을 한다. 동네 극장에선 발레뿐만 아니라 춤과 음악, 연극 등 다양한 공연이 열린다. 쿠바에서는 공연을 보러 가는 게 특별하지 않다. 후안 부부는 일주일에 두세 번씩 공연을 보러 간다. 딸이 발레를 해서가 아니라 보통 쿠바 사람들이 그렇단다. 다음 날 만난 후안의 친구 로베르토 이야기는 더 놀랍다.

"내 월급은 28달러인데 집세로 1.3달러를 내요. 딸이 대학생이지만 학비는 전혀 안 들죠."

쿠바에 오기 전엔 쿠바 사람들 월급이 400~500페소(2~3만 원)

정도고, 연봉이라고 해봐야 40만 원이 채 안 된다고 해서 놀랐는데, 여기 와서는 집세가 월급의 10퍼센트 이하로 정해진다고 해서 또 한 번 놀랐다. 그러니 2~3만 원의 월급으로 집 걱정 없이 살 수 있다. 게다가 배급을 통해 거의 무료나 다름없이 쌀, 빵, 콩, 커피, 과일 등 식료품을 받는다. 모든 교육은 무료다. 유치원도 무료, 중고등학교도 무료, 대학교도 무료다. 의료비도 무료다. 시늉이 아니다. 충치 치료도 무료, 심장 이식도 무료, 에이즈 같은 난치병 치료도 무료다.

도쿄의 농림수산부 공무원이 쓴 『생태도시 아바나의 탄생』에서 흥미로운 통계를 봤다. 1989년 미국과 쿠바의 사회상을 비교한 통계다. 평균 수명 미국 75세, 쿠바 73세. 문맹률 미국 4.3퍼센트, 쿠바 2퍼센트. 연간 극장 입장 횟수 미국 4.5회, 쿠바 8.5회⋯⋯

무료교육, 무상의료는 카스트로식 사회주의의 상징이지만 카스트로가 무슨 도깨비 방망이를 가진 건 아니다. 구소련을 위시한 사회주의 국가들의 도움 덕분이다. 그런데 어느 날 갑자기 사회주의권은 붕괴되고, 설상가상 미국의 경제봉쇄 정책 속에 모든 물자의 반입이 끊겼다. 의약품과 식량도 마찬가지다. 배급시스템은 정지되고, 쿠바는 극심한 경제난과 혼란에 빠져들었다.

그렇다고 해서 하루아침에 무료교육, 무상의료 정책이 뒤바뀌진 않았다. "다 같이 잘 살아보자"는 이상을 버리지 않고, 없으면 없는 대로, 쿠바식으로 살아왔다. 쿠바엔 여전히 체 게바라의 이상주의가 살아 있다. 내가 감동받은 건 이 대목이다.

한국에서 나는 매달 적지 않은 돈을 건강보험료로 낸다. 몇 달 동안 한 번도 병원에 가지 않고 돈만 내는 게 억울해 병원 갈 일 좀 생겼으면 싶을 때도 있다. 어쨌거나 건강보험은 좋은 제도겠지만, 돈이 없어 보험료를 낼 수 없게 된다면? 그 후 벌어질 일은 뻔하다. 당장 압류가 들어오겠지.

우리나라에서 '풍요롭게' 살려면 돈이 많아야 한다. 좋은 차를 타고, 좋은 집에 살고, 자식들 좋은 대학 보내려면 돈이 많아야 한다. 아무리 똑똑해도 등록금을 낼 수 없으면 의대나 약대에 갈 수 없다. 쿠바는 다르다. 돈이 없어도 공부할 능력만 있으면 누구나 의대에 간다. 돈이 많지 않아도 쿠바에선 '적당히' 살 수 있다. 쿠바에서 '풍요롭다'는 말의 의미는 우리나라의 '풍요롭다'와 다르다.

국영배급소인 보데가^{bodega}에 다녀온 후안이 쌀, 콩, 소금, 담배 등 한 보따리를 식탁에 펼쳐놓았는데, 전부 3천 원도 안 된다고 해 깜짝 놀랐다. 다만 옷 같은 공산품을 구하기 힘든 게 문제라고 했다. 쿠바 사람들이 우리처럼 필사적으로 일하는 대신 노래하고 춤추며 살 수 있는 건 배급시스템 덕분이다.

옆에 있던 마라가 이런 이야기를 한다. "내가 다른 나라에 태어났으면 발레를 못했을 거예요. 쿠바에서도 혁명 전엔 상류층만 배울 수 있었대요. 그래서 우리나라가 좋아요. 발레신발을 구하는 게 어렵긴 했지만 얼마 전에 중국에서 보낸 신발을 구했어요."

열네 살짜리 아이가 '혁명'을 말한다. 내 청춘의 한 시절을 차지

했지만 어느새 멀어진 단어, 혁명. 쿠바에선 아침 일찍 동네의 아저씨밴드가 〈체 게바라에게 바치는 노래〉를 부르고, 혁명 50주년을 기념하는 살사파티가 열린다. 나이가 많건 적건 보통사람들이 '혁명'을 이야기한다.

"혁명 때문이죠. 모두에게 이로운 혁명!"

왜 호세 마르티를 존경하느냐는 질문에 사람들은 이렇게 대답한다.

"쿠바 사람들은 이웃 나라에서 도움을 청하면 즉시 도와줍니다. 언젠가 브라질에서 우유가 부족할 때 쿠바가 우유를 지원한 일이 있는데, 당시 우유가 부족하기는 쿠바도 마찬가지였습니다. 또 다른 나라에서 해일이라도 닥쳐 사상자가 생기면 가장 많은 의사를 파견하는 나라가 쿠바입니다."

혁명을 이룬 국민들의 꼿꼿한 자존심이다. 잘 노는 데다가 고고하기까지 하다.

디지털카메라가 없는 사진사는 100년 전 만들어진 종이박스 같은 카메라로 사진을 찍는다. 옛 국회의사당 앞 광장에서 만난 거리의 사진사가 그랬다. 렌즈나 뷰파인더 캡은 전선을 감을 때 쓰는 검은 테이프로 둘둘 감은 채 렌즈 뚜껑을 한 번 열었다 닫는 식으로 셔터를 대신한다.

고장 난 차는 고쳐 쓰고, 발레신발이 해지면 기워 신는다. 사람들은 어디서나 춤을 춘다. 어디를 가나 노랫소리, 타악기 소리가 끊이지 않는다. 거리는 언제나 축제 같다. 어디서나 노인밴드와 마주친다. 노인들이 홍대의 밴드마냥 목청껏 노래를 부르고, 리듬에 맞춰 상체를 숙였다 폈다 하며 춤을 춘다. 쿠바 사람들은 가난하지만 여유 있어 보이는 게 아니라 가난하지 않기 때문에 여유롭다.

문득 중절모를 쓴 구릿빛 피부의 노인이 한껏 새하얀 양복을 빼입고 지팡이에 몸을 기댄 채 골목에 앉아 시가를 피우는 모습이 떠오른다. 노인에겐 한 벌밖에 없을지 모를 양복이다. 칠은 벗겨졌어도 초라하지 않고 심지어 화려해 보이며, 낡아도 고풍스럽게만 보이는 이유를 알겠다. 초라하게 보이지 않는 게 아니라 초라하지 않다는 것을.

20년 가까운 경제봉쇄 속에 쿠바는 오히려 식량자급률이 95퍼센트를 넘은 것으로 알려졌다. 아바나 근교에만 수천 개의 유기농 농장이 있어 우리나라와 일본에서 견학을 갈 정도다. 굶을 수는 없으니 어떻게든 농사를 지어야 했고, 농약이나 비료를 구할 수 없으니 '본의 아니게' 자타가 공인하는 유기농이 되었다. 기가 막힐 정도로 역설적인 상황이지만, 이런 쿠바의 모습에서 생태주의자들은 또 다른 꿈을 꾼다. '인류의 미래'라는 꿈이다.

도시 곳곳의 텃밭에서 허브가 자라고, 차를 버린 사람들이 자전거로 거리를 달린다. 생태주의자라면 머릿속으로 그려볼 법한 이상적인 미래상이 쿠바에서는 현실로 펼쳐지고 있다.

— 『생태도시 아바나의 탄생』, 요시다 타로

고흐 아닌

빈센트를 추억하며

별이 빛나는 밤에 아를의 밤하늘을 바라본다.
고흐의 말대로라면
"늙어서 평화롭게 죽는다는 건 별까지 걸어간다는 것.
별까지 가기 위해서는 죽음을 맞이해야 한다."

Landmark * 아를

파리에서 테제베^{TGV}로 3시간 50분, 아를에 도착했다. 햇볕은 따가운데 공기는 차갑다. 남프랑스의 프로방스에서 차가운 공기를 느낄 줄이야! 지중해를 향해 분다는 세찬 바람 미스트랄 탓일까? 고흐는 미스트랄이 불어올 땐 밖으로 나가지 못해 "기억으로 그림을 그렸다"고 했다.

인포메이션센터에서 지도를 얻었다. 시내를 둘러보는데 한 시간이면 충분할 것 같은 작은 동네다. 지도에 '반 고흐 길$^{Van Gogh Trail}$'이 표시되어 있다. 고흐의 흔적을 찾아가는 길이다. 고흐는 세상을 떠나기 전 아를에서 1년 2개월을 살았다.

아를에 오기 전 파리 북부의 시골마을 오베르에 들렀다. 고흐와 그의 동생 테오가 나란히 잠든 곳. 초라한 무덤에 아이비만이 무성하던 묘비가 아직도 눈에 선하다. 고흐는 오베르에서 생의 마지막 두 달을 보냈다. 철제 침대만 덩그러니 놓인 카페의 2층 방에서 하루에 한 점씩 그림을 그리며…….

오베르를 떠나 조금 더 고흐의 흔적을 느껴보겠다고 여기까지 왔다. 역을 나와 오른쪽으로 향하면 라마르틴광장이다. 관광객을 실은 하얀색 미니열차가 내 앞을 지난다. 고흐는 라마르틴광장에 있던 '노란집'에 살았다지만, 그 집은 제2차 세계대전 때 없어졌다. 지금은 "저 앞 사거리에 노란집이 있었다"는 안내판을 볼 수 있다.

작업실로 사용했던 집은 남아 있다. 벽돌로 지은 2층집 앞에 고흐의 자화상이 놓여 있다. 노란집에서 쫓겨난 그는 이곳에 머물렀다. '빈센트의 방', 아를 사람들은 이곳을 이렇게 부른다. 침대와 의자가 놓여 있는, 고흐의 그림에 나오는, 바로 그 방이다.

고흐가 아를에서 그린 또 다른 그림 〈밤의 카페 테라스〉의 배경이 된 카페는, 122년이 지났지만 '카페 드 라 뉘(밤의 카페)'라는 이름으로 여전히 영업중이다. 하지만 이런 장소가 어떨지 익히 짐작할 수 있듯, '호텔 반고흐'나 '호텔 고갱'처럼(실제로 아를에 있는 호텔들이다) 카페 드 라 뉘 역시 고흐의 이름만 판다. 늦은 밤이나 이른 아침처럼 사람이 없을 땐 그림 속 운치가 조금이나마 살아나는 게 다행이다.

카페 드 라 뉘에서 남쪽으로 조금 내려가면 고흐가 치료를 받던 병원이다. 병원 앞에 다다르자 프로방스와는 어울릴 것 같지 않은 고요하고 쓸쓸한 바람이 분다. 고흐에게 한 가지 묻고 싶은 게 있다. 사람들은 당신이 자살을 했다는데, 그게 정말인가요?

고흐를 즐겁게 기억할 순 없나

사람들은 '고흐'하면 귀를 자른 이야기나 '광기'라는 말부터 떠올린다. 정신병원과 고흐는 뗄 수 없는 사이처럼 돼버렸다. 나처럼 고흐의 흔적을 찾아 아를에 오는 이들은 고흐의 그림에 등장하는 정신병원을 꼭 방문한다. 아를에서 멀지 않은 생 레미도 마찬가지다. 아를을 떠난 고흐가 요양을 했다는 생 레미의 생 폴 드 모솔 요양원에도 사람들의 발길이 끊이지 않는다.

고흐는 '광기'라는 말 속에 자꾸 갇힌다. 서른일곱의 나이에 세상을 떠났고, 권총자살이란 사건이 덧붙여진 탓이 크다. 하지만 정말 그런 걸까?

그는 살아 있는 동안 지독히 가난했다. 물감을 사지 못해 데생만 하기도 했다. '빈센트의 방' 안엔 낡은 침대와 의자, 자신이 그린 카페 여주인의 그림뿐이다. 고흐는 20대 후반부터 30대 후반 죽기 직전까지 그림을 그렸지만, 10년 동안 단 한 점이 팔렸을 뿐이다. 그마저도 동생 테오가 사람을 시켜 사주었다는 말이 있다.

그런데 그가 죽고 나서 100년 후 〈의사 가셰의 초상〉이 일본의 컬렉터에게 972억 원에 팔렸다. 이런 극적인 대비로 인해 비극적 신화의 주인공으로서 고흐의 이미지는 더욱 강해졌다. 그러면서 고흐는 자꾸 우리에게서 멀어져간다.

아를에서 고흐의 흔적을 찾아다니는 사람들은 숙연하다. 고흐의 생애를 가슴 아프게 여기기 때문이다. 많은 사람이 고흐의 생애를 비극으로만 바라본다. 난 의문이 든다. 우리가 고흐에 대해 추억할 거리는 슬픈 이야기밖에 없는 걸까?

오래전 파리를 여행하면서 실제로 고흐의 그림을 보기 시작할 무렵의 일이다. 이 나라 저 나라로 여행을 다니며 빼먹지 않고 미술관을 찾을 때마다 깜짝 놀란 건, 어디를 가나 고흐의 그림이 잔뜩 있다는 사실이었다. 도대체 무슨 그림이 이렇게 많아? 이게 다 진짜이긴 한 거야? 하는 의심이 들 정도였다. 하지만 그럴 수밖에! 그는 8년 동안 900점에 가까운 유화를 그렸다. 3일에 한 점씩이다.

이제 고흐의 그림은 수백억에 팔린다. 부럽다. 하지만 이를 시샘할 수는 없다. 고흐 정도의 노력을 했으나 결과가 다르다면 그의 천재성을 시기라도 해보겠지만, 그처럼 노력하지도 않고 재능이 없다거나 운이 없다고 말할 순 없지 않은가. 그는 노력해서 위대한 화가가 되었지, 광기가 그를 위대한 화가로 만든 게 아니다. 그는 살면서 절망 속에만 빠져 있지 않았다. 삶 전체가 고통스럽지도 않았다. 사는 게 힘겨웠다면, 가난하고 유전성 간질을 앓았기 때문일 것이다.

간질까지는 아니더라도, 끼니를 잇기 힘든 정도는 아니더라도, 사는 게 힘겨운 건 우리도 다르지 않다. 아를을 산책하며 고흐의 편지를 담은 책 『반 고흐, 영혼의 편지』를 읽는다. 고흐는, 그림이 자신에게 건강하지 못한 앙상한 몸뚱이밖에 남겨주지 않았지만, 자신에게는 그림밖에 없고 필요한 것은 인내와 끈기라고 썼다.

누가 뭐라고 해도, 내가 그림을 그린 캔버스가 아무것도 그리지 않은 캔버스보다 더 가치가 있다. 그 이상을 주장하고 싶지는 않다.

고흐는 더 이상 낮출 수 없을 만큼 자신을 낮추면서도 요양원에

서조차 요양원을 그릴 만큼 열정적이었다. 사람들이 종종 오해하는 것처럼 그렇게 심약하지 않다. 동생 테오에게 보낸 편지에 그는 이렇게 썼다.

나를 먹여 살리느라 너는 늘 가난하게 지냈겠지. 네가 보내준 돈은 꼭 갚겠다. 안 되면 내 영혼을 주겠다.

테오와 주고받은 수백 통의 편지를 보면 그는 지극히 정상적인 사람이다. 고흐가 세상을 떠나기 전 그를 치료한 의사 가셰조차 "충분히 쉬면 곧 나을 것"이라고 했다. 귀가 어떻게 하다 잘렸는지, 그 정황도 정확하지 않다. 고흐는 이 사건에 대해 아무 말도 하지 않고 "고갱이 과장하고 왜곡했다"는 이야기만 떠돈다. 고갱에게 보낸 마지막 편지에서 고흐는 "당신은 말이 없구나. 나 역시 그럴 것이다"라고 썼다. 예술가는 미쳐야만 위대해지는 게 아니다. 고흐는 열심히 그렸을 뿐이다. 그게 전부다.

아를에 와서 알았다. 프로방스의 자연은 아름답겠지! 하는 막연한 믿음은 사실과 다르다는 걸. 고흐는 아를의 공기에서 일본 판화 우키요에서 본 풍부한 블루를 느꼈다지만, 난 그런 하늘을 볼 수 없었다. 하늘은 맑지만 진한 푸른색과는 거리가 멀다. 고흐의 그림에 등장하는 아를의 밀밭이 유럽의 다른 나라 밀밭과 무엇이 다른지도 모르겠다.

여느 나무와 다를 바 없는 사이프러스나무도 그렇다. 고흐의 그림이 아니라면 사이프러스나무에 시선을 줄 일조차 없을 것 같다. 올리브나무도 작고 초라하다. 올리브나무나 밀밭, 사이프러스나무 모두 아를에서만 볼 수 있는 특별한 풍경이 아니다. 고흐의 그림 〈별이 빛나는 밤에〉를 보고 아를의 밤하늘엔 뭔가 있을 거라고 기대했다. 하지만 웬걸, 우리나라 소읍의 밤하늘과 다를 게 없다.

그때 고흐가 새삼 다르게 다가왔다. 그는 오렌지빛 석양이 프로방스의 대지를 '파랗게' 물들이는 모습을 발견하고, 아를을 재창조했다. 난 고흐의 눈을 통해 아름다워진 아를을 보았다. 아를을 돌아보며 고흐가 본 것을 보려 했다. 그러자 사이프러스나무가 다르게 보인다. 미스트랄이 불어오자 사이프러스나무는 맹렬하게 요동친다. 한 방향이 아닌 여러 방향으로 흔들린다. 고흐의 말처럼 "사이프러스나무는 오벨리스크처럼 아름다운 선과 균형"을 가졌다.

고흐는 사이프러스나무나 밀밭처럼 해바라기, 포도밭, 자신의 방, 노란 의자 등 특별하지 않은 풍경을 그렸다. 빨래하는 여인들, 감자 먹는 사람들, 울고 있는 노인, 카페 여주인 같은 보통사람을 그렸다. 그의 그림엔 미술사가들의 현학적인 설명이 필요 없다. 〈감자 먹는 사람들〉처럼 그저 감자 먹는 사람을 그렸다. 감자는 가난한 노동자 농민의 음식이었다.

고흐는 가난한 사람들의 눈으로 세상을 바라보다. '늙은 농부'나 '석탄 자루를 나르는 광부들'처럼 가난하고 슬픔과 절망에 빠진

이들을 위로하는 그림을 그렸다. 러시아에서 본 노동자나 농민을 소재로 한 사회주의 리얼리즘 계열의 그림 같다.

당시 부자들은 이런 그림을 좋아하지 않았다. 부자들뿐만 아니라 누구도 그의 그림을 특별하게 여기지 않았다. 그림을 선물하려고 하면 누구도 달가워하지 않았다. "아니, 뭐 이런 걸 다 그렸나?"하는 식이었다. 결국 그의 그림은 여기저기 처박히는 신세가 되었다.

그는 불행했지만 노력했고, 마침내 위대한 예술가가 되었다. 아름다운 인간의 모습을 보여준 고흐를 난 좋아한다.

고흐 아닌 빈센트를 기억하겠다

빈센트는 자신을 옭아매는 세상으로부터 끊임없이 탈출을 꿈꾸었으나 용기가 없었다. 하루하루 고단한 일상으로부터 훌훌 털고 일어나지 못하는 우리처럼.

빈센트에게서 우리가 감동받는 이유는 참다운 인간에게서 전해지는 풍부한 인간미 때문이지, 그가 미쳤다거나 광기로 그림을 그렸기 때문이 아니다. 그는 자신의 눈에 보이는 그대로의 풍경, 정물, 인물을 간단하고 쉽게, 그리고 빠르게 그렸다. 보통사람이면 누구나 알아보게끔, 누구나 좋아하게끔…….

― 『내 친구 빈센트』, 박홍규

고흐는 그림을 통해 가난한 사람들을 위로했다. "땀 흘리는 자만이 빵을 먹을 자격이 있다"는 말을 자주 했다. 이런 정신을 가진 사람이 불행하기만 했을까? 그가 정말 자살을 했을까? 알 수 없다. 하지만 자살을 할 이유는 없었다고 생각한다.

고흐는 모든 그림에 '고흐'가 아닌 '빈센트'라고 서명했다. 나라마다 발음이 달라지는 'Gogh'라는 이름 때문인지는 모르지만, 그가 고흐보다 빈센트라는 이름을 더 좋아했다면 나도 그렇게 부르겠다. 광기가 번뜩이는, 그래서 내게서 자꾸 멀어지는 고흐가 아니라 아름다운 인간, 언제나 아이비처럼 푸른 빈센트를 기억하겠다.

론 강에 붉은 석양이 진다. 기차역으로 가기 전 마지막으로 카페 드 라 뉘에 들렀다. 빈센트가 그랬듯 바에 앉아 마시지도 못하는 독주를 한 모금 마신다. 70~80도에 이른다는 압생트. 술에 설탕과 허브를 섞어 만든, 빈센트가 자주 마셨다는 술이다. 아를에서 빈센트의 진짜 그림은 하나도 볼 수 없었다. 하지만 파리의 오르세에서, 뉴욕의 모마에서, 필라델피아 미술관에서, 암스테르담의 반고흐미술관에서 본 그림들이 눈에 선하다. 당신의 그림을 볼 수 있어 행복하다. 빈센트에게 이 말을 꼭 하고 싶다.

나에게는

꿈이 있어요

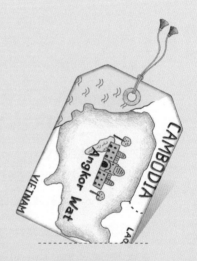

캄보디아 여행은 화려하고 이국적인 도시로 떠나는 여행이 아니라
사람을 만나러 가는 여행이다.
거대한 앙코르와트보다는 가난한 사람들의 모습이 나를 끌어당긴다.
내게 캄보디아는 삶의 호흡을 조절해주는 곳이다.

Landmark * 앙코르와트

아이들은 하나의 노동력으로 간주되고 있다. 학교에 보내는 것은 집안일에 지장을 초래할 뿐이다. 아이들도 일하지 않고는 먹을 수 없기 때문이다. 학교에 간 탓에 그날 벌이가 없으면 다음 날은 쫄쫄 굶어야 한다. 세계의 많은 나라에서 '먹을 수 없다'는 말은 글자 그대로 먹을 게 없다는 말이다.

— 『세상의 그늘에서 행복을 보다』, 소노아야코

여자친구, 예뻐요?

똑똑…… 꼭두새벽부터 누군가 객실 문을 두드린다.

"일어났어요?"

툭툭 운전사다. 아, 일출을 보러 가기로 했지…….

미명도 없는 새벽이다. 툭툭을 타고 바람을 맞으며 비포장길을 달린다. 바람이 제법 차다. 잠이 덜 깬 눈을 비비며 툭툭에 탄 지 몇 분도 안 됐는데 정신이 번쩍 든다. 문득 툭툭의 헤드라이트 불빛밖에 보이지 않는 새카만 어둠 속에 슬쩍슬쩍 날 굽어보는 눈길이 느껴진다. 등이 오싹하다.

어둠 속에서 힐끗힐끗 나타났다가 사라지는 앙코르와트, '사원의 도시'라는 게 이 순간만큼 실감 날 때도 없다. 바람이 옷깃을 스치듯 앙코르와트의 그림자가 스멀스멀 뒷덜미를 간지럽힌다. 앙코르와트에 올 때마다 느끼는 거지만, 아무리 단체관광객이 바글대도 여긴 사람이 드나들 곳이 아닌 것 같다. 이곳에서는 내 안의 깊은 심연에 도사리고 있는 어떤 두려움이 불쑥 고개를 쳐든다.

덧없이 떠도는 상념을 깨뜨리기라도 하려는 듯 툭툭이 부릉 부르릉, 순간적으로 속도를 낸다. 차가운 맞바람에 팔등에서 소름이 돋는다. 그제야 다시 정신을 차린다. 차가운 바람이라니, 캄보디아에선 좀체 느낄 수 없는 한기다. 좋고, 무섭고, 상쾌하고, 춥고, 시원하고, 오싹하고…… 여러 가지가 뒤섞인, 종잡을 수 없는 기분이다.

앙코르와트의 호수 스라스렁에 일출을 보러 왔다. 어둠이 가시지 않은 이곳에 벌써부터 10여 명의 아이들이 나와 커피와 기념품을 팔고 있다. 제법 공기가 싸늘하다. 커피, 커피가 먹고 싶다.

"핫 커피, 1달러!"

아홉 살, 열 살 아이들이 합창이라도 하듯 여기저기서 커피를 외친다. 하지만 아이들은 아이들이다. 커피 파는 일은 금세 뒷전이고, 몇몇 아이는 아예 내 옆에 앉아 말을 걸고 장난을 치기 시작한다. 열 살도 안 된 아이들이 짧은 영어로 하는 질문이란 이런 식이다.

"여자친구 있어요?"

"여자친구, 예뻐요?"

오늘 한 잔도 팔지 못했다고 하소연하는 여자아이에게 커피를 달라 하고 지갑을 보니 10달러짜리뿐이다.

"노 프로블럼!"

아이는 커피부터 건네주더니 잔돈을 갖고 오겠다며 쏜살같이 사라진다. 서서히 하늘 위로 푸른빛이 돌기 시작한다. 커피를 마시며 잠시 호숫가를 걷는데, 저 앞 둔치에 백인 남자가 앉아 있다. 명상이라도 하는 듯 미동도 없다. 내 자리로 돌아오다 주위를 돌아보니 나한테 커피를 판 아이가 저 멀리서 달음박질쳐온다. 얼굴엔 활짝 웃음꽃이 피었다. 뭐가 저렇게 좋을까, 그 함박웃음에 나도 불현듯 웃게 된다. 어느새 호수 너머 붉은 태양이 떠오르기 시작한다.

스라스렁에서 그랬듯 앙코르와트에서는 어디를 가나 엽서나 음료수를 파는 아이들이 몰려든다. 그런 아이들이 안쓰럽다가도 성가실 만큼 끈질기게 달려드는 아이를 보면 슬쩍 짜증도 나고, 너무 어른스러운 아이를 보면 무섭다는 생각도 들고, 그마저도 다시 안쓰럽고…… 이래저래 심란해진다. 그래서 치사한 방법을 쓰기도 한다. 아이들과 눈을 마주치지 않고, 아이들이 눈에 보이지 않는 것처럼 행동하기. 그만큼 나도 힘들다. 착한 여행도 좋지만 여행을 와서까지 스트레스를 받고 싶진 않다. 하지만 결국 이마저도 실패하고 감정은 온통 뒤죽박죽이 된다. 모르겠다, 아이들에게 물건을 사야 할지 말아야 할지, 돈을 주어야 할지 말아야 할지…….

내가 돈을 준다고 해서 그 돈을 아이들이 쓰게 될 리는 거의 없다. 앵벌이가 아니라 부모에게 갖다줘도 문제다. 아이들이 돈을 벌어올 수 있다는 것을 알게 된 부모들은 아이들에게 계속 커피를 팔게 하고, 아이들은 학교에 가지 못한다.

이 아이들을 어떻게 대해야 할지…… 여전히 모르겠다.

1달러에 가이드 해드릴까요

오전 내내 앙코르와트를 돌아보다 뜨거운 태양을 피해 올드마켓 지역으로 왔다. 캄보디아에도 '힙한' 카페는 있다. 내가 즐겨 찾는 곳은 인테리어를 화이트톤으로 통일한 블루펌프킨Blue Pumpkin 이다. 툭툭 운전사와 점심을 같이 할까 잠시 생각했지만 그냥 혼자 먹기로 한다. 따가운 햇볕에 지칠 대로 지쳤다. 지금은 에어컨 바람이 나오는 곳에서 쉬고 싶다. 그런 곳에는 외국인들밖에 없다.

블루펌프킨은 침대처럼 폭이 넓은 하얀 소파가 실내의 가장자리를 따라 빙 둘러 놓여 있어서, 마치 침대 헤드에 등을 기댄 채 다리를 쭉 뻗고 커피를 마시는 것처럼 편안하다. 무선인터넷도 되고, 아이스 아메리카노도 마실 수 있고, 갓 구운 빵으로 만든 샌드위치도 먹을 수 있는 데다가 샐러드와 햄버거, 파스타도 있다. 블루펌프킨만 본다면 여기가 뉴욕이나 도쿄라고 해도 믿지 않을 이유가 없다.

블루펌프킨 건너편에는 펍 스트리트가 있다. 말 그대로 펍과 레스토랑이 길 하나를 가득 메웠다. 새하얀 식탁보 위 와인잔이 반짝인다. 바와 레스토랑에 관한 한 씨엠립의 선수들이 모이는 곳, 그 한쪽 끝에 레드피아노가 있다. 영화 〈툼 레이더〉 촬영팀이 즐겨 찾았다는 곳이다.

블루펌프킨에서 두어 시간을 쉬고 다시 앙코르와트로 돌아간다. 이번에 갈 곳은 반티아이스레이. 한때는 크메르루주 반군 때문에 갈 수 없던 곳으로, 씨엠립에서 25킬로미터 떨어져 있다.

이곳에서도 툭툭에서 내리자마자 몰려드는 아이들을 피할 수 없다. 아이들 사이를 겨우겨우 헤치고 반티아이스레이 입구에 다다르니, 이번에는 터번을 두른 귀여운 꼬마가 말을 걸어온다.

"가이드 해드릴까요?"

피식, 웃음이 나온다. 기껏해야 열 살이나 됐을까 싶은 남자아이다. 물론 공짜는 아니다.

"1달러만 주세요."

내가 정말이냐고 묻자 "정말!"이란다. 내가 미심쩍은 표정으로 대답을 미루는 사이 아이는 제 맘대로 설명을 시작한다. 나는 망설이다가 아이 뒤를 따른다. '겨우 1달러라는데' 싶기도 했지만, 무엇보다 아이가 예뻤다. 아이가 무슨 설명을 해줄 거라고는 기대하지 않았다. 그저 아이랑 잠깐 놀고 싶은 마음이었다.

반티아이스레이는 일단 다른 사원에 비해 건물이 높지 않아 위압적이지 않고, 관광객이 적어 조용한 분위기가 마음에 든다.

"이곳은 시바신에게 바쳐진 사원입니다. '여성들의 성채'라는 이름도 가지고 있지요. 다른 거대한 사원들에 비해 규모는 작지만, 이곳의 조각이나 부조는 매우 복잡한 것으로 유명합니다……."

어, 이 녀석 봐라. 녀석은 정말 '여성들의 성채'라는 게 무슨 말인지 이해한 걸까? 녀석의 설명은 술술 이어진다.

30분 후 난 아이를 물끄러미 바라보고 있었다. 어처구니 없지만 아이는 그럴싸한 가이드처럼 보인다. 영어도 유창하고, 유적에 대한 설명도 훌륭하다. 아이의 설명은 여느 가이드와 다르지 않다. 어떻게 영어를 배웠느냐고 물었다.

"여기 오는 관광객들한테 조금씩 배웠어요."

그런데 영어로 유창하게 말하는 아이가 정작 자기 이름은 영어로 쓸 줄 모른다. 알파벳도 모른다. 아이에게 영어는 그저 돈을 벌 수단이다. 그것도 아주 절박할지 모르는……

관광객을 붙잡고 한두 마디씩, 또는 가이드의 어깨 너머로 영어를 배웠을 아이. 나와 눈이 마주친 아이가 씩 웃는다.

가이드는 끝났다. 나는 약속대로 1달러를 꺼내 아이에게 내밀었다. 그런데 아이는 돈을 받지 않는다. 으음? 나는 1달러를 다시 내밀지만 아이는 꼼짝도 하지 않고 내 얼굴을 바라본다. 나는 당황하기 시작했다. 아, 이 아이가 원한 것은 1달러가 아니었구나……

1달러는 일단 가이드를 시작하기 위한 구실이었을까? 내가 내민 1달러를 받는 대신 아이는 금세 울 것 같은 표정을 짓는다. 이마저도 계획된 연기일까? 나는 아이를 의심하면서도 가슴이 먹먹해진다. 어떡해야 하나…… 아이는 끝내 아무 말도 하지 않았다.

나는 아이에게 "1달러를 주기로 약속했잖아"라고 말하며 떠넘기듯 1달러를 주고 그 자리를 떠났다. 마음이 내내 불편했다. 2달러나 3달러를 주었으면 마음이 편했을까? 하지만 만약 아이가 5달러나 10달러를 기대하고 있었다면 난감하기는 마찬가지였다. 그럼 5달러나 10달러를 주어야 하나? 며칠 전 뙤약볕 아래서 하루종일 나를 오토바이에 태우고 다니는 모토돕(오토바이 운전사)에게 5달러를 주었는데……. 얼마를 주어야 했던 건지…… 난 지금도 잘 모르겠다.

이 신발은 얼마예요?

반티아이레스에서 숙소로 돌아가는 길이다. 갑자기 세찬 소나기가 쏟아진다. 툭툭에 지붕은 있지만 빗줄기가 거세 별 소용이 없다. 툭툭 운전사는 툭툭을 길가에 세우고, 커다란 나무 밑으로 나를 안내한다. 그와 나는 나란히 서서 나뭇잎 사이로 떨어지는 비를 맞는다.

"이 툭툭은 내 게 아니고 잠깐 빌린 거예요. 난 모토돕이에요."

스무 살이라고 했던가, 이틀 동안 나를 태우고 다닌 그가 처음으로 속내를 보인다.

"한국에 가고 싶어요. 돈을 모으면 한국어학원에 다닐 거예요."

우리나라에서 영어 열풍이 부는 것처럼 캄보디아에는 한국어 열풍이 분다. 그의 말로는 1년 연봉 120만 원 중 90만 원을 한국어학원에 쓰는 사람도 있단다. 한국에만 가면 큰돈을 벌 수 있을 거라고 생각하기 때문이다.

한국에 가고 싶다는 그의 말에 어떻게 반응해야 할지 모르겠다. 한국에서도 돈을 버는 건 쉽지 않다고 말려야 하는 건지, 가라고 격려해야 하는 건지…… 캄보디아에서는 죄다 모르겠다. 빗줄기는 더욱 심해진다.

"이 신발은 얼마예요?"

그가 내 운동화를 가리키며 묻는다. 순간 나는 어떻게 말해야 할지 당황한다. 모토돕이 외국인을 태우고 앙코르와트 일대를 안내해 주면 하루에 5달러를 받는다. 그런데 내 운동화는 100달러가 넘는다. 운동화 가격을 차마 말하지 못하겠다.

"어휴, 이 비는 도무지 그칠 기색이 없네!"

어물쩍거리며 화제를 소나기로 돌렸다.

"지금은 모토돕이지만 나중에는 컴퓨터 일을 하면서 가족을 돌보고 싶어요."

그도, 유적지의 아이도 맨몸으로 제 몫의 삶을 열심히 살아낸다. 이들을 동정할 계제가 아니다. 꿈이 있는 그의 얼굴은 행복하다.

노란

전차를 타고

홋카이도에 와서 눈에 여러 종류가 있다는 것을 알았다.
이제 막 내린 '새눈', 쌓인 후 시간이 좀 지난 '야무진 눈',
쌓인 후의 무게로 '단단한 눈', 그리고 봄이 가까워지면서
눈이 약간 녹아 '까슬까슬한 눈' 등등.
한편 가루눈, 알맹이눈, 솜눈, 싸라기눈, 물눈, 딱딱한눈, 얼음눈의
일곱 가지로 분류하기도 한다.

Landmark ✳ 하코다테

2004년 여행기자 노릇을 할 때 홋카이도의 작은 도시 하코다테로 난생 처음 해외취재를 갔다. 아담한 하코다테공항에서 '한국 매스컴 환영'이라고 씌인 플래카드를 든 사람들이 우리 일행을 맞았다. 시내로 들어가는 버스의 창밖 풍경은 오가는 사람을 찾아보기 힘들 정도로 고요했다. 완전히 눈에 덮인 하코다테는 깊은 잠에 빠져 있었다. 어제 하룻밤 이곳엔 20센티미터의 눈이 쌓였다. 홋카이도에 눈이 많은 건 알았지만 직접 마주한 설국 같은 풍경에 가슴이 울렁거렸다.

첫날 밤, 만찬이다 뭐다 늦은 시간까지 계속된 일정을 마치자마자 호텔을 빠져나왔다. 그제야 혼자가 됐다. 거리엔 영화의 한 장면처럼 빨간 전차가 지나고 있었다. 오래된 한국 영화에서나 보던 전차, 옛날엔 우리나라에도 있었지만 지금은 사라져버린 전차가 하코다테 밤거리를 달리고 있었다.

호텔 근처 유노가와온천역에서 무작정 전차를 탔다. 흔들흔들, 철커덕, 땡땡 종소리를 내며 전차가 달리기 시작한다. 아, 내가 하코다테에 왔구나! 내가 동경해온 과거의 풍경 속에 풍덩 들어온 기분이다. 느린 속도마저 좋다. 그때부터 난 도시를 두 가지로 나누기 시작했다. 전차가 있는 도시와 없는 도시. 전차가 다니는 도시는 대개 과거의 흔적과 시간을 잘 간직하고 있었다.

아주 오래전 서울에도 전차가 다녔다. 광복절 같은 날이면 울긋
불긋 곱게 단장한 '꽃전차' 퍼레이드가 열렸다. 하지만 1968년 서울
에서 전차는 사라졌다. 그러니 내가 어렸을 때 전차를 타본 것도 아
니다. 그런데 전차만 보면 왠지 가슴이 설렌다. 영화 탓일까? 한국
영화에서건 서양 영화에서건 전차는 언제나 로맨틱하게 등장한다.

만약 지금까지 서울에 전차가 남아 있다면 어떨까? 밧줄로 묶인
도르래가 전깃줄을 따라 돈암동에서 마포, 원효로에서 효자동, 청량
리에서 서대문을 돌아다닌다. 전차는 서울의 흔적과 기억을 고스란
히 담았을 것이다. 안타깝게도 서울을 휘돌아달리던 전차는 자동차
의 통행을 방해하고 느리다는 이유로, 운행을 시작한 지 70년 만에
온데간데없이 사라졌다.

하이카라찡찡 타고 추억 속으로

다시 하코다테에 가게 됐다. 5년 만이다. 이번에는 도쿄에서 기
차를 타고 간다. 저녁 7시 3분 우에노역을 출발, 다음 날 새벽 6시
34분 하코다테에 도착할 예정이다. 열두 시간 동안 1,200킬로미터
를 달린다. 한국에선 할 수 없는 경험이다. 내가 타고 갈 기차는 도
쿄에서 삿포로까지 달리는 초특급 침대열차 호쿠토세이다. '호쿠토
세이'는 우리말로 북두칠성을 뜻한다. 플랫폼에선 20~30명이 열심

히 사진을 찍고 있다. 승객들이 기념사진을 찍나 보다 했는데, 기차가 출발할 때 보니 그들은 여전히 창밖에 있다. 말로만 듣던 '기차 오타쿠'들이다.

어제는 자리가 없어 표를 못 샀는데 오늘은 침대 네 개가 있는 컴파트먼트에 나밖에 없다. 침대 머리맡에 슬리퍼, 베개커버, 침대 시트, 유카타가 가지런히 놓여 있다. 온천이 아닌 기차에서 유카타를 입게 될 줄이야. 하얀 침대시트가 마음에 든다. 기차의 침대가 편안했기 때문일까, 호쿠토세이에서 보낸 하룻밤은 의외로 순식간에 지나가고, 기차는 어느새 혼슈의 북단을 지나 쓰가루해협을 넘는다.

펜션 '에키마에 P. 파피테루.'

하코다테역에서 10분 정도 떨어진 숙소 이름이다. 짐을 풀고 나오면서 행여 돌아오는 길을 잃어버릴까 싶어 '에키마에 P. 파피테루'를 중얼거린다. 무슨 숙소 이름이 이렇게 어렵나?

흔들흔들, 철커덕, 땡땡, 전차는 5년 전과 똑같은 종소리를 내며 하코다테 시내를 달린다. 전차를 보니 하코다테에 온 실감이 화악 밀려든다. 아, 다시 하코다테에 왔구나. 600엔짜리 전차 1일 승차권을 샀다. 이제 하루종일 파란 전차, 노란 전차, 연두색 전차 등 온갖 색깔의 전차를 탈 수 있다.

옛날 하코다테엔 '하이카라찡찡호'라고 불리는 전차가 있었다. 아마 '찡찡'은 전차에서 나는 소리를 따온 것 같다. 아무튼, 하이카라찡찡은 1918년부터 1936년까지 운행되다 사라져버린 목조, 즉

279

나무전차의 애칭이다. 속도가 느리고 효율이 떨어진다는 게 이유였다.

여기까지는 서울의 전차와 다를 게 없다. 그런데 이게 웬일인가? 1993년 하이카라찡찡은 다시 운행을 시작했다. '하코다테 찡찡전차 시민모임'이 성금을 모아 폐쇄된 전차 구간을 정비하고, 하이카라찡찡 전차를 되살려다가 복원시켰다. 재미있는 건 1920~30년대 하이카라찡찡이 그랬던 것처럼, 빨간색 유니폼을 입은 여자승무원까지 등장했다는 사실!

덜컹덜컹, 쿠르르쿵쿵…… 하이카라찡찡의 승차감은 투박하다. 하지만 이게 찡찡의 매력이다. DMB 방송 같은 건 나오지 않고 투박하기 때문에 찡찡을 탄다. 하이카라찡찡을 타면 교토나 오사카와는 다른 하코다테의 공기가 느껴진다. 찡찡에는 세월의 흔적뿐만 아니라 과거를 그리워하는 마음이 배어 있다.

하이카라찡찡 안에서, 1996년 10월 도쿄 신주쿠에서 교토행 야간버스를 타러 가던 기억이 떠올랐다.

"교토행 버스가 어디서 출발하는지 알아요?"

캐리어를 끌고 가던 여자가 영어로 묻는다. 제니였다. 금융회사에서 일하고 휴가를 왔다고 했다. 우리는 자연스레 동행이 되었다. 야간버스는 깨끗하고 편안했다. 버스에서 담요를 나눠주고, 두 명의 운전사가 교대로 운전을 하는 것도, 의자를 끝까지 젖히니 침대가 되는 것도 신기했다. 커튼을 가운데 두고 제니와 나란히 누워 하룻밤을 달렸다.

이튿날 새벽, 교토에서는 내가 그녀 뒤를 따르고 있었다. 일본식 주택을 개조한 맥도날드를 지나 그녀가 예약한 료칸에 짐을 풀고 아침을 먹었다.

드라마에 나올 법한 로맨스는 없었다. 한국으로 돌아온 후에도 몇 번 엽서와 편지를 주고받았을 뿐이다. 인터넷 같은 건 없던 시절이다. 하지만 도쿄에서 교토로 달리던 야간버스를 떠올리면 마음이 슬쩍 달뜬다. 시간이 흘렀다고 그때를 채색하는 게 아니다. 흘려보낸 그 시간은 이제 추억이 되어 아릿할 뿐이다.

지난 시간이 그립기 때문일까? 하이카라찡찡처럼 70년 전 모습으로 복원된 전차가 시내를 누비는 풍경은 일본을 여행하면서 가장 부러운 일 중 하나다. 하코다테 외에도 열아홉 개 도시에 전차가 남아 있다. 최근에는 유행이라고 하리만치 어디를 가나 "레트로, 레트로!" 복고풍 바람이 거세다.

복고풍의 바람은 전차뿐만 아니라 부둣가에도 불었다. 하코다테 시민들은 부둣가의 오래된 창고처럼 낡고 하찮게 여겨지는 것들을 함부로 없애버리지 않았다. 과거에 생선 비린내 진동했을 창고 중 하나인 가나모리창고는 하코다테 부둣가에 있다. 창고의 외형은 전과 다를 바 없지만 속은 완전히 다르다. 근사한 레스토랑과 카페, 가게들이 창고 안을 촘촘히 채운다. 오렌짓빛 크리스마스 조명이 붉은색 벽돌로 지은 가나모리창고를 감싸고, 납작돌이 깔린 도로에 반사

된다. 여기가 정말 부둣가란 말인가? 하얗게 쌓인 눈 속에 하코다테의 밤은 로맨틱하다.

기억은 자꾸 사라져간다

가나모리창고에 갔던 그 날 밤, 사치를 만났다. 하코다테에선 목적지도 없이 무작정 전차를 타곤 했다. 종점에서 종점까지 가거나 마음이 내키는 대로 어디서건 타고 내렸다. 전차는 내가 알지 못하는 어딘가로 날 데려갈 것 같았다. 사실 그랬다. 비가 주룩주룩 내리던 날, 노란 전차를 타고 간 그곳에서 사치를 만났으니까.

오마치역 근처였다. 오래된 목조건물 2층에 카페 '카모메suq'가 있다. 관광객이 찾아갈 만한 곳은 아니다. 이면도로에 자리 잡은 데다가 더욱이 2층이었다. 카페 간판도 없다.

더구나 오마치역을 기준으로 반대 방향엔 모토마치라는, 하코다테에서 가장 유명한 관광지가 있다. 일본에서 최초로 서양문화를 받아들인 개항도시 중 하나인 하코다테에는 영국 영사관, 가톨릭교회, 그리스정교회, 러시아정교회 등 이국적인 건축물이 많은데 대부분 항구가 내려다보이는 모토마치 언덕길에 몰려 있다.

그러니 나 같은 외국인 여행자가 모토마치의 반대 방향으로 갈 일은 없다. 그렇다고 왜 엉뚱한 길로 갔느냐고 묻는다면, 딱히 할 말은 없다. 관광지가 아닌 하코다테가 보고 싶었을 뿐이다.

릴라는 '카모메suq'의 주인이다. 카모메는 '갈매기'의 일본말이고, 수크souq는 영어의 수크souk(이슬람문화권의 재래시장)를 일본어 발음 그대로 적은 것이니, '갈매기시장'이 카페 이름인 셈이다. 호주에서 1년 정도 살았다는 릴라는 영어를 잘했고, 발랄한 30대 초반쯤으로 보였는데, 인터넷을 아예 안 한다고 했다. 이유는 "머리가 아파서."

옛 괘종시계, 다이얼식 전화기 등 '갈매기시장'의 분위기는 영화 〈카모메식당〉의 빈티지 버전 플러스 유기농 식당쯤 되겠다. 어쩌면 1970~80년대 일본의 모습과 별반 다를 게 없어 보인다. 여기도 정겨운 '레트로'다.

릴라가 만들어준 현미주먹밥과 장국을 먹고 있을 때 한 여자가 들어왔다. 머리를 뒤로 넘겨 곱게 묶었고, 화려한 귀고리를 했다. 첫인상은 발레리나 같다. '카모메suq' 바로 위층 사무실을 쓰는 여자다.

"어떻게 여기를 알았어?"

그녀가 묻는다. 하긴 나라도 궁금할 만하다. 그녀는 도쿄에 살고 있고, 하코다테에서 가까운 오오누마가 고향이라고 한다. 그녀가 다시 묻는다.

"어디 가보고 싶은 데 있어?"

"나 혼자선 갈 수 없는 곳…… 관광지 말고."

"하하, 그럴 줄 알았어. 그러니까 당신이 여기 있겠지. 내일 날이 좋으면 고마가다케산에 데려갈게. 아침에 비가 안 오면 오오누마역에서 만나."

창밖을 내다보았다. 비는 도무지 그칠 기색이 없다.

다음 날 이른 아침 오오누마역으로 가는 기차를 탔다. 다행히도 햇살이 좋다. 차가운 겨울날, 따뜻한 기차 안에선 아이스크림 생각이 났다. 기차에서 내렸을 때 사치는 지프 앞에 서 있었다. 사치는 도쿄에서 하코다테까지 36시간을 지프를 몰고 왔다.

사치는 고마가다케산을 볼 수 있는 호숫가로 날 데려갔다. 우리는 장화를 신고 푹푹 빠지는 눈밭으로 걸어 들어가 하얗게 눈 덮인 고마가다케산을 바라보았다. 호수는 하얀 들판이 되었고, 나무의 그림자만이 흰 캔버스 같은 호수 위로 드리운다. 사치는 내게서 몇 미터쯤 떨어져 혼자 걷거나 사진을 찍었다.

그녀가 하코다테에서 무슨 일을 하는지는 모르겠다. 사치의 명함에는 '사무국 302호실'이라고 씌어 있는 게 전부였다. 한 가지 확실한 건 그녀가 바쁘다는 것. 나와 함께 있는 동안 그녀의 핸드폰은 계속 울렸다.

그날 저녁, 사치는 곧 출판될 거라며 사진집 한 뭉치를 보여주었다. 카.바.레쇼, 책의 제목이다. 그녀는 지난 여름 철거 직전의 건물을 화려한 무도장으로 변신시키고 '카바레쇼'를 벌였다. 해가 지고 난 후 다음 날 해가 뜰 때까지, 낡은 건물은 화려한 무도장이 되었다. 그녀는 진한 화장을 한 채 무대에서 노래를 하고 춤을 추었다. 오직 하룻밤 동안만 열리는 쇼였다.

하코다테 사람들에게 그 무대는 자신들이 살고 있는 도시의 과거를 돌아보는 시간이었다. 하코다테 사람들이 하이카라쩽쩽을 복원시킨 것처럼, 사치는 하코다테의 추억과 기억을 지키고 싶다.

일본에서도, 한국에서도 부모들이 살아온 고된 삶의 기억은 자꾸 잊혀져 간다. 도시의 기억도 자꾸 사라져 간다. 하지만 그 기억은 하찮은 게 아니다. 그건 부모들의 삶 자체일 수도 있다. 하이카라쩽쩽도, 사치의 카바레쇼도, 버려지고 잊혀진 것을 다시 살려내 보여주었다. 나를 잃지 않고 살겠다는 마음이다.

사람의 기억은 긍정적일 때 추억이나 그리움이 된다. 추억이 더 깊어지고 얽힌 사연이 많다면 향수가 되기도 한다. 어떤 경우에는 한 순간의 기억이 삶의 지향점이 되기도 한다. 그래서 기억을 지키는 일은 삶의 지향점을 지키는 일이 된다.
— 『빨간벽돌창고와 노란전차』, 강동진

오래된 시간이 주는 편안함이나 그리움은 공연한 게 아니다. 지금의 나를 있게 한 과거의 고된 삶을 다독거리는 일이다. 무대는 막을 내렸지만 쇼가 끝난 것은 아니다. 올여름 그녀는 또 다른 쇼를 꿈꿀 것이다.

사바이,

사누크,

사도아크

월마트 매니저로 일했던 피티는 퇴직 후 빠이로 내려와 게스트하우스를 운영한다.
그처럼 두 개 정도의 방을 가진 게스트하우스를 운영하며 사는 것도 괜찮겠다.
그는 돈 때문에 일하는 게 아니라 자기를 약간 바쁘게 하기 위해 일한다.

Landmark ✽ 치앙마이

늦은 밤, 한적한 거리, 툭툭을 타고 달리며 맞는 바람의 차가움이 좋다. 수로를 따라 넓지 않게 펼쳐진 도로, 점점이 떨어지는 가로등 불빛, 노점 식당에 앉은 사람들, 도로에 드리운 커다란 나무들의 그림자……

10여 년 전 처음 치앙마이에 왔을 때 이런 생각을 했다.

'여기라면 살아도 괜찮겠구나……'

별일이었다. 세상 어디를 가도 그런 생각이 든 곳은 없었다. 잠시 머무르기 좋은 곳이야 많았지만 살아도 좋겠다는 생각을 한 건 치앙마이가 처음이었다.

치앙마이의 님만해민거리. 뜬금없이 〈화양연화〉나 〈아비정전〉 같은 영화 제목을 떠올리게 되는 곳. 님만해민은 웬만한 가이드북에도 잘 언급되지 않는 곳이지만, 이를테면 청담동과 홍대를 섞어 놓은 곳이랄까. 감각적인 카페와 레스토랑, 클럽, 아티스트숍, 갤러리가 곳곳에 숨어 있어 자전거를 타고 어슬렁거리듯 골목을 산책하기 좋다.

때로는 아이스크림 가게 '아이베리iberry'처럼, 조용한 주택가에서 느닷없이 출현하는, 입을 굳게 다문 집채만 한 노란색 강아지와, 오른손을 하늘 향해 치켜든 마오쩌둥 조각상에 앗! 탄성도 내뱉게 된다.

님만해민의 친구들

지금 머무는 곳은 님만해민 쏘이13에 있는 '할로호텔Hotel Hallo'. 며칠 전 님만해민에서 우연히 만난 태국 친구가 알려준 곳이지만, 여기서 이렇게 오래 지낼 줄은 몰랐다. 곧 치앙마이를 떠날 예정이었기 때문이다. 괜찮은 호텔이 오픈했다고 해서 구경이나 해볼까 싶어 찾아온 곳. 그런데 결국 순전히 호텔에 투숙하겠다고 비행기 예약을 변경하기에 이르렀다.

이렇게 마음에 쏙 드는 숙소를 발견하기도 쉽지 않은 일. 아싸! 탄성이 절로 나온다. 할로호텔은 요즘 말로 시크하지만 자연스럽고 편안하다. 게다가 바로 며칠 전 오픈한 신상 중 신상이다.

침대 머리맡 쪽 벽면에 양철판을 댄 것부터 눈길을 끈다. 빛이 날 정도로 새하얀 침구로 덮인 침대 바로 옆에 미니벨로가 놓여 있고, 그 위로 검은 선만으로 쓱쓱 그린 그림 두 점을 걸었다. 옷걸이 하나도 어디서 구해왔을까 싶게 별나다. 플라스틱 생수병은 버리지 않고 가방 안에 챙겨 넣었다(끝내 한국까지 가져왔다). 이렇게 모든 것이 다 특별하다고 하면 제법 비싼 부티크호텔 같지만 가격은 4만 원 정도다. 그러니 지금 같아선 언제 체크아웃할지 모르겠다.

열흘 정도 님만해민 골목을 여기저기 다니다 보니 친구들이 하나 둘 생기기 시작했다. 그중 '헨'이란 친구는 10년 정도 기른 머리를 굵게 땋았는데, 무게만 3킬로그램 정도다. 크고 긴 검은색 두건을 뒤로 넘긴 것 같지만 하루 24시간 3킬로그램을 머리와 어깨에 지고 다니는 셈이다.

서른 중반쯤 됐을까. 헌은 아티스트다. 그의 숍 'hern'에서 처음 만났는데 그가 나를 자기 숍에서 열리는 파티에 초대하며 친해졌다. 함께 클럽도 가고 그의 집에 놀러 가기도 했다. 그가 손수 지은 집으로, 마감이 깔끔하지는 않았지만 예술가의 아우라가 부담스러울 정도로 넘쳐흘렀다.

헌의 여자친구 M도 만났다. 그녀는 타페게이트 부근 보석가게에서 일한다. 대학에서 영문학을 공부한 M은 영어를 잘하지만 반면 헨의 영어는 형편없다. M이 없으면 나와 헌의 대화는 초등학생 수준으로 돌아간다. 게다가 헌은 컴맹이다. 자판도 칠 줄 모른다. 하지만 헌은 일본의 아티스트 지원 프로그램에 뽑혀 도쿄에 체류한 적도 있다. 지금도 다른 나라에 체류할 수 있는 여러 가지 프로그램에 열심히 응모한다. 모두 M 덕분이다. 그녀는 헌의 여자친구일 뿐만 아니라 헌을 대신해 갖가지 서류를 작성하고 영문으로 이메일을 보내는 등 매니저 역할을 한다. 아니, 매니저가 아니라 디렉터로서 헌의 모든 것을 감독, 지휘한다.

헌의 친구도 한 사람 기억난다. 이름은 모르겠다. 헨과 M은 숍을 닫고 나면 항상 그가 운영하는 이자카야로 갔고, 나도 덩달아 따라가 그와 안면을 텄다.

그는 부모님 중 한 분이 일본 사람인 '일본계 태국인'이다. 한주

먹 할 것 같은 인상의 그는 일본에 살다 태국으로 왔다는데, 내가 한
국인이라고 하자 인상을 쓰며 "한국 남자, 으으~!"라면서 이상한 소
리를 낸다. 거들먹거리는 몸짓이며 짐승이 으르렁거리는 듯한 소리
가 뭔가 싶었더니 나 참, 한국 남자 흉내란다. 그가 일본에서 만난
한국 남자는 그렇게 목소리 크고 무례한 족속인 모양이지만, 사실
그야말로 괄괄한 스타일이다.

그런데 이런 첫인상을 완전히 바꾸어놓은 일이 생겼다. 하루는 녀
석이 술집 한편에서 커다란 캔버스를 놓고 그림을 그리고 있다. 하늘
거리는 치마를 입은 앳된 여자다. 그의 누이라고 했다. 바람을 맞으
며 서 있는 그녀를 아주 가는 붓으로 조심스럽게, 세밀한 터치를 끊
임없이 반복한다. 저런 식으로 100호짜리 캔버스를 채우려면 몇 달
은 걸리겠다. 그만큼 붓질이 여리고 느리다. 녀석을 한참 지켜봤다.
그러다 문득 난 녀석의 '쫀쫀한' 붓질에 감동 받아버렸다. 게다가 그
는 가끔 잡지에 미술평도 쓴다고 했다. 승용차보다 비싼 오토바이도
탄다. 가게 안에 세워둔 영국산 트라이엄프 오토바이의 정체가 궁금
했는데, 오토바이를 타고 부릉부릉 달리며 여러 영감을 얻는단다. 그
러니까 그는 술집도 하고, 그림도 그리고, 글도 쓰고, 오토바이도 타
는 등 참 많은 취미(일을 하는 것처럼 보이지는 않으니까)를 가졌다.

그의 가게에는 매일 밤 님만해민의 예술가, 작가, 친구들이 모여
든다. 가게 이름도 걸작이다. 태국어로만 씌어 있어 무슨 말인지 알
수 없었으나, 나중에 알고 보니 '무슨 미학과 친구들'이란다.

님만해민에서 만난 친구들은 모두가 이런 식이다. 하고 싶은 일을 하며 즐겁고 유쾌하게 산다.

『극락타이생활기』의 저자 다카노 히데유키에 따르면, 태국 사람들의 기질은 사바이, 사누크, 사도아크라는 세 단어로 표현된다. '사바이'는 건강하게, '사누크'는 즐겁게, '사도아크'는 편하게라는 뜻이다. 여기에 크게 신경 쓰지 않는다는 뜻의 '마이펜라이'를 덧붙이면 의미가 좀 더 분명해진다.

그러고 보니 전에 태국을 여행할 때 종종 들었던 말이 사바이와 마이펜라이 등이다. 내가 정말 놀란 건, 태국 사람들에게 에이즈 따위는 전혀 근심거리가 되지 못한다는 사실! "몇 년 후에나 벌어질 일을 걱정할 태국 사람은 없다." 다카노 히데유키의 말이다.

이 말이 사실이건 아니건, 태국 사람들이 대체적으로 편하고 느긋하게 사는 건 맞는 것 같다. 치앙마이를 떠나 잠시 다녀온 빠이에서도 비슷한 생각을 했다. 빠이는 누군가에게는 파라다이스, 누군가에게는 리틀 카오산으로 여겨지는 곳이다.

떠도는 코스모폴리탄의 마을

빠이는 치앙마이에서 북쪽으로 130킬로미터 정도 떨어져 있다. '130킬로미터쯤이야'하고 생각했지만, 여긴 한국이 아니라는 사실

을 잠시 잊었다. 보통 버스로는 다섯 시간, 미니밴으론 세 시간이 걸린단다.

헌이 짧은 영어로 말한다.

"천 개의 커브, 천 개의 커브!"

며칠 새 그의 영어에 익숙해진 내가 그의 말을 풀이하자면, '빠이에 간다고? 거기 가려면 천 개 정도 커브를 돌아야 해! 멀미 때문에 아주 힘들 거야!' 쯤 될까. 옆에 있던 M의 말로는 '빠이의 그랜드캐니언'이라 불리는 빠이밸리를 꼬불꼬불 넘어가야 하기 때문이란다.

내 책 『On the Road』에 등장하는 벨기에 친구 코베는 이렇게 말했다. "다들 빠이가 파라다이스라고 떠들잖아? 천국이 오기를 열흘 동안 기다렸지만, 내가 빠이에서 본 건 여행자와 레스토랑뿐이야."

코베의 어이없어하는 웃음에 가고 싶은 마음이 살짝 꺾이긴 했지만 어쨌거나 한번은 가봐야겠다. 제법 많은 외국인이 빠이에 산다고 들었기 때문이다. 빠이는 아주 작은 시골마을이라는데, 그런 곳에 왜 외국인들이 모여 살까? 무언가 특별한 게 있을 것이다.

헌이 말한 대로 정말 천 개의 커브를 돌았다. 하지만 출발하기 전부터 걱정이 앞선 탓일까, 정작 맞닥뜨린 천 개의 커브는 시시했다. 운 좋게 운전사 옆자리에 앉아서인지 가벼운 멀미조차 없다. 에이, 싱거워라!

빠이에 도착한 시간은 한낮이다. 빠이는 덥고, 한산하고, 뭐 그저 그렇다. 워낙 작은 동네라 걸어서 20분이면 한 바퀴를 돈다. 코베 말대로 레스토랑도, 카페도, 술집도, 가게도 많다. '리틀 카오산'이라는 말도 틀리지 않다. 이게 다야? 시시하다. 음, 내일 치앙마이로 돌아갈까?

다행히 이게 전부는 아니었다. 해가 지자 한산하던 거리는 외국인 여행자들뿐만 아니라 태국 관광객들로 북적거리기 시작한다. 나이트마켓이다. 나이트마켓이야 특별할 게 없는데 거기서 '렉'이라는 태국 친구를 만났다. 방콕 출신이지만 몇 년 전 빠이로 이주한 그녀는 사진을 찍고 엽서와 티셔츠를 만들어 팔며 생활한다. 빠이를 한눈에 내려다볼 수 있는 산중턱 사원 앞에 그녀의 집이자 가게인 '란렉렉^{Rhan lek lek}'이 있다.

렉에게 "빠이가 너무 시시하다"고 푸념하자 그녀가 말했다. "타운을 벗어나야 빠이의 자연이 어떤지 볼 수 있어. 태국의 다른 지역과는 완전히 다른 풍광이거든."

나중에 오토바이를 타고 달리며 알게 되었지만, 빠이 인근에는 유럽의 어디라고 해도 믿을 만한 이국적인 풍경이 펼쳐진다. 한적한 곳에서 조용하게 지내고 싶은 외국인들이 빠이로 모여든 것도 이런 자연환경 때문이다.

빠이에 외국인이 많이 산다고는 하나 그 수가 얼마나 되는지는 아무도 모른다. 누군가는 100명, 누군가는 300명쯤 된다고 한다. 무엇보다 물가가 싸기 때문인지도 모른다. 한달에 1~20만 원이면 방 하나가 아닌 집 한 채를 빌린다. 영어도 통한다. 이런 곳은 태국 어디에도 없다.

빠이에서도 사나흘 시간이 지나자 님만해민에서 그랬듯 이런저런 친구가 하나둘 생겼다. 히피처럼 사는 일본 남자, 파리에선 발레리나였지만 지금은 빠이의 클럽에서 노래를 하는 프랑스 여자, 일본인 게스트하우스에서 만난 각양각색의 일본 친구들, 태국어를 너무 잘하는 캐나다 여자, 몇 년째 여행 중이며 지금은 빠이에서 집을 빌려 사는 한국 여자, 은퇴하고 이곳으로 와 초등학교에서 축구를 가르친다는 호주 남자 등등.

태국인과 커플로 지내는 외국인도 많다. 그들이 사는 집의 형태도 그들의 국적만큼 제각각이다. 우주의 어느 행성에서나 볼 수 있을 법한 타원형 집도 있다.

이들 중에는 유난히 아티스트와 뮤지션이 많다. 어느 집을 가나 기타나 드럼, 플루트 같은 악기를 볼 수 있다. 아티스트나 뮤지션이라고 하면 매우 특별한 재능을 지닌 이들이라고 생각할지 모르겠으나, 실제 그들의 작품을 보거나 노래를 들으면 대개는 그저 그렇다. 하지만 모두 자기가 원하는 대로, 마음대로 살아간다. "빠이에서 언제까지 살 거야?" 하고 물으면 "글쎄, 살고 싶을 때까지" 하고 대답한다. 이들은 내키는 대로 살아간다. 상식이나 관습적인 가치에서 비교적, 때로는 파격적으로 자유롭다.

일본인 켄은 수십 년 동안 히피처럼 살아왔다. 켄은 부드럽고 따뜻하지만, 인적 드문 숲 한가운데 흙집을 짓고 살 만큼 별나다. 불도 전기도 없는 원시적 삶이다. 내 자유는 그의 자유에 비하면 100분의 1도 안 될 것 같다. 속내야 모르겠으나, 내가 보기에 켄은 건강하고, 즐겁고, 편하게 산다.

그의 느긋함은 빠이에서 만난 외국인 친구들이나 치앙마이에서 만난 태국인 친구들과도 비슷하다. 얼마 후면 그보다 스무 살 정도 어린 일본인 여자친구가 돌아온다고 했다. 내가 빠이를 떠나는 날 켄이 말했다.

"준, 넌 꼭 다시 돌아올 거야."

빠이에서 만난 외국 친구들의 국적이 세계 각국이라면 빠이에서 만난 태국 친구들은 방콕이나 치앙마이 출신이 많다. 다카노 히데유키는 치앙마이를 '떠돌이들의 코스모폴리탄'이라고 불렀다. 슬쩍 빈정거리는 투다. 그에게는 빠이의 외국인들도 별반 다르지 않을 것이다. 하지만 내 생각엔 그도 떠도는 코스모폴리탄이다. 나도 그렇다. 하지만 떠도는 게 나쁜가? 아니다. 원하는 대로 살지 못하는 게 나쁘다. 태국에 사는 한국 사람을 만나 "한국에 언제 돌아가느냐"고 물으면 으레 듣는 이야기가 있다. "태국에 사는 게 마음이 편해요."

단지 이방인이기 때문만은 아닐 듯싶다. 나도 태국을 여행하다 보면, 막연하지만 '편하다'는 생각을 많이 하게 된다. 어쩌면 도무지 급한 게 없는 사람들 속에 살다 보니 여행자건 누구건 그들을 닮아가는지 모른다. 한마디로 사바이, 사누크, 사도아크하게 되는 건지도……

예술가처럼

사는 법

예순이 되고 일흔이 넘어 벼룩시장에서
노래를 하고 연주를 하며, 잘 그리거나 말거나
쪼개진 호박을 캔버스 앞에 두고
붓을 드는 사람은 얼마나 근사한가.

Landmark ✽ 뒤셀도르프

벼룩시장 한편에서 신나는 음악이 흘러나온다. 소리가 나는 곳으로 가 보니 백발이 성성한 노인밴드가 연주를 하고 있다. 드럼을 두드리고 기타를 치며 노래를 하는 얼굴에 선량한 웃음이 가득하다. 노래가 끝날 때마다 맥주를 한 모금 들이켜는 것도 잊지 않는다. 저렇게 나이 들 수도 있구나. 난 술을 거의 못하지만 의심할 바 없는 행복한 웃음 앞에서 나도 모르게 맥주를 벌컥거렸다.

　여기는 라인 강변의 도시 뒤셀도르프다. 독일을 여행하다 잠시 친구 집에서 신세를 지고 있다. 친구는 독일에서 8년째 살고 있으면서도 벼룩시장 물건이 뭐가 그리 신기한지 연방 감탄사를 내뱉는다. 하긴 독일의 벼룩시장에서는 온갖 진기한 물건뿐만 아니라 오만가지 오래된 물건도 볼 수 있다. 벼룩시장이 아니라 고물상에 온 것 같다.

　내 눈길을 끄는 건 오래된 여행가방, 촛대, 그림, 커피잔, 다이얼 전화기, 클래식 카메라 같은 물건이다. 특히 가죽으로 된 여행가방은 〈닥터 지바고〉의 유리나 라라가 들었을 법한 모양새다. 읽지 못해도 무작정 갖고 싶은 그림책도 있다. 달랑 쪼개진 호박 한 덩어리를 그린 그림도 왠지 눈길을 잡아맨다. 벼룩시장에 온갖 물건이 다 나오는 것이야 특별할 게 없지만, 도대체 뭐에 쓰는 물건일까 싶은, 정체불명의 물건도 많다.

잔뜩 공을 들인 물건도 있다. 시간을 들여 깎고, 다듬고, 칠한 흔적이 고스란히 남아 있는 물건이 겨우 1~2유로에 팔린다. 새끼손톱만 한 꽃잎들로 장식한 나무액자 세 개도 고작 1유로다. 칠은 벗겨지고 프레임은 슬쩍 금이 갔지만 액자 아래에는 연필로 쓴 이니셜이 선명하다.

누군가 꽃잎을 하나하나 주워모아 햇볕에 말리고, 나무로 프레임을 짜고 다듬고 칠한 후 자기 이름을 써넣었다. 이렇게 완성된 액자는 그의 거실이나 침실에, 어쩌면 아이들 방에 걸렸을지도 모른다. 팔기 위해 액자를 만들지는 않았을 것 같다. 액자를 만드는 순간, 그는 그저 즐겁지 않았을까? 어떤 사연인지, 이제 세 개의 액자는 이곳에 놓여 있다.

바나나도 독일에선 단정할까

친구 방은 2층에 있었다. 두 평 남짓의 테라스 앞쪽으로 방목장이 있어 종종 한가롭게 노니는 말을 볼 수 있다. 나는 하얀 플라스틱 의자에 앉아 작은 숲 같은 주변을 바라보곤 했다.

날씨는 내내 흐리고 공기는 차갑다. 독일을 여행한 지 2주가 지났지만 그동안 햇빛을 볼 수 있었던 시간은 단 두 시간 정도밖에 없었으니, 독일 날씨에 아주 학을 뗄 지경이다. 한국에서 짐을 싸면서 망설이다 혹시나 하고 가져온 트렌치코트는 빗줄기와 한기를 피하기 위한 필수품이 되었다.

햇볕을 쬐는 게 매우 특별한 이벤트가 된다거나 2주 동안 햇빛을 보지 못하면 어떤 느낌일지 한국에선 몰랐다. 흐린 날씨는 기분을 가라앉게 하는 정도가 아니다. 햇빛을 보지 못한 채 일주일이 지나자 머리가 지끈거리고, 열흘이 지나자 몸살처럼 온몸이 욱신거렸다.

오늘 드디어 햇볕이 내리쬔다. 독일에 와서 햇살이 내 피부를 살살 간지럽힌다고 느낀 건 처음이다. 눈부신 날씨만큼 내 마음도 화사하다. 독일 사람들이 왜 여자고 남자고 틈만 나면 옷을 벗고 햇볕을 쬐는데 열광하는지 알 것 같다.

오늘은 정말 아무것도 안 하고 햇볕을 즐기리라 작정하고 집을 나선다. 뒤셀도르프 변두리의 이터는 독일의 평범한 주택가다. 어디선가 말소리가 들려온다. 다락방 창문으로 얼굴을 내민 노부부가 골목 맞은편의 다락방 노부부와 이야기 중이다. 이들은 아마 매일 이런 식으로 다락방 창문에 기대 대화를 하는 모양이다.

"이봐, 아니카! 커피 한잔 마시러 와!"

"지금은 안 돼! 우리집 개가 아파."

나도 커피 마시고 싶은데, 내가 대신 가면 안 될까? 나도 그들 대화에 끼고 싶다. 골목을 사이에 두고 다락방 창문으로 이야기를 나누는 모습은 영화의 한 장면 같다.

나와 눈길이 마주치자 그들은 내게도 스스럼없이 인사를 건넨다.

의외다. '독일인'이라고 하면 '딱딱하다'는 이미지가 제일 먼저 떠오르지 않던가. 독일 사람에 대한 편견에서는 나도 예외가 아니다.

게다가 독일에 오기 전 읽은 『독일 디자인 여행』의 저자 장인영은 독일 사람의 특징을 네 단어로 정리했다. "정리정돈, 청결, 절약, 근면." 그녀는 독일에서는 "백화점 식품코너에 걸린 바나나도 질서를 지킨다"면서 "바나나가 다소곳이 걸터앉아 있다"고 표현해 나를 박장대소하게 만들었다.

하지만 그게 전부는 아니다. 이터를 산책하며 독일인들에 대한 편견은 조금씩 희미해지기 시작했다. 주택가를 지나면서 그들이 집을 장식해놓은 것을 보고, '다소곳이 걸터앉은 바나나'에 이어 다시 한번 자지러질 만큼 웃느라 몇 번이고 걸음을 멈춰야 했기 때문이다.

어느 집 지붕에는 오리 두 마리가 굴뚝 옆에서 검불로 둥지를 틀고 있다. 기와지붕에는 새끼표범 한 마리가 웅크리고 있고, 지붕 꼭대기에는 수탉 한 마리가 금세 점프할 기세다. 또 다른 집 담장에는 얼룩무늬의 어미와 새끼 고양이가 쥐 네 마리를 맹렬히 쫓고 있다. 창가에서 나를 깜짝 놀래키기라도 할 것처럼 익살스러운 표정을 짓고 있는 여자(인형)도 있다. 나 참, 도대체 이게 다 뭐람?

오리와 표범 그리고 수탉과 고양이를 '인형'이라고 해야 할지 '장식'이라고 해야 할지 모르겠지만, 자기 집 지붕 꼭대기에 수탉인형을 얹어놓은 마음을 생각해보면 자연히 웃게 된다.

이터의 집들에는 "여긴 내 집이야!"하는 배타성이 없다. 모두 개

성이 넘치고, 각양각색의 꽃으로 장식했다. 집에서 배어 나오는 여유가 집 앞을 지나는 사람을 웃게 만든다. 시간과 공을 들여 집을 가꾸고 그 여유를 이웃과 나눈다. 그 마음이 예쁘다. 질서와 규칙을 중요하게 생각한다는 독일 사람들의 또 다른 모습이다.

쪼개진 호박이면 어떤가

독일에서 몬드리안의 그림이 좋아졌다. 좋아졌다기보다는 전에 없던 관심이 생겼다는 게 맞다. 친구 집에서 그의 화집을 보았기 때문이다. 그전까지만 해도 쓱쓱 사각형 몇 개 그려놓은 것 같은 몬드리안 그림에 별 관심이 없었다. 빨갛고 파랗고 노랗게 그린 사각형에 까맣게 테두리를 칠하면 끝나는 것 아닌가. 쳇! 몬드리안은 고등학교 시험을 보기 위해 이름을 외운 화가의 한 사람일 뿐이었다. 그런데 무심코 그의 화집을 넘기다가 가슴이 뭉클해졌다.

이랬구나…… 몬드리안이 이런 그림도 그렸구나…….

위대한 화가들이 그렇듯 그도 정말 많이 그렸다. 하지만 다작이라고 해야 피카소나 고흐의 다작에는 비할 바가 아니니 그건 특별하달 것도 없다. 내 눈길을 사로잡은 건 그가 그린 '나무들'이다. 그는 처음부터 추상화를 그린 게 아니다. 사각형 이전에 나무를 그리고 또 그렸다. 나뭇잎과 줄기를 수없이 반복해 그렸다.

한 장 한 장 화집을 넘길 때마다 그의 그림은 완만히 또는 급격히 변해갔다. 그의 생애를 따라 수록된 그림은 그가 어떻게 변했는지를 고스란히 보여준다. 그는 나무를 잘 그리고 싶은 사람이었다. 하지만 제멋대로인 나뭇가지를 정확히 그리기는 어려웠다. 그는 나뭇가지의 불규칙한 형태 때문에 절망했다. 결국 도저히 묘사할 수 없는 한계를 넘기 위해 '추상'이라는 새로운 시각을 만들어갔다. 추상화를 그리기 전에 엄청나게 많은 구상화를 그린 몬드리안으로선 자연스러운 귀결이다. 누군가는 이렇게 나뭇가지 그리는 일에 일생을 건다.

나는 화가가 되고 싶었지만 내 능력 밖이라 생각했다. 그림은 그리지 않고, 그리고 싶다는 말만 되풀이했다. 능숙하지 않고 서툴러도 그리는 게 먼저라는 걸 몰랐다. 벼룩시장에서 본 호박 그림이 생각난다. 잘 그린 그림은 아니지만, 누군가는 쪼개진 호박 한 덩어리를 그리기 위해 오래 시간을 들인다. 만년 가난한 예술가인 내 친구는 이런 그림을 보면 눈물이 난다고 했다.

꽃잎을 주워모아 액자를 만든 이에게 얼마나 잘 만들고 못 만들었는지는 중요하지 않을 것이다. 누구나 자기 생활을 풍요롭게 할 뭔가를 만들 줄 안다면, 그는 예술가다. 예순이 되고 일흔이 넘어 벼룩시장에서 노래를 하고 연주를 하며, 잘 그리거나 말거나 쪼개진 호박을 캔버스 앞에 두고 붓을 드는 사람은 얼마나 근사한가.

사 랑 후 에 는
무엇이
남을까

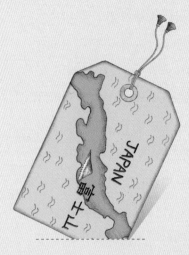

나는 끝내 후지산을 보지 못했다. 대신 호숫가의 비싼 이탈리안 레스토랑에서
샐러드와 파스타를 우걱우걱 먹었다. 허망한 사랑도, 후지산도 잊었다.
파스타를 먹으려고 여기까지 온 게 아닌데 하면서도 파스타가 맛있어 행복했다.

Landmark * 후지산

호수 넘어 만년설 덮인 후지산을 보러 가야겠다. 독일 영화 〈사랑 후에 남겨진 것들〉을 보고 나서 든 생각이다. 겨울이 막바지에 이르던 어느 날이었다.

때로는 영화 한 편 때문에 무작정 먼 길을 나서기도 한다. 단지 영화의 촬영지를 찾아가는 게 아니다. 떠도는 내 마음을 찾아가는 여행이리라. 과연 사랑 후에는 무엇이 남을까? 가와구치 호수 너머 후지산을 바라볼 수 있다면 이 시간도 곧 지나갈 깃만 같다.

영화와는 전혀 어울리지 않을 책을 한 권 챙겼다. 에쿠니 가오리의 『당신의 주말은 몇 개입니까』.

누군가는 이 책의 해설에서 "한창 사랑에 빠져 있는 사람들이 증오를 생각하고, 증오에 빠져 있는 사람들이 사랑의 기억을 추억하고, 혼자인 사람은 둘이 되고 싶어 하고, 둘인 사람은 혼자가 되고 싶어 할"것이라고 썼다. 이게 정말이라면 이 책은 무시무시하면서도 내겐 위로가 될 책이다.

후지산을 보러 가야겠다

"후지산을 볼 수 있는 호수가 있다던데 어떻게 가나요?"

나리타공항에 내려 인포메이션센터 직원에게 묻자 가와구치호수로 가면 된다고 했다. 그녀가 적어준 대로, 공항에서 신주쿠로 가 JR 주오혼센을 탔다. 한 시간 30분 후 오쓰키역에 내려 후지큐코센으로 갈아타고 다시 45분을 더 가서 시모요시다역에 내렸다.

아주 작은 역이다. 기차에서 내린 사람은 단 몇 명뿐이다. 역사의 불빛 외에는 사방이 캄캄하다. 사진을 몇 장 찍고 개찰구로 가니 역무원이 없다. 간이역에서 사람 보기 힘든 것은 일본도 똑같다. 아주 늦은 밤도 아닌데 역 주변은 고요하기만 하다.

무작정 나선 길에 변변한 정보 같은 게 있을 리 없다. 공항에서 시모요시다역 근처 어딘가에 있다는 유스호스텔을 급히 예약했지만 위치는 모른다. 공중전화도 없다. 슬쩍 걱정이 되기도 하지만 작고 낯선 도시의 고요함이 편안하다. 후지산의 관문답게, 개찰구 옆 시모요시다역이라는 글자 위에 눈 덮인 후지산이 그려져 있다.

한참을 역 앞에서 서성인 후에야 스무 살쯤 돼 보이는 친구를 겨우 만났다. 그는 유스호스텔로 전화를 해 위치를 확인하더니 "그러니까 이 길로 쭉 가면⋯⋯"하고 영어로 설명하려다가 이내 포기하고, 데려다주겠다며 내 카메라가방마저 뺏어든다. 그는 유스호스텔까지 10분 정도 걷는 동안 내내 일본어로만 떠든다. 내가 할 수 있는 일본어는 간단한 말뿐이니 네가 지금 무슨 말을 하는지 모르겠다고 해도 녀석은 아랑곳않고 태연하게 이야기를 이어간다.

어쨌거나 녀석 덕분에 무사히 유스호스텔에 도착했다. 아리가토

네(고마워)! 나도 모르게 녀석을 덥석 껴안자 녀석도 나를 덥석 껴안는다. 나를 유스호스텔 아주머니에게 인계한 녀석은 길을 되돌아갔다.

시모요시다 유스호스텔은 조그만 가정집이다. 작은 유스호스텔 간판 아래 빗자루를 가지런히 걸어놓았다. 한국과 다르게 일본에는 개인이 운영하는 작은 호스텔이 많다. 이곳도 1층은 살림집이고 2층은 유스호스텔로 쓰는데, 손님은 나뿐이다. 운이 좋다. 2,800엔에 방 하나를 쓰게 됐다. 다다미방 한구석에 밀어놓은 여행가방이 딱 내 신세 같다.

배가 고파 밖으로 나왔다. 편도 1차선 좁은 도로 어디에도 사람은 보이지 않는다. 밤이라고 해봐야 9시밖에 안 됐는데 동네가 텅 빈 것 같다. 유스호스텔에서 얻은 팸플릿을 보니, 옛날에 이곳 게코지 지역은 섬유산업으로 번성했다. 그때는 많은 상인이 모여들어 화려한 밤을 자랑했지만, 지금은 개발에서 밀려나는 바람에 1960~70년대 일본의 모습을 간직한 곳이 돼버렸다. 이발소 간판 옆엔 커다란 괘종시계가 걸렸고, 살림집 문패건 가게 간판이건 쓱쓱 손으로 써놓았다.

'coffee spot 105'라는 이름의 커피숍도 보인다. 이름은 매우 시크한데 외관은 영락없는 60년대 스타일이다. 커피를 마시는 신성일 엄앵란 씨를 마주칠 듯한 다방이다.

그밖에도 각종 '레코-도', 서적, 문방구에 이어 약품까지 취급한다고 간판에 써놓은 만능숍, '파마 - 카토'라고 씌인 미용실, 토라야 고급 양과자점, '달의 강' 서점, 월광 카페 등 일본어만 아니라면 우리나라의 70년대 같은 모습이 줄을 잇는다. 어떤 가게는 어린이 만화책에 나올 것 같은 '언니'들의 활짝 웃는 얼굴로 장식했다. 밤에는 반짝반짝 불이 들어올 법한 별전구와 크리스마스 리본, 징글벨도 빼놓지 않았다. 술집이다. '밤의 화원, 꿈의 세계, 안심명료회계'라는 글자에 그만 풋 웃어버렸다. 술값 시비는 어디나 똑같은가 보다.

가지런한 외관이 마음에 든 카페 'M.2'에서 미소수프와 샐러드, 함박스테이크와 커피까지, 맛있게 저녁을 먹었다. 주인아주머니가 선물이라고 건넨 엽서엔 시모요시다의 상징이란 카나도리문 저편에 후지산이 선명하게 보인다. 그래, 이렇게 보인단 말이지! 내일 아침이면 나도 이 엽서 같은 후지산을 보겠지. 영화에서처럼 호수에 비친 후지산을 볼 수 있을까? 벌써부터 마음이 설렌다.

후지산이 수줍은 거예요

이튿날 아침, 잠에서 깨자마자 창문을 열었는데, 맙소사, 곧 비라도 퍼부을 듯 흐리다. 무작정 숙소를 나섰다. 시모요시다역에서 기차를 타면 20분 후 가와구치호수에 도착한다. 그런데 내가 탄 기차는 맨 앞에 토마스 기차 얼굴이 그려져 있다. 객실 안도 온통 토마스 그림뿐이다. 모든 좌석 등받이에서 토마스가 웃고 있으니 나도 웃어야만 할 것 같다. 하지만 객실엔 도무지 토마스와 어울리지 않는 나와 노부부뿐이다.

기차는 가와구치코역으로 가는 길에 후지큐하이랜드라는 큰 놀이공원에 멈춘다. 토마스 기차는 후지큐하이랜드를 광고하고 있지만, 쓸쓸한 사랑을 찾아가는 길에 시끌벅적한 놀이공원을 만날 줄이야. 뭔가 기대한 것과 다르게 여행이 흘러간다.

〈사랑 후에 남겨진 것들〉에서, 인생의 황혼을 맞은 아내 트루디는 시한부 삶을 선고받은 남편 루디 때문에 눈물을 흘린다. 하지만 사는 게 그렇듯, 운명의 장난처럼 느닷없이 먼저 세상을 떠난 쪽은 아내다. 루디는 낡은 여행가방에 아내의 옷가지를 담아 그녀가 보고 싶어 한 후지산을 찾아 일본에 온다. 공원에서 우연히 10대 소녀 유를 만난 루디는 유와 함께 후지산으로 가는 기차에 오른다. 후지산을 보지 못하면 어쩌지 걱정하는 루디에게 유가 말한다.

"후지산을 보지 못한다면 미스터 후지가 수줍어하기 때문이에요."

영화 탓인지 내게 가와구치호수는 옛사랑의 이름처럼 여겨졌다. 하지만 막상 도착한 가와구치코역은 시모요시다역에 비해 제법 큰데다가 완연한 관광지다. 뭔가 꼬이고 있다. 역에서 10분 정도 떨어진 호숫가로 무작정 걸어가는데 '환영 가와구치호수'라고 쓴 커다란 플래카드가 보이자마자 빗줄기는 굵어지기 시작한다.

게다가 여행 안내소에서 얻은 지도를 보니, 가와구치호수는 생각보다 훨씬 크다. 호수 둘레만 장장 17.4킬로미터. 난 왜 걸어서 호수를 돌아볼 수 있을 거라고 생각했을까? 영화 탓이다. 난 영화에서 루디와 유가 걸었던 한적한 동네를 찾고 있었다.

결국 가와구치코역으로 다시 돌아와 호수를 한 바퀴 도는 셔틀버스를 탔다. 가와구치호수는 그림처럼 평화롭지만 하늘은 더 이상 자욱할 수 없을 정도다. 엷은 빗줄기를 고스란히 맞으며 호숫가를 배회한다. 루디처럼 나도 후지산이 제 모습을 드러내기를 간절히 기다리지만 호수 너머엔 짙은 구름뿐이다. 억지로라도 영화에서 본 풍경을 그려보지만 아무 소용없다. 작은 배 위에서 혼자 낚시하는 사람만 눈에 들어온다.

루디는 새벽에 잠에서 깨어 마침내 호수 너머로 자태를 드러낸 후지산을 본다. 그는 아내의 옷을 입고, 얼굴에 하얗게 화장을 하고, 후지산 그림자가 드리운 호숫가에서 춤을 추다가 아내의 뒤를 따라간다.

루디와 다르게 나는 끝내 후지산을 보지 못했다. 저 구름 속에 있을 후지산을 마음속으로나 그려보고, 호숫가에 있는 비싼 이탈리안 레스토랑에서 우걱우걱 샐러드와 파스타를 먹었다. 루디와 트루디도 잊고, 허망한 사랑도, 후지산도 잊었다. 파스타를 먹으려고 여기까지 온 게 아닌데 하면서도 파스타가 맛있어 행복했다. 파스타를 먹으며, 혼자 신나게 잘 살 수도 있겠구나 하는 생뚱한 생각마저 들었다.

옆자리에 앉은 일본 친구는 "이곳에서 후지산을 보는 것은 어려운 일이 아닌데……"라면서 "가와이소!(불쌍해요!)"를 연발한다. 하지만 미스터 후지가 수줍다는데 어떡하겠나. 괜찮다. 여기까지 왔다는 게 중요하다. 때로는 점을 찍었다는 것도 위로가 된다. 여기 오지 않았다면 난 여전히 요동치는 감정에 빠져 있을 것이다. 시간은 이렇게 흐른다. 호숫가의 이 시간도 지나가리라.

내년에도 함께 할 수 있을까

난 늘 사랑 후에 남겨질 것을 의심했다. 산다는 게 참을 수 없을 만큼 가볍게 느껴질 때 사랑은 따뜻하면서도 쓸쓸하다. 누군가는 사랑하기 위해 결혼을 하고, 누군가는 행복해지기 위해 이혼을 한다. 어떤 사람을 간절히 원하는 것처럼 어떤 사람을 쉽게 버리기도 한다. 나를 떠난 어떤 여자는 희끗희끗한 내 머리를 염색하라고 했고, 내가 선택한 어떤 여자는 염색 같은 건 절대 하지 말라고 했다. 이문세는 "사랑이란 게 지겨울 때가 있지"라고 노래하지만, 사랑이 지겹다면 더 이상 사랑하지 않거나 변질된 것이다.

난 사랑의 끝까지 가본 적이 없다. 세상의 모든 길을 걸어보고 싶었지만 사랑이란 길에는 별 관심이 없었다. 어차피 변하는 게 사랑이라 생각했다. 그것도 대개는 안 좋은 방향으로. 시니컬하기 그지

없었다.

하지만 사랑이 변질되더라도 더 가봐야 하는 게 사랑의 본질인 지도 모르겠다. "집에 가는 게 두렵다"고 한 내 친구 누군가는 끔찍한 경험을 주고받는 게 부부일 수 있지만 그 다음에 어떤 새로운 국면으로 들어선다고 했다. 사랑은 감정이라고 여긴 나로선 죽었다 깨나도 알 수 없는 경지다.

이제 난 전과 다르게 좀 더, 어쩌면 끝까지 가보려 한다. 헌옷을 벗어던지듯 갑작스럽게 모든 것이 허망하게 끝나버린다 할지라도 최선을 다할 뿐이다. 설사 종국에 허무만이 남더라도, 사랑할 수 있을 때 더 사랑할 수밖에.

가와구치호수를 바라보면서 에쿠니 가오리의 책을 꺼내 읽는다. 1년에 한 번 남편과 함께 벚꽃구경을 가는 날, 그녀는 이런 의문을 품으며 '설렌다'고 썼다.

내년에도 남편과 벚꽃을 볼 수 있을까, 하고 생각한다. 단순한 의문으로. '함께 보고 싶다'가 아니라 '과연 함께 볼 수 있을까'하고 생각한다. 나는 그렇게 생각할 때 내 인생이 조금은 좋아진다. 묘한 느낌이다. 내년에도 이 사람과 함께 벚꽃을 볼 가능성이 있다. 아주 희망에 찬 생각이라고 나는 기뻐한다. 그리고 물론 그것은 함께 벚꽃을 볼 가능성이 있기에 가능한 기쁨이다.

그녀의 사랑은 함께 벚꽃을 보아도, 함께 벚꽃을 볼 수 없어도 좋다. 완전히 나쁜 것은 없으며, '사랑이란 다만 어이없는 것일 수 있다'고 한다. 그녀의 말이 지금은 위로가 된다.

나는 '죽음이 우리 둘을 갈라놓을 때까지'란 말로 맹세한 사랑이나 생활은 어디까지나 결론이라고 생각한다. 적어도 목적은 아니라고 믿고, 찰나적이고 싶다. 늘 그때그때의 상황에 따라 결정하고 싶다. 지금까지는 남편과 같이 있다. 그것이 전부다. 그리고 같이 있는 동안은 함께하는 생활을 마음껏 맛볼 수 있다면 좋겠다고 생각한다. 언젠가 헤어질 때가 오면 조금은 울지도 모르겠지만 '죽음이 우리 둘을 갈라놓을 때까지' 함께 한다면, 아마 더 울지도 모르겠다.

— 『당신의 주말은 몇 개입니까』, 에쿠니 가오리

그녀의 말은 역설일까, 진실일까? 나는 피식 웃음이 나온다. 하긴 사랑한다고 다 연인이 되지도 않고, 무조건 행복하지도 않다. 기대와는 늘 어긋나는 게 사랑이다. 사랑 후에 남는 것은 운명이거나 체념이다. 그러니 사랑 후에 무엇이 남을까 하는 의문 대신 사랑할 수 있을 때 더 사랑하리라. 운명 같은 사랑도 좋지만 체념도 나쁜 것만은 아니다.

시모요시다역으로 돌아오는 길, 어느새 비가 그쳤다. 개찰구를 나오니 두 여고생이 대합실에서 아이스크림을 먹고 있다. 흘러내리는 루즈삭스를 신은 도쿄 아이들이 아니라 양 볼이 빨갛고 통통한 시골 아이들이다. 사진을 찍어도 되겠냐고 물으니 잠시 난처해 하던 두 아이가 정색을 하고 고개를 끄덕인다. 하지만 셔터를 몇 번 누르자 잠시 자기들끼리 속삭이던 아이들은 더는 못 참겠다는 듯 웃음을 터뜨리고 만다. 낙엽 구르는 것만 봐도 까르륵거리는 나이, 여고생들의 웃음은 세상 어디를 가나 똑같다.

청춘의 거리,
카오산로드

이곳은 전 세계에서 모여든 여행자들로 넘쳐난다.
늘 여행자들이 흘러들어오고 흘러나간다.
카오산로드는 여행이 시작되는 곳이면서 동시에 끝나는 곳이다.
카오산로드에서 여행은 일상이 된다.

Landmark * 카오산로드

『On the Road』를 읽고 카오산로드에 가보고 싶다고 말하는 독자가 많았다. 실제로 다녀왔다는 사람도 적지 않다. 카오산에 다녀온 소감은 대개 둘 중 하나다.

"정말 좋았어!"

"실망이야!"

어떤 독자는 이렇게 말했다. "무슨 여행서가 이렇게 불친절해요? 카오산로드에 가는 방법도 없잖아요!"

카오산에 실망한 독자들에게 묻고 싶다. 왜 그곳에 가려고 했는지, 그곳에서 보고 싶었던 것이 과연 무엇인지? 내가 카오산로드에 끌린 것은 그곳에서 폭발할 것처럼 터져나오는 여행의 에너지 때문이었다. 그 외의 카오산로드는 정신없이 혼잡하거나 시끄럽고, 술집과 가게만 즐비한 곳일 수도 있다. 하지만 이런 모습조차 카오산의 일부다.

내 친구 중 하나는 카오산에 가면 배낭여행자들의 행렬을 꼭 보고 싶다고 했다. 카오산로드에는 매일 태국의 여러 지역으로 출발하는 야간버스가 있다. 친구가 보고 싶어 한 행렬은, 버스 출발시간에 맞춰 단체로 이동하는, 마치 행군을 하는 듯한 여행자들의 모습이다. 하긴 나도 그 모습을 보면, 예나 지금이나 가슴이 벌렁거린다. 카오산에선 매일 반복되는 장면이니 이제는 식상할 만도 한데 말이다. 그들의 배낭 때문이다. 모두 앞뒤로 메고 있는 커다란 배낭은 영원히 변치 않을 자유의 상징이다.

그대가 걷는 길이 카오산로드다

1년 정도 지났을까? 다시 카오산로드에 왔다. 카오산에 올 때마다 느끼는 거지만, 카오산에는 '가는' 게 아니라 '돌아오는' 것 같다. 카오산은 내 여행의 홈타운 같은 곳이다.

하지만 오늘 저녁 카오산거리엔 여행자보다 노점상과 장사꾼이 더 많다. 놀이공원에나 있을 법한 요상한 자전거를 탄 '반짝이 남자'까지 카오산을 누빈다. 저녁시간이라곤 해도 노점상은 전과 비교할 수 없을 만큼 늘어났다. 풍선도 팔고 장난감도 판다. 우리나라 지하철 노점상처럼 돈 되는 물건은 죄다 가져다 판다.

"카오산로드가 변질돼가는구나."

누군가 카오산로드를 탓하는 소리가 귓전을 왕왕 울린다. 한때 나도 그랬다. 카오산로드가 내가 원하는 모습 그대로 남아 있기를 기대한 시절이 있다.

하지만 세상의 모든 것은 변해간다. 카오산도 예외일 수 없다. 여행에 지친 몸만 누이면 그만이었던 값싼 게스트하우스 일색의 카오산에 수영장과 스파를 갖춘 부티크호텔이 들어선 것은 이미 오래전 일이다. 맥도날드와 스타벅스도 들어왔고, 대형 클럽도 문을 열었다. 이제 카오산에는 가난한 외국인 여행자들뿐만 아니라 가족 단위 여행자들도 보이고, '힙한' 곳을 찾는 태국 10대, 20대도 많아졌다.

어떤 이들은 카오산로드에 맥도날드가 생긴 것을 보고 "카오산도 이제 상업화 되었다"고 비아냥거린다. "순수했던 여행자들의 거리가 퇴색해버렸다"는 식이다. 『On the Road』를 읽고 카오산에 왔다가 실망했다고 말하는 독자들 역시 이와 비슷하게 생각할지 모르겠다. 얼핏 보면 온통 장사꾼들밖에 보이지 않으니 말이다.

하지만 맥도날드가 생긴 게 여행자가 걱정할 문제일까? 서울 어딘가에 맥도날드나 스타벅스가 생겼다고 그곳의 '상업화'를 걱정하나? 세계의 대도시 중 상업화되지 않은 곳이 있을까? 맥도날드는 거대자본의 흐름을 보여줄 뿐이다. 사실 배낭여행 자체도 자본주의의 산물이다. 배낭을 메건 캐리어를 끌건 소비적 행위라는 점에선 다르지 않다. 자본주의적 생활방식은 이제 전지구적인 범위로 퍼져간다. 카오산뿐만 아니라 태국이, 세계가 급격하게 변해간다. 카오산로드와 배낭여행 역시 자본주의라는 큰 흐름 안에 연결점을 갖는다.

카오산이 변화를 겪은 것은 사실이나, 모든 것은 변하기 마련이다. 물론 변화를 바람직한 방향으로 이끄는 건 또 다른 문제지만, 카오산이 여행자들의 바람대로 변화의 예외일 수는 없다. 한 가지는 분명하다. 카오산이 제아무리 팽창하고 변해가도 이 거리에서 여행자들의 모습이 사라지는 일은 없을 것이다.

최근 카오산에는 중국 여행자가 대거 등장하기 시작했다. 10년 전에는 전혀 볼 수 없었던 모습이다. 카오산이 변하듯 카오산을 찾는 여행자도 변하고 있다. 나도 당신도 변할 것이다. 카오산이 변하듯 청춘도 어느 순간 지나간다. 그러니 변하는 것을 안쓰러워하기보다는 내 삶에서 변하지 않을 무언가를 찾는 수밖에.

나는 카오산을 떠올릴 때마다 어떤 정신, 에너지 같은 게 느껴진다. 여행에 대한 열정, 여행에 대한 로망이다. 때로는 나와 비슷한 처지의 여행자를 보며 위로받는다. 그렇다면 내 마음속의 카오산로드는 단지 방콕 북서쪽 방람푸의 좁은 거리만을 말하는 게 아니다. 내가 길을 나섰을 때 내가 걷는 그 길이 바로 카오산로드다.

청춘이 지나기 전에

'다른 곳'은 공간에 있어서 미래다. '다른 곳'과 '내일' 속에 담겨 있는 측정할 수 없는 잠재력은 모든 젊은 가슴들을 뛰게 한다. 떠난다, 문을 연다, 깨어 일어난다, 라는 동사들 속에는 청춘이 지피는 불이 담겨 있다. 이것은 모든 젊은 사람이 가지는 최초의 욕망이다.

— 『행복의 충격』, 김화영

몇 년 전 다큐멘터리 〈On the Road〉의 기획안 맨 앞줄에 인용했던 글이다. 〈On the Road〉는 이 네 줄의 문장에서 싹이 텄고, 카오산이라는 이 좁은 거리는 내 인생을 제법 바꾸어놓았다. 글을 쓰며 살게 되었고, 내 집이라 할 곳도 마련했다.

하지만 어느새 마흔이 넘었다. 더 이상 스무 살 청춘이 여행을 하면서 느끼는 것과 같은 감정을 가질 수는 없다. 어쩌면 그게 어떤 감정인지조차 조금씩 잊어가는지 모른다. 하지만 누구의 청춘이 그렇지 않으랴. 그렇다고 스무 살의 여행이 지금 나의 여행보다 낫거나 부족하다는 말은 아니다. 단지 다르다.

내가 처음 여행을 하기 시작한 것은 스물일곱 살 때였다. 30대 중반 때만 해도 나는 내가 청춘인 줄 알았다. 하지만 이제 청춘은 고사하고, 내게 남은 시간이 얼마 되지 않은 것 같은 조바심이 인다.

여행을 하는 데 나이는 상관없지만, 무엇을 느끼는가는 나이에 따라 다르다. 지금 여행을 하는 느낌과 스물일곱 살 때 여행을 하는 느낌은 다르다. 스물일곱에 '청춘의 여행'을 한다면 이제는 '마흔의 여행'을 한다.

나는 이제 무엇을 봐야겠다고, 어디에 가야겠다고 안달하는 게 덜해졌다. 무엇을 보지 못하면 다음에 와야지, 사진을 찍지 못하면 마음에 담아야지, 순순히 수긍한다. 안달은 한국에서 하는 것만으로 충분하다. 길 위에서 지금 이 시간을 즐기려 한다. 허름한 게스트하우스가 아닌 웬만큼 좋은 숙소에 묵고 좋은 음식을 먹을 수 있는 형편은 마흔의 덕이다.

얼마 전 상하이에 갔을 때다. 공항으로 가기 전에 두 시간이 남았다. 마침 숙소에서 멀지 않은 곳에 상하이국립박물관이 있었다. 여기가 좋겠다 싶어 택시를 잡아타고 박물관으로 갔다. 하지만 그날 난 박물관에 들어가지 않았다. 누군가를 기다리기라도 하는 것처럼 박물관 앞 너른 계단에 앉아 두 시간을 보냈다.

특별한 일은 없었다. 오가는 사람을 살피고 구경했을 뿐이다. 아이를 데리고 나온 젊은 부부, 난간에 걸터앉아 장난치는 여고생들, 어느 연예인의 기일에 맞춰 플래카드를 들고 모인 팬클럽 회원들…… 상하이의 보통사람들이 거기 있었다.

이제는 안다. 지금 당장은 아무것도 하지 않은 듯 보이지만, 이 순간은 이 순간대로 의미가 있다는 것을. 그러니 조급하게 굴지 말고 이 순간을 즐기라. 요즘 내가 자주 되뇌는 말이다.

배낭여행은 대개 청춘의 전유물처럼 여겨진다. 하지만 배낭여행은 중장년 여행자들에게 더 잘 어울리는지도 모른다. 낯선 세상을 받아들이는 깊이가 오로지 나이에 따라 달라진다고 할 순 없지만, 여행을 하면서 다른 세상을 대하는 시선만은 연륜에 따라 달라질 수 있기 때문이다. 그래서 마흔의 여행이 좋다.

길 위에서 여행자들이 보는 것은 모두 다르다. 여행자로서의 나를 규정하는 데 이름, 성별, 국적, 나이, 출신학교 같은 건 큰 상관이 없다. 내가 어느 길 위에서 오늘 무엇을 느꼈는지가 여행자 박준을 말해준다.

나는 간혹 달랑 지도만 들고 숙소를 나선다. 진리는 나를 자유케 하지만 정보는 나를 옭아매기 십상이다. 때로 가이드북은, 자유로운 영혼이고 싶은 여행자를 가이드북의 동선 안에서 패키지관광객처럼 만들어버린다. 1990년대 후반에는 정보의 질을 떠나 정보 자체가 귀했다. 정보를 구하느라 하이텔 단말기 앞에 앉아 밤을 지새웠다. 요즘은 정보가 너무 많아 문제다. 정보는 여행을 카피하게 만든다. 게다가 그 정보가 다 양질인 것도 아니다. 가이드북도 마찬가지다.

카오산로드에서는 어디를 가나 가이드북 『론니플래닛』을 판다. 무일푼의 20대 히피 여행자 부부에게 천문학적인 부를 안겨준 책이다. 두 사람은 여행에 대한 열정을 세계적인 비즈니스로 연결시켰다. 카오산 어디에나 『론니플래닛』은 잔뜩 쌓여 있다. 마치 '론니플래닛 제국' 같다.

제국의 신민으로서 거의 모든 서양 배낭여행자는 『론니플래닛』을 금과옥조처럼 따른다. 그들은 『론니플래닛』이 제시하는 대로 여행을 한다. 똑같은 관광지를 찾아가고, 똑같은 식당에서 밥을 먹고, 똑같은 바에서 술을 마신다. 한때 나도 그랬다. 60리터짜리 커다란 배낭을 짊어진 여행자들이라고 하기엔 그 '똑같은 일정'이 이상하지 않은가? 『론니플래닛』의 역설이다.

나는 새벽녘 인적 드문 카오산을 좋아한다. 하루 중 카오산이 유일하게 고요할 때다. 공기마저 선선하다. 이제 막 카오산에 도착한 여행자가 배낭을 둘러멘 채 숙소를 찾아 거리를 이리저리 갸웃댄다. 오렌지빛 가사를 입은 승려는 맨발로 탁발을 하고, 음식을 들고나온 아주머니는 공양을 한다. 카오산도 이렇게 청명할 수 있다.

나는 자주 한국을 떠나곤 했지만 공항의 유리창 너머 비행기를 볼 때마다, 우우웅 하는 비행기의 육중한 소음이 들려올 때마다 가벼운 흥분으로 달아오른다. 미지의 세계, 새로운 세계로 떠나는 흥분이다. 내가 향하는 그곳은 낙원과 같다. 김화영 교수의 글처럼 '떠난다, 문을 연다, 깨어 일어난다'는 청춘의 본령이다.

여행을 하며 보낸 하루하루의 시간은 내게도, 스무 살 청춘에게도 다시 돌아오지 않는다. 여행을 마친 후 직장을 갖고, 결혼을 하고, 가족을 이루면, 청춘과는 다른 인생의 단계에 있는 자신을 발견한다. 청춘은 이미 한참 지나버린 후다. 그러니 청춘의 시절에는 원하는 대로 여행을 즐겨라. 원하는 모든 것을 시도하라. 때로는 가이드북의 정형보다 방종이 더 유익하다. 청춘에겐 더욱 그렇다.

공간에 있어서 미래인 '다른 곳'은 청춘이 아닌 내 가슴도 뛰게 한다. 아니, 누구의 가슴이 뛰지 않겠는가. 청춘의 거리, 카오산로드의 도로변에 앉아 『행복의 충격』을 읽는다.

당신은 혹시 보았는가? 사람들의 가슴속에 자라나는 그 잘 익은 별을? 혹은 그 넘실거리는 바다를? 그때 나지막이 발음해보라. "청춘." 그 말 속에 부는 바람소리가 당신의 영혼에 폭풍을 몰고 올 때까지.

— 『행복의 충격』, 김화영

마흔이 넘어도 그 폭풍에는 언제든 몸을 맡기고 싶다. 나지막이
말해본다. 청춘.

'여기에 산다'는

여 행

야쿠시마는 시간을 초월한 섬이다.
오늘이 지나면 내일이 오고 내일이 지나면 다시 오늘이 온다.
이 섬에서 시간은 날마다 돌아온다.

Landmark * 야쿠시마

8월 20일 오후 1시 10분, 가고시마에서 쾌속선 토피를 탔다. 한 시간 후 토피는 규슈의 최남단 지점을 통과한다. 앞으로 두 시간 반을 더 가야 한다. 가고시마에서 남쪽으로 100킬로미터 떨어진 야쿠시마에 가는 길이다. 일본어 '시마'는 '섬'이란 뜻이다.

　야쿠시마는 규슈와 오키나와 사이 일본 열도의 남쪽 끝에 위치한다. 한마디로 본토에서 너무 멀다. 애니메이션 〈원령공주〉의 배경으로 유명하다. 면적은 제주도의 5분의 1 정도밖에 안 되지만 대부분이 산악지대다. 야쿠시마 한가운데 있는 미야노우라산은 규슈 지방에서도 가장 높다. 거친 지형의 산들로 꽁꽁 둘러싸인 덕분에 원시림이 고스란히 남아 있는 이곳은 세계 최대의 삼나무 군락지를 자랑한다.

　야쿠시마에서 제일 유명한 건 조몬삼나무다. 야쿠시마를 몰랐을 때 야쿠시마에 무슨 오래된 삼나무가 있다길래 나는 지레 몇백 년쯤 됐을 거라 생각했다. 그런데 7,200년이란다! '조몬'이란 말은 신석기시대를 뜻하고, 그때의 삼나무가 지금까지 야쿠시마에 살아 있다는 것이다. 그것도 둘레 43미터, 높이 30미터의 거목으로 어른 스물두 명이 팔을 벌리고 늘어서야 겨우 감싸 안을 정도란다.

　7,200년이라…… 숫자를 중얼거리기는 쉽지만, 7,200년은 인류가 지구 상에 출현한 후 지금까지 살아온 시간이다. 그 영겁의 시간

동안 조몬삼나무는 야쿠시마에서 살아왔다. 내가 야쿠시마에 가는 것도 조몬삼나무 때문이지만, 그렇다고 인류의 역사나 나무의 생태에 별난 관심을 가진 건 아니다. 다만 7,200년이란 시간을 느껴보고 싶다.

가고시마를 떠난 지 세 시간 반 만에 야쿠시마가 모습을 드러낸다. 드디어 도착했다. 야쿠시마 잇소항엔 솜털구름이 둥둥 떠 있고, 날씨는 더할 나위 없이 화창하다. 그런데 유독 미야노우라산은 구름에 가렸다.

"산이 워낙 높아 정상엔 항상 구름이 끼어 있어요. 미야노우라산의 정상을 선명하게 볼 수 있는 건 1년에 채 며칠이 안 돼요. 여기 와서 미야노우라산 정상을 보면 정말 운이 좋은 거예요."

여행 안내소 직원이 상냥하게 설명해준다. 호객 나온 여자를 따라가 차를 빌렸다. 섬을 한 바퀴 도는 일주 도로를 무작정 달리다 보니 '민박 2,000엔' 간판이 눈에 띈다. 민박집이라곤 해도 일본에서 2,000엔짜리 숙소는 처음 본다. 우리나라 민박집과 비슷하다. 좁은 복도 사이로 방이 네 개 있고, 화장실과 욕실은 함께 쓴다. 다른 방은 모두 등산복 차림의 20~30대 남자들이다. 모두 조용조용하다. 일본 남자들답다.

"필요한 게 있으면 말만 하세요!"

일본 남자 같지 않은 주인아저씨만 시원시원하고 터프하다. 아침에는 토스트나 밥을 준비해놓을 테니, 다른 손님 음식만 빼고 뭐든 냉장고에서 꺼내 먹으란다. 이 아저씨, 완전 한국 스타일이다. 그는 나를 한국에서 온 신문기자쯤으로 여기는 눈치다. 한국 사람이 좀체 찾지 않는 곳이어서 그런가? 어쨌거나 편안한 숙소를 구했다.

조몬삼나무를 볼 수 있을까

가고시마에서 네 시간 가까이 쾌속선을 타고 온 이곳에서도 조몬삼나무를 찾아가는 길은 쉽지 않다. 민박집 아저씨도 3년 전에 간 게 마지막이란다. 하긴 산책하듯 다녀올 수 있는 길이 아니다. 차를 타고 미야노우라산 중턱까지 올라간 다음, 그곳에서부터 다시 네 시간 반 정도 산을 올라가야 한다는데, 돌아오는 시간까지 계산하면 꼬박 아홉 시간이다.

이틀 후 이른 아침, 시라타니계곡을 향해 길을 나선다. 어제도 조몬삼나무를 보러 가려고 민박집을 나섰지만 갑자기 쏟아진 비 때문에 발길을 돌렸다. 희한한 게 산 밑에선 햇빛이 쨍쨍한데 산으로 들어서기만 하면 비가 쏟아진다. 결국 올라갔다가 내려갔다가, 다시 올라갔다가 내려가기를 두 번 반복하고서야, 오늘은 날이 아니구나, 포기해버렸다.

아니나 다를까, 오늘도 따가운 햇볕에 환호하며 민박집을 나섰는데, 산의 초입에 들어서자마자 하늘이 어두워진다. 하지만 오늘도 되돌아갈 수는 없으니 갈 수 있는 데까지 가봐야겠다. 우의를 꺼내입고 주차장 부근 다리를 건너자 본격적으로 숲이 시작된다. 산을 오른다기보다 깊은 숲 속으로 들어가는 기분이다. 야쿠시마는 작은 섬이지만 숲으로만 들어가면 첩첩산중이다. 게다가 점점 어두워진다. 비가 내리는 탓에 인적도 드물어 간간이 마주치는 등산객이 유난히 반갑다.

얼마나 걸었을까? 폭우가 아닌 게 다행이지만 빗줄기는 점점 굵어진다. 나는 어느새 깊은 산 속의 으슥한 골짜기에 들어왔다. 돌아가야 하나? 커다란 나무의 구멍난 밑동 안에서 비를 피해 보지만 별소용이 없다. 얼굴 위로 빗물은 흐르지만 비와 안개, 빛과 어둠이 어우러진 숲은 묘한 기운을 내뿜는다. 그때 알았다. 숲에선 비를 맞는게 자연스럽다는 걸. 숲에서 비를 맞는 사람을 보고 안 됐다고 말하는 건 숲에서 비를 한 번도 맞아본 적이 없는 사람의 착각이다. 시원하고 상쾌하기까지 하다. 나도 모르게 히죽히죽 웃게 된다. 숲이 날해칠 것 같진 않다. 풀과 나무 사이로 햇빛이 내 얼굴을 비춘다. 이젠 비를 맞아도 괜찮을 것 같다.

비가 그치고 다시 한 시간을 걸었다. 앞서거니 뒤서거니 하던 사람들의 인적은 끊기고, 거대한 삼나무가 하나둘 모습을 드러내기 시작한다. 이름도 다양하다. 세뿌리삼나무(1,100년), 모자삼나무(2,600년), 하늘기둥삼나무(1,500년)…… 야쿠시마에서는 조몬삼나무 때문에 1,000년, 2,000년 된 삼나무는 대수롭지 않게 여겨진다. 하

지만 2,000년을 살아온 삼나무라면, 기원후 20세기 동안 인류와 함께 살아왔다는 뜻이다.

다시 한참을 걸었다. 푸른 이끼가 온몸을 감싼 나무, 뿌리와 줄기를 구별할 수 없는 나무들이 나타난다. 빗소리를 들으며 나무들 사이로 흘러간다. 한 나무 위로 다른 나무가, 그 나무 위로 크고 작은 나무가 얽혀 있다. 누운 나무도 있고, 거꾸로 선 나무도 있다. 쓰러진 나무 위로 잎이 나니 죽은 나무와 산 나무가 푸르게 어우러진다.

껍질이 흡사 뱀 같은 뱀무늬삼나무의 뿌리가 통째로 뽑혔다. 뿌리가 땅 위로 솟아 있는 나무 밑동에 기대어 거대한 삼나무를 올려다본다. 이걸 나무라고 할 수 있을까? 생사는 아랑곳없이 뱀무늬삼나무의 꼭대기 줄기엔 작고 여린 식물들이 자란다. 쓰러진 삼나무는 편안해 보인다. 고통스럽지도, 못 다한 생에 미련이 있지도 않아 보인다.

고요한 정적이 삼나무를 감싸지만 난 왠지 가슴이 저려온다. 마치 내 운명을 본 것 같다. 당장에라도 뿌리가 움직일 것 같은 나무 밑에서 비를 고스란히 맞는다. 수천 년 된 삼나무숲을 싱그럽게 적시는 빗줄기 속에 내가 있다. 묘한 기분이다. 여기는 어디인가? 물속 깊숙이 가라앉듯 내 몸이 어디론가 빨려 들어간다.

무언가 가볍게 쏠리거나 맞닿는 소리가 난다. 쓰러진 나무에서 꽃들이 피어나기 시작한다. 나무며 풀이며 바위, 숲 속의 모든 존재가 갑자기 스멀스멀 살아 움직인다. 풀과 나무가 소리친다.

나뭇가지 하나에, 돌 하나에, 꽃 하나에 깃든 정령들이 신비한 소년 소녀처럼 춤을 춘다.

난 뒷걸음질 친다. 여긴 인간의 영역이 아니다. 정령들의 숲이다. 나무와 풀에 떨어지는 빗줄기 소리, 알 수 없는 곤충들의 소리가 들려온다. 어디선가 살랑거리듯 불어오는 바람이 날 어루만진다. 내가 여기 있다. 내가 여기 숨 쉬며 살아 있다. 나는 어느새 숲의 일부가 된다.

좁고 어두운 숲 속에서 나는 알았다. 내가 어떤 질서에 속해 있다는 것을. 하찮은 미물일 뿐이다. 고개를 숙이지 않을 수 없다. 숲의 정령, 지구의 주인에게.

나는 그날 끝내 조몬삼나무를 보지 못했다. 빗줄기는 굵어지고, 다리는 풀렸다. 이만하면 됐다. 조몬삼나무 속에서 수많은 풀과 나무가 자라고 죽었다. 한 그루 나무 안에 7,200년의 시간이 담겼다는 것을 안 것으로 충분하다.

'인간의 시간'이 아닌 '조몬삼나무의 시간'을 마음에 품기로 한다. 인간은 태어나서 죽을 때까지 직선적인 시간을 살지만 지구는 앞으로 나아가지 않는다. 자전을 하며 낮과 밤이 반복되고, 공전을 하며 사계절이 반복되는 것처럼, 앞으로 몇백 몇천 년이 지나도 지구는 돌고 또 돌 뿐이다. 조몬삼나무는 알려준다. 오늘에서 내일로 흐르는 시간뿐만 아니라, 순환적인 시간도 있다는 걸……

산에서 내려온 다음 날은 하루종일 잇소비치에서 수영을 하며 시간을 보냈다. 강한 햇살에 눈이 부시다. 휴가철인데도 사람은 거의 없다. 종일 비를 맞으며 숲 속을 걸었던 기억이 아주 오래전 일 같다. 산 쪽을 올려다보면 숲 속에 있을 때 느낌이 슬며시 되살아난다. 기분 좋기도 하고, 무섭기도 하다. 조몬삼나무숲은 인간을 초월하지만 압도하지는 않았다. 오히려 숲의 짙푸른 기운이 나를 위로하는 것 같았다.

나는 오랜 시간 세계를 부유하며 살았다. 아마 앞으로도 많은 시간을 그렇게 보낼 것이다. 하지만 언젠가는 끝이 나겠지. 나이가 들어 몸이 아프거나, 더 이상 움직일 수 없거나, 가족 때문이건 돈 때문이건 이유가 무엇이든, 언젠가는 더 이상 그런 생활을 할 수 없는 날이 올 것이다.

조몬삼나무 숲에서 난 어떤 끝을 보았다. 지금은 그 시간을 담담히 맞고 싶을 뿐이다. 내가 더 이상 돌아다닐 수 없게 되었을 때, 내가 세상을 돌아다닌 시간은 아련한 추억이 되어 나를 웃게 해줄 것이다.

서른아홉에 도쿄에서 야쿠시마로 이주한 후 시인이자 농부로서 25년을 살다 간 야마오 산세이 선생은 『여기에 사는 즐거움』에서 이렇게 말했다.

지구를 제집처럼 돌아다니며 목숨을 걸고 배우는 것도 의미 있는 삶의 방식의 하나다. 하지만 그런 삶을 대다수인 우리가, 더욱이 일생동안 계속할 수는 없다. 인생의 어느 시기에 배움과 동경의 여행은 끝나고, 여기에 사는 게 시작된다. 여기에 산다고 하는 것은 인생여행의 참다운 시작이다.

여기에 산다는 것은 '여기에 사는 슬픔과 괴로움'을 받아 안는 일이다. 어쩌면 살아 있는 모든 생명은 가엾고 불쌍할지 모른다. 산세이 선생이 내게 위로의 말을 건넨다.

여기에 산다고 하는 것은 호화로운 즐거움을 찾는 게 아니다. 그런 즐거움이 있어도 물론 나쁘지 않다. 그러나 내게는 일상 속에서 계속되는 즐거움이야말로 가장 좋다.
좋은 땔감을 때면 자연스레 불길도 좋다. 좋은 기분으로 불을 때면 저절로 좋은 불길이 생긴다. 그날은 손수 골라온 좋은 땔감으로, 그리고 좋은 기분으로 불을 지폈기 때문에 흔히 볼 수 없는 불길이 조용히 타올랐다. 겨우 목욕물을 데우는 일 뿐이기는 하지만, 그런 불을 바라보고 있으면 인생은 완벽하고 무엇 하나 부족한 것이 없는 듯 느껴지곤 한다.

여기는

아프리카일까

유럽일까

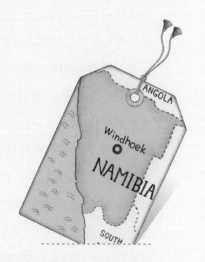

때로는 붉은빛, 때로는 오렌지빛이나 황금빛이다.
넋을 놓고 나미브 사막을 바라보았다. 숨이 막혔다.
지구가 아닌 듯한 풍광에 이유도 모른 채 서러웠다.
나미브 사막은 감정을 극한으로 몰고 갔다.

Landmark ✳ 나미브 사막

오랫동안 사막이 그리웠다. 사막은 세상의 종점이었다. 사막으로 가고자 했을 때 더 이상 나아갈 수 없는 세상의 끝을 보고 싶었다.

나미브 사막은 남아프리카의 나미비아에 있다. 나미비아? 원주민 말로 '대평원'이다. 나미비아는 우리나라보다 여덟 배 크지만 인구는 230만 명에 불과하고, 국토 대부분은 사막이다. 사막으로 가기 위해 내가 선택한 수단은 트럭이다. 일명 '트러킹Trucking'이다. 내가 선택한 트러킹 여행사는 '노매드 어드벤처 투어Nomad Adventure Tour', 결과적으로 매우 만족스러웠다.

출발점은 남아프리카의 케이프타운, 도착점은 나미비아의 스와코프문드다. 일주일 동안 2,100킬로미터를 이동한다. 관광객 열네 명에 가이드, 운전사, 셰프까지 일행은 모두 열일곱 명이다. 독일, 네덜란드, 오스트레일리아, 캐나다, 한국 그리고 전직 외교관, 의사, IT 엔지니어, 컨설턴트, 박사 과정 학생 등 국적도 직업도 다양하다. 고생스러울 것 같은 트러킹이니 20대가 많을 거라고 지레짐작한 건 오해였다. 일행 중에는 70대인 피터 커플도 있다. 피터는 네덜란드 외교부에서 근무하다 정년퇴직 후 매년 아내와 전 세계를 여행한다. 내가 한국에서 왔다고 하니 그가 대뜸 묻는다.

"주한 독일 대사를 알아요? 그를 만나면 안부를 전해줘요."

낯선 이름만큼 나미비아는 낯설다. 나미비아를 여행하며 내내 이런 생각을 했다. 여기가 어디지? 나미비아는 아프리카가 아니라, 지구가 아니라 다른 별 같다. 다큐멘터리에서 본 달의 모습과도 비슷했다.

트럭 타고 붉은 사막으로

트러킹 다섯째 날, 미명도 없는 새벽에 숙소를 나섰다. 오늘은 나미비아 여행의 하이라이트, 붉은 사막을 만나는 날이다.

"사막의 태양은 매우 뜨거워요. 하루에 3리터 이상의 물을 무조건 마셔야 해요. 그러지 않으면 금방 탈수증에 걸립니다. 목이 마르건 마르지 않건 하루에 무조건 3리터! 잊지 마세요!"

사막의 새벽은 차갑다. 한기에 몸을 움츠리니 절로 뜨거운 태양이 그리운데 가이드 테렌스는 탈수증을 걱정한다. 두 시간쯤 달렸을까. 어둠 속에서 동이 트고, 나미브 사막이 서서히 모습을 드러낸다. 드디어 왔다. 얼마나 꿈꿔왔던 곳인가. 정신없이 사진을 찍었다. 나는 점점 사막 속으로 빠져든다.

어느새 완연한 붉은 사막이 막막하게 펼쳐진다. 트럭은 붉은 사막을 가로지르며 일직선으로 달린다. 붉은 사막은 어느 순간 오렌지색 사막으로, 다시 붉은 사막으로 변신을 거듭한다. 눈이 시릴 만큼 아름다운 풍경이다. 드디어 45번 사구^{Dune 45}에 도착했다. 이름 그대로 거대하고 붉은 모래 언덕이다.

"카메라 조심해요!" 듄45를 오르기 위해 트럭에서 내리는 일행에게 테렌스가 한 번 더 주의를 준다. 고운 모래가 카메라를 순식간에 망가뜨리기 때문이다. 듄45는 나미브 사막의 수많은 사구 중 하나다. 높이는 150미터 정도. 끝없이 펼쳐진 사막 능선이 붉게 일렁이는 파도 같다. 한 장의 사진이 나를 여기까지 이끌었다. 어쩌면 색이 이렇게 노랗고 붉을까? 처음 듄45 사진을 봤을 때 참 의아했다. 실제로 와 보니 나미브 사막은 오렌지색을 넘어 붉은색에 가깝다. 햇볕을 받느냐 받지 않느냐에 따라 시시각각 밝거나 어둡다. 밝고 어두운 명암의 대비는 마치 사구 능선을 따라 선을 그어놓은 것 같다.

듄45를 오르기 시작했다. 처음에는 금방 올라갈 줄 알았다. 막상 오르다 보니 모래 속으로 발이 푹푹 빠지는데 걷는 게 여간 힘들지 않다. 자꾸 미끄러지니 속도는 못 내고 숨만 헉헉댔다. 모래 깊숙이 빠진 발을 빼기도 힘들다. 고새 잔꾀가 생긴다. 발바닥이 받는 힘을 최대한 줄이는 게 요령이라면 요령이다. 사막에서는 걷는 법도 새로 배운다.

30분 정도 지났을까. 드디어 사방이 보이는 능선에 섰다. 붉은 바다가 넘실거리는 것 같기도 하고, 얼핏 아무것도 없이 텅 빈 세상 같기도 하다. 태초의 세상 같은 이 아름다움을 어떻게 말해야 할지 난 모르겠다. 사구 밑을 내려다보니 우리가 타고 온 트럭이 성냥갑 같다.

나미브 사막은 사하라 사막보다 오래됐다. 대략 500만 년 전에 생성된 것으로 추정되고, 면적은 우리나라의 1.5배다. 나미브 사막의 어떤 사구 높이는 300미터, 길이는 32킬로미터에 달한다. 듄 45처럼 고유 번호를 가진 사구만 150개가 있다. 세계에서 제일 높은 사구, 세계에서 두 번째로 긴 사구도 여기 있다.

불타는 듯한 사막, 햇볕에 그을린 듯한 오렌지색 사구는 바람의 방향에 따라 시시각각 변신한다. 바람은 파도가 되어 사막에 층층이 물결을 남긴다. 늘 똑같을 것 같은 나미브 사막은 실상 언제나 다른 모습이다. 나미브 사막에 온 누군가가 지금 보는 사막은 찰나의 모습일 뿐 바람이 불면 금방 달라진다. 나미브 사막은 모든 방문객에게 매 순간 자신만 볼 수 있는 풍경을 선물한다. 나는 오늘 듄45에 왔고 내 발자국을 듄45에 남겼다. 하지만 내일 새벽 내 발자국은 사라진다. 내일 아침 듄45를 오르는 사람은 오늘과는 다른 듄45를 보게 된다.

사막은 파라다이스

사막에선 어떤 생명체도 살아갈 수 없겠지? 나미브 사막에 오기 전 나는 사막을 불모지로 여겼다. 하지만 예상과 다르게 지구 상에서 가장 척박한 땅이라는 나미브 사막에선 제법 많은 생물이 살아간다. 사막 풍토에 적응한 생명들이다. 곤충 같은 절지동물과 물을 조금만 먹고도 살 수 있는 미어캣, 도마뱀, 그리고 오릭스(큰 영양)와 스프링복처럼 큰 동물도 사막의 식구들이다. 어디선가는 '사막 코끼리'도 산다. 지금은 찾아보기 힘들지만 1930년대 중반까지 나미브 사막에선 아프리칸 사자도 흔히 볼 수 있었다. 사막은 이들에게 편안한 집이다.

사막의 생명들은 사막에서 살아남기 위해 여러 생존법을 익혔다. 나미브 사막 딱정벌레는 해가 뜨기 전에 모래 밖으로 기어 나오고, 낮에는 작열하는 태양을 피해 모래 속에서 쉰다. 겉날개에는 0.5~1mm 간격으로 울퉁불퉁한 돌기가 나 있다. 딱정벌레는 이른 아침 대서양을 향해 몸을 숙여 큰 일교차로 인해 생긴 안개를 온몸으로 맞는다. 겉날개에 맺힌 수분은 점차 물방울이 되어 돌기 사이로 흘러내리고, 딱정벌레는 이를 받아 마신다. 일 년 내내 비가 내리지 않아도 딱정벌레가 사막에서 살 수 있는 이유다. 이런 이유로 나미비아 딱정벌레의 또 다른 이름은 '안개 딱정벌레fog beetle'다. 딱정벌레의 또 다른 종은 수분을 얻기 위해 거미집을 만들고, 그 위에 맺힌 수분을 빨아먹는다. 또 개처럼 생긴 '검은등자칼'은 돌에 묻어있는 수분을 핥아서 섭취한다.

사막에는 식물도 산다. 사막 식물의 뿌리는 깊다. 어디서든 물을 끌어와야 하기 때문이다. 카멜톤 나무Camelthorn tree의 뿌리는 35미터에 달한다. 어느 식물의 뿌리는 키보다 열 배 정도 길다.

퀴버 나무Quiver tree는 싹을 틔우고 20~30년 후에 꽃이 피는데 수명이 300년에 달한다. 비결은 몸 안에 물을 저장하는 탱크를 가졌기 때문이다. 나미비아의 국가천연기념물이다. 더더욱 놀라운 식물은 '웰위치아Welwitchia'다. 나미브 사막에서만 자라는 웰위치아의 잎은 두 개뿐인데 끊임없이 자랄 뿐만 아니라 뿌리는 땅속 수백 미터까지 파고들며, 2천 년 이상 생존한다.

작열하는 태양을 피해 바짝 마른 나무 그림자로 잠시 몸을 숨겼을 때 또 다른 생명과 만난다. 새 둥지다. 새 둥지는 둥지인데 엄청나게 크다. 어느 정도냐면 수백 마리가 살 수 있을 정도다. '위버weaver'라는 새다. 이들이 떼 지어 사는 이유는 간단하다. 뱀을 피하기 위해서다. 암컷 위버가 신선한 둥지를 가진 수컷하고만 교미한다는 사실도 흥미롭다. 수컷은 암컷을 맞기 위해 종종 둥지를 허물고 다시 짓는다. 사막에서 살 수 있는 건 동식물만이 아니다. 사람도 사막에서 살았다. 남아프리카의 부시맨은 물 없이도 사막에서 살았다. 사막에서는 유난히 동식물에 눈길이 간다. 한 그루의 나무, 한 마리의 벌레가 치열하게 사는 모습이 경이롭기 때문이다.

일 년에 한 번 내리는 비는 소중하다. 사막을 촉촉이 적실 때 사막의 생명들은 한숨 놓을 것이다. 하지만 사막에 자주 비가 내리면 축복일까? 아니, 재앙이다. 사막에는 사막의 질서가 있다. 사막은 척박한 땅이 아니다. 죽음의 땅이거나 세상의 종점은 더더욱 아니다. 숱한 생명이 여기서 살아간다. 어느 생명에게 사막은 파라다이스다.

사막의 생물은 사막과 싸우지 않는다.

　내가 사막을 지레 세상의 종점으로 여긴 것처럼 많은 사람들이 아프리카를 어떻다고 지레 단정한다. 어쩌면 제일 먼저 동물의 왕국이 생각나고, 다음에는 검은 대륙, 비극의 땅, 기아, 내전, 소말리아, 전염병 같은 낱말이 그 뒤를 따를지도 모르겠다. 아프리카는 언제나 비극으로 소개된다. 거리에서 후원금을 모금하는 해외원조 단체들은 약속이라도 한 듯 아프리카 어린이들의 눈물을 보여준다. 불쌍하다. 시선을 바로 돌리게 된다.

　내가 아프리카에 간다고 하니 어느 친구는 이볼라를 걱정했다. 이볼라는 희귀하지만 치명적이다. 하지만 나는 남아프리카에 간다. 남아프리카에서 이볼라 발생지인 서아프리카의 기니나 라이베리아까지는 장장 7천 킬로미터 거리다. 아프리카는 나라가 아니라 대륙이다.

　'독수리와 소녀'란 사진이 있다. 워낙 충격적인 사진이었던 탓에 아직도 많은 사람이 기억한다. 94년 케빈 카터란 사진가에게 퓰리처상을 안겨준 사진이다. 갈비뼈를 앙상하게 드러난 흑인 꼬마 아이가 이마를 땅에 맞대고 있다. 이 정도야 아프리카의 기아를 얘기할 때 사람들이 흔히 떠올리는 모습이었다. 그런데 이 사진에는 독수리가 있었다. 아이 뒤편에 독수리 한 마리가 아이를 지켜보듯 가만히 앉아 있었다……. 이 사진은 바로 전 세계를 떠들썩하게 만든 뉴스가 되었다. 어마어마하게 크게 프린트되어 런던 히스로 공항에 걸렸고, 뉴욕 타임스 1면을 장식했다. 하지만 3개월 후 사진가는 자살한다. 당시 그의 나이는 서른셋이다.

일본인이지만 이 사건의 진상을 파헤친 후지와라 아키오 기자가 전한 진실은 싱겁다. 그는 『아프리카에서 온 그림엽서』란 책에서 케빈과 함께 현장에 있던 사진가를 만난 후 당시 상황을 이렇게 설명한다.

"엄마는 원조식량을 받느라 아이를 잠깐 땅바닥에 내려놓았고, 우연히 독수리가 아이 뒤에 내려앉았을 뿐이에요. 사람들은 왜 아이를 먼저 구하지 않았느냐 어쩌니 했지만 독수리는 사진을 찍은 후 바로 날아갔고, 바로 옆에는 아이 엄마가 있었어요!"

이 사진이 세계적으로 논쟁에 휩쓸리자 케빈은 이렇게 말했다. "나는 단지 내 사진이 신문에 실리는 게 좋아. 그뿐이야." 한편 케빈은 이미 '맨드락스'라는 마약 중독 상태였다. 그는 맨드락스를 먹었을 때야 자기를 자기답다고 느꼈던 모양이다. 그는 유서에 이렇게 썼다.

"나는 칠칠치 못한 인간이었다. 전부, 망쳐버렸다."

케빈과 그의 친구 조아오, 두 사람 모두 백인이다. 하지만 유럽 사람도 미국 사람도 아닌 아프리카 사람이다. 케빈은 백인이지만 남아프리카의 요하네스버그에서 태어났다. 조아오 역시 백인이지만 아프리카의 모잠비크에서 태어났고, 남아프리카에서 자랐다. 케빈과 조아오의 선조는 네덜란드나 포르투갈 같은 유럽 사람일 것이다. 케빈이나 조아오처럼 아프리카에서 태어난 백인들이 쓰는 말은 아프리칸스어다. 네덜란드어와 프랑스어, 현지 아프리카어가 뒤섞인 말이다. 후지와라 아키오는 묻는다.

"케빈과 조아오는 어느 나라 사람일까? 포르투갈 사람일까? 아니면 모잠비크 또는 남아프리카일까? 이들은 아프리카 사람일까, 유럽 사람일까?"

보통사람들의 선입견과 달리 아프리카에는 흑인들만 살지 않는다. 아프리카에는 '백인 아프리카 사람'도 많다.

아프리카의 독일

트러킹 여섯째 날, 남위 23° 27', 남회귀선을 통과했다. 태양이 가장 뜨겁게 내리쬔다는 곳이다. 황량했다. 허허벌판에 이정표만 덩그렇게 서 있다. "여기가 그 유명한 남회귀선이에요"하고 테렌스가 알려주지 않았으면 무심히 스치고 말 곳이다. 헨리 밀러의 소설,『남회귀선』과『북회귀선』이 생각난다. 그는 왜 하필 소설 제목으로 남회귀선을 썼을까? 나미브 사막 언저리를 지나며 마주한 남회귀선은 현대의 허망에서 벗어나는 관문 같다. 사람의 세상을 초월해버리는 지구의 모습을 슬쩍이라도 본 탓이다.

남회귀선을 지나 트럭은 어느 순간 바다에 다다랐다. 대서양, 드디어 왈비스 베이의 대서양 파도가 눈앞으로 밀려든다. 수많은 플라밍고가 비치를 장식한다.

그런데 여기는 또 어디지? 머리가 어지럽다. 모던하고 세련된 집들이 왈비스 베이를 따라 늘어선 모습은 유럽의 여느 휴양지 같다. 빨갛고, 노랗고 하얀 주택들이 저마다 독특한 디자인을 뽐낸다. 여기는 하와이라고 말해도 바로 수긍할 것 같다.

아프리카에 이런 집들도 있구나! 나는 아프리카를 한 달째 여행하고 있지만 여전히 아프리카에 대한 편견에서 벗어나지 못했다.

왈비스 베이에서 30킬로미터 떨어진 스와코프문드는 안젤리나 졸리와 브래드 피트 커플이 아기를 낳겠다고 왔던 소도시다. 도시의 서쪽은 대서양, 동쪽은 사막이다. 처음엔 두 사람이 왜 하필 이곳으로 왔는지 의아했다. 하지만 스와코프문드에서 며칠 시간을 보내자 그들을 이해할 것도 같다. 간단히 말하면 스와코프문드는 '작은 독일'이다. 아프리카에 와서 독일에 온 것 같은 기분을 느낄 줄이야! 거리의 집, 건물 모두 독일 스타일이다. 사람들이 쓰는 말도 독일어, 거리의 온갖 간판도 독일어다. 거리에는 흑인보다 백인이 더 많은 듯하다. 독일 관광객도 많다. 1883년에서 1915년까지 독일의 지배를 받았던 흔적이다. 중심가를 제외하면 거리를 오가는 사람은 적다. 적막한 독일의 소도시에서 아프리카 여행이 끝나간다.

문득 커피 생각이 나 숙소 매니저가 추천한 샘 누조마 거리에 있는 '빌리지 카페'를 찾았다. 놀랐다. 대부분 백인 손님이다. 아시아인은 나뿐이다. 그런데 난생처음 온 빌리지 카페가 낯설지 않다. 웬1일인가 싶었는데 아, 여기는 오래전 뉴욕의 이스트빌리지에서 자주 갔던 카페와 꼭 닮았다. 두 곳 모두 뒤뜰을 가졌고, 손님들의 자유분방한 분위기도 비슷하다. 나미비아에서 독일뿐만 아니라 뉴욕을 느낀다. 여기도 아프리카다.

샬롬,

이스라엘

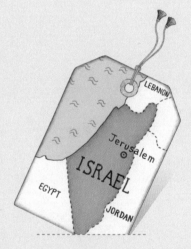

사막과 사해, 만년설, 지중해, 갈릴리, 그리고 텔아비브까지
국토는 작으나 지형과 기후, 문화는 매우 다채롭다.
부질없는 가정이지만, 분쟁만 없다면 이스라엘은 완벽한 여행지다.
이스라엘을 3일간 여행한다면
하루는 지중해, 하루는 사해, 하루는 사막에 갈 수 있다.

Landmark ✳ 텔아비브

"에스프레소 한 잔 주세요."

"오늘은 보통 커피밖에 없습니다. 샤밧(안식일)에는 에스프레소 머신을 쓰지 않거든요."

다른 곳도 아닌 인터콘티넨탈 호텔에서의 일이다. 안식일이면 인 터콘티넨탈 호텔의 한 엘리베이터는 모든 층에 멈춘다. 안식일에는 엘리베이터 버튼을 누르는 것조차 하느님의 뜻에 맞지 않는 행동으 로 여기기 때문이다. 세상에 이렇게나 가까이서 하느님을 영접하는 사람들이 또 있을까? 여기는 다름 아닌 이스라엘 텔아비브다.

아랍 국가들에 포위된 작은 섬

인천공항을 출발한 지 12시간 만에 텔아비브 벤 구리온 공항에 도착했다. 물리적 거리만큼 심정적 거리도 멀다. '이스라엘' 하면 제 일 먼저 귀밑으로 수염을 기르고, 검은색 옷을 입은 유대인이 떠올 랐다. '공산당 스타일'의 집단농장이자 생활공동체인 키부츠가 건재 한 것도 미스터리다.

나는 종교가 없으니 이스라엘 성지순례도 관심 없다. 게다가 팔 레스타인이 떠오른다. 유엔을 인용한 「국민일보」의 보도에 따르면,

"2014년 이스라엘군은 51일 동안 가자 지구를 6천 번 이상 공습, 5만 번 이상 폭격했고, 민간인 희생자의 3분의 1은 어린이였다." 물론 팔레스타인도 수천 발의 로켓과 박격포 사격으로 반격했다지만 과연 성능이 어느 정도인지는 모르겠다. 사정거리도 넘기지 못할 조악한 고철 덩어리가 그들의 로켓이기 십상이다.

이스라엘 처지도 간단치 않다. 남으론 이집트의 시나위 사막, 동으론 요르단, 북으론 시리아, 레바논과 국경을 마주한다. 모두 아랍 국가다. 서쪽으론 지중해 바다이니 더 이상 나아갈 곳도 없다. 겉으로 드러난 형세만 보면 이스라엘은 거대한 아랍 국가들에 포위된 작은 섬이다. 이래저래 숨이 꽉꽉 막힐 처지다.

한편 이스라엘에는 인터넷, 신문, 컴퓨터도 없는 유대인 마을이 있다. 아무리 '정통' 유대인이라 해도 인터넷을 안 하는 청춘이라니?! 이런 마을에서는 피임을 안 하기에 어떤 부부는 열 명씩 아이를 낳는다. 14세기 복장을 하고, 미간에 성경을 붙이고 산다. 성경에서 수염을 깎지 말라 했다고 해 수염을 기른다. 기도하고 순종하며 살겠다는 다짐만 보면 더 이상 독실할 수 없다. 그런데 그들은 무엇을 위해서 기도할까? 그들은 하느님의 뜻을 어떻게 이해했을까?

이스라엘 여행은 다소 무거운 마음으로 시작되었지만 한편 호무스Hummus 와 팔라펠felafel 을 맘껏 먹을 수 있으란 기대에 나는 들떴다. 방콕 카오산로드의 이스라엘 식당에서 처음 먹어본 음식들이다. 그저 호기심에 한 번 먹어본 건데 뜻밖에 내 입맛에 딱 맞았다. 그 후 카오산로드에 갈 때마다 호무스를 먹으러 갔다. 호무스는 이스라엘뿐만 아니라 중동 전역에서 매끼 절대 빠질 수 없는 소스이고, 팔라펠은 병아리콩과 여러 야채를 갈아 반죽해 둥글게 튀긴 것이다. 이스라엘을 여행하는 동안 나는 거의 매끼 호무스를 피타빵에 발라 걸신스럽게 먹었다.

소금꽃 바다, 사해

　새벽 5시, 잠에서 깼다. 여기는 예루살렘의 마운트 시온 호텔이다. 어젯밤 늦게 이스라엘에 왔지만 시차 따위는 잊고 한시라도 빨리 밖으로 나가고 싶었다. 여기가 정녕 예루살렘인지 잘 실감 나지 않는다. 어두운 올리브산 뒤편으로 붉은색 기운이 피어오른다. 예루살렘 성벽을 향해 무작정 걷기 시작한다. 20분쯤 걸었을까. 야포 게이트Yafo Gate가 나온다. 드디어 3천 년 고도, 예루살렘과 만났다. 미명 속의 예루살렘 구시가지 골목에선 네모난 돌을 쌓아 지은 건물들이 햇살을 받아 오렌지색으로 빛나기 시작한다. 야포 게이트에서 시온 게이트로 가는 길은 아르메니아인 지역이다. 예루살렘 구시가지 안에 아르메니아인이 살고 있다니? 알고 보니 구시가지 성벽 안에는 유대인 지역, 아르메니아인 지역뿐만 아니라 이슬람교 지역, 기독교인 지역도 있다. 하여간 예루살렘은 마호메트, 예수, 하느님,

351

이슬람교, 유대교, 기독교가 전부 뒤섞인 복잡한 도시다.

예루살렘은 흔히 세계 3대 종교의 성지로 불린다. 이를 모르는 사람은 거의 없다. 하지만 예루살렘 어디서나 볼 수 있는 예루살렘의 상징, 황금돔의 의미를 나 같은 외국인이 이해하긴 정말 어렵다.

예루살렘의 역사는 세계의 역사이지만 동시에 가난한 시골 마을의 연대기이다. 예루살렘은 한때 '세계의 중심'으로 여겨졌고, 오늘날은 더욱 그러하다. 예루살렘은 문명이 충돌하는 전장이자 신앙이 부딪치는 최전선이고, 세속적 매혹의 대상이며 인터넷 시대의 현기증 나는 음모론과 신화 만들기의 대상이자 24시간 뉴스 시대에 전 세계 카메라의 조명이 쏟아지는 무대이다.

『예루살렘 전기』의 저자 샤이먼 시백 몬티피오리는 예루살렘을 이렇게 묘사한다. 그의 설명을 들어도 여전히 예루살렘을 이해하기란 어렵다. 나로선 예루살렘에서 고작 '테필린Tefillin'의 종류만큼이나 테필린 가격이 다양하단 사실을 알았을 뿐이다. 테필린은 유대인들이 팔에 꽁꽁 감고 다니는 성경이다. 아마 부유한 유럽계 유대인은 비싼 테필린을, 가난한 에티오피아계 유대인은 값싼 테필린을 사는 모양이다.『예루살렘 전기』의 저자 샤이먼 시백 몬티피오리는 팔레스타인 역사가 나즈미 알 주베의 말을 인용해 이렇게 말했다.

예루살렘에서 진실은 신화보다 중요하지 않다. 예루살렘에서는 사실의 역사에 대해 묻지 마라. 허구를 빼면 아무것도 남지 않기 때문이다.

　나즈미는 예루살렘의 역사를 전부 '허구'라고 일갈했다. 도시의 역사로만 치자면 세상에서 가장 복잡한 도시일지 모른다. 샤이먼은 900페이지에 달하는 '예루살렘의 일대기'를 썼다. 그에게 예루살렘은 살아 숨 쉬고, 투쟁하고, 음모를 벌이는 인간이다. 너는 무조건 내 것이라고 선언하고, 이에 반발하면 총칼을 들이댄다. 예루살렘의 역사는 반복적으로 왜곡되고, 이를 위해 고고학자와 군인이 동원되었다. 예루살렘의 역사가 전부 허구라면 이스라엘의 역사 역시 허구다. 어쩌면 샤이먼 역시 또 하나의 허구와 신화를 만들었는지 모른다. 역사는 존재하지만 무엇이 진실한 역사인지는 알 수 없다. 가슴이 답답하다.

　답답한 예루살렘을 벗어나 동쪽으로 달린다. 어떤 생명체도 살지 못할 듯 삭막하고 건조한 풍광이 펼쳐진다. 이스라엘에서 가장 보고 싶었던 곳이다. '유대광야'라 불리는 암석사막이다. 예로부터 하느님께 몸을 바치려는 사람들에게 광야는 이상적인 장소였다. 광야는 더없이 황폐하고 쓸쓸한 땅이기 때문이다. 수도자들은 광야의 절벽을 깎고 수도원을 만들고 기도했다. 예수가 40일간 금식하고, 악마의 시험을 받으며 깨달은 곳도 바로 유대광야다. 예수는 광야에서

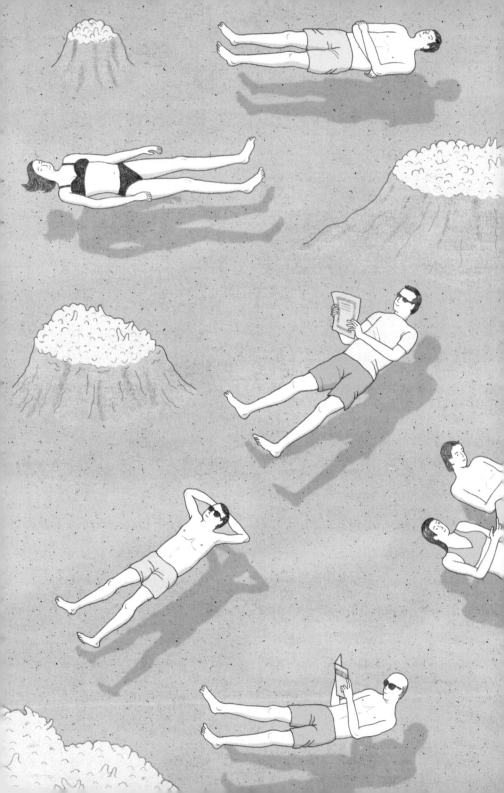

무슨 꿈을 꾸었을까.

광야의 끝에 사해가 나타난다. 해발 820미터의 예루살렘에서 해발 마이너스 423미터의 지하세계로 하강한다. 사해 가는 길은 해저로 내려가는 길이다. 지구 상에서 사람이 사는 곳 중 가장 낮은 곳이 사해다. '죽은 바다'란 무서운 이름과 달리 사해는 곱디고운 옥빛이다. 색이 너무 예뻐 깜짝 놀랐다. 죽음의 색이 이런 거라면 지구 상에서 죽음이 가장 매혹적인 곳이 사해일지도 모르겠다.

사해는 이스라엘 여행에서 빼놓을 수 없는 관광지다. 성적 타락으로 인해 불과 유황의 비를 맞고 멸망했다는 소돔과 고모라도 사해에서 가깝다. 삭막한 유대광야를 가로 질러왔기 때문일까? 관광객들로 북적거리는 사해 분위기가 왠지 낯설다.

에인 보켁Ein Bokek의 관광단지에 위치한 호텔에 도착하자마자 수영복을 챙겨 입고 바닷가로 갔다. 사실 사해는 바다가 아니라 호수이니 바닷가가 아니라 호숫가라는 말이 더 정확하겠지만 아무튼 무수히 들어온 얘기대로 수영을 못해도 몸이 둥둥 뜨는지 궁금했다. 걸어가면 5분 거리의 바닷가에 셔틀버스를 타고 30초 만에 도착했다. 사람들이 정말 둥둥 떠 있다.

드디어 사해 바닷물 속에 발을 담근다. 한 걸음 한 걸음 나아가 물이 가슴에 찰랑거릴 만큼 몸을 담그자 온몸을 톡톡 쏘는 듯 찌릿찌릿하다. 진한 염도 때문인지 미끈미끈한 바닷물이 기름처럼 쩍쩍 몸에 달라붙는 것 같다. 문득 궁금하다. 이 소금 물속에 얼굴을 담그면 어떨까? 지구 상에서 가장 짠 물속에 얼굴을 담가볼까? 장난기가 발동해 눈을 감고 얼굴을 숙여본다. 얼굴을 담그자마자 눈을 찌르는 자릿한 느낌에 나는 자지러들듯 얼굴을 뺀다. 아, 순식간에 눈가가 짜릿짜릿하다. 눈을 감으면 괜찮을 거라 생각했는데 완전 오산이다. 소금물이 더 흘러들어 갈까 싶어 눈을 뜰 엄두도 못 내고 팔을 휘젓고 있으니 주변 사람들이 나보다 더 기겁한다. 내 손을 성급히 잡아 끄는 남자에 이끌려 샤워장으로 갔다. 나 참, 사해에 와서 맹인 신세가 될 줄이야.

"여기서 수영할 수 없는 걸 몰랐어요?"

"저 앞에 대기 중인 앰뷸런스 못 봤어요?"

눈에 스며든 염분을 씻어내느라 경황없는 내게 그는 몇 번이나 괜찮으냐고 묻는다. 그는 내가 수영을 했다고 생각한 모양이다. 어느 한국 신문은 사해 물에 빠지면 실명한다고 으름장을 써놓았던데 나는 다행히 멀쩡하다.

사해 건너편은 요르단이다. 동편이니 요르단 저편에서 해가 떠오를 게 분명하다. 이튿날 새벽 5시, 다시 사해로 나갔다. 소금 덩어리가 바닷물 속에 응결된 '소금꽃 바다' 속에 둥둥 뜬 채 떠오르는 태양을 맞는다. 그때 이런 생각이 들었다. 이 순간을 위해 12시간 비행기를 타고 여기까지 왔구나.

텔아비브 나이트클럽 투어

이스라엘 여행의 마지막 종착지는 텔아비브다. 여기 오기 전까지만 해도 이스라엘에 다시 올 일은 없을 것 같았다. 예루살렘이건 사해이건 한 번이면 족하다고 생각했다. 혹 다시 온다 해도 그때는 가자나 서안지구 같은 팔레스타인에 가보고 싶지 이스라엘을 더 보고 싶은 마음은 없었기 때문이다. 그런데 텔아비브에 와서 처음으로 그런 생각을 했다. 여기선 좀 살아봐도 좋겠구나.

텔아비브는 이스라엘을 대표하는 국제도시다. 지중해를 따라 남북으로 14km에 걸쳐 아름답게 펼쳐진다. 지중해의 하얀 햇빛은 텔아비브 어디서나 찬란하게 빛났다. 색색의 파라솔이 가득한 텔아비브의 비치는 지중해의 여느 휴양지 같다. 여기를 하와이라고 해도 이상할 게 없다. 북쪽의 야르콘강에서 출발해 비치를 따라 남쪽의 야포까지 두 시간 정도 자전거를 타며 텔아비브 여행을 시작했다.

인터콘티넨탈 호텔 뒤편, 네베 쩨덱은 1887년 유대인들이 처음 살기 시작한 곳이다. 텔아비브는 바로 네베 쩨덱에서 시작됐다. 텔아비브가 이스라엘의 서울이라면 네베 쩨덱은 텔아비브의 청담동과 홍대다. 1900년대 초반부터 많은 예술가, 작가가 여기로 모여들었다. 그중에는 슈무엘 아그논 같은 노벨상 수상 작가도 있었다. 뉴욕의 소호나 이스트 빌리지 같은 분위기를 간직한 네베 쩨덱은 텔아비브에서 가장 세련되고 활기찬 거리다. 유명한 문화 학회, 디자이너 부티크, 갤러리, 숍, 카페와 레스토랑을 거리 곳곳에서 볼 수 있다.

텔아비브에 머무는 동안 느닷없이 나이트클럽을 돌아볼 기회가 있었다. 미국에서 온 '밤문화' 전문 여기자와 함께 '텔아비브 나이트 라이프' 담당 공.무.원. 론의 안내로 각양각색 나이트클럽을 돌아다녔다. 세상에나 유흥과는 담쌓고 지낼 법한 이스라엘에 와서 클럽 호핑을 할 줄이야?! 바나 테이블에 올라가 춤을 추는 건 여기도 예외가 아니다.

"내가 아내에게 프러포즈한 곳이 바로 여기에요. 여기서 처음 만났거든요."

네베 쩨덱 거리의 아브라삭스Abraxas 클럽에 갔을 때 론이 말했다. 정말이에요? 깜짝 놀란 나를 보고 그가 활짝 웃는다.

론의 얘기를 들으니 텔아비브의 밤이 더 뜨겁고, 더 유혹적으로 느껴진다. 벤 구리온 공항에 내릴 때 잠시나마 가졌던 긴장이 새삼스럽다. 텔아비브를 싸돌아다니다 보니 이스라엘 사람의 입장에서 폭탄 테러를 생각한다. 혹 아브라삭스에서 폭탄이 터지는 건 아닐까 하는 두려움 때문이다.

내가 묵은 호텔 부근에도 분쟁의 흔적은 남아있다. 10년 전 일이라곤 하나 인터콘티넨탈 호텔 근처 바닷가의 나이트클럽에서 자살 폭탄테러가 있었다. 어제오늘 내가 산책을 하며 오간 곳이라는 게 실감 나지 않는다.

텔아비브 거리에서 대여섯 살 이스라엘 아이들을 봤을 때, 유모차를 미는 젊은 부부와 마주쳤을 때 내 안에선 뭔가 흔들렸다. 아이들은 자기 의지와 상관없이 선조들이 쓴 허구의 역사를 떠안아야 한다. 하지만 아이들은 아이들일 뿐이다. 이스라엘 아이이건 팔레스타인 아이이건 똑같다. 나로선 이스라엘에 대해, 팔레스타인에 대해 어떻다고 말하는 게 점점 어려워진다. 이런 인식의 혼란에도 불구하고 나는 텔아비브의 매력에 점점 빠져든다. 무엇보다 인터내셔널한 분위기에 끌린다. 우리나라 경상도 크기의 아주 작은 나라에 전 세계에서 모인 135개국 사람이 살고 있다. 국가의 존재 자체가 다문화 국가이니 생활 환경은 국제적일 수밖에 없다. 텔아비브는 이런 국제적 분위기의 정점에 놓인 도시다. 게다가 평균 연령은 28.3세에 불과하다. 이래저래 청춘의 도시다.

팔레스타인과의 분쟁만 없다면, 텔아비브의 문화는 '리틀 뉴욕' 같다. 2015년에는 동성애자 축제인 '마디 그라 텔아비브' 페스티벌이 열렸다. '하느님의 나라', 이스라엘에서 동성애자들의 축제가 열렸다는 게 나로선 무척 신기하다. 게다가 오지랖 넓게 주한 이스라엘 대사관은 2015년 5월 서울시청 앞에서 열린 퀴어축제에 미국대사관과 더불어 지지선언을 했다. 아마 적잖은 사람이 경악했을 듯싶다. 미국처럼 이스라엘 역시 대외적으론 어떻건 국내적으론 인간의 자유와 권리를 중요시한다. 아프리카 출신의 흑인 유대인들은 시청 앞에서 "인종차별을 하지 말라"고 시위한다. 유럽의 백인 출신 유대인과 아프리카 에티오피아 출신 흑인 유대인의 생활 수준은 완전히 다르고 그에 따른 사회적 불만은 어떤 식으로든 분출되기 마련이다.

이스라엘에는 아랍계 이스라엘 국민도 적지 않다. 인구 740만 중 20%는 아랍인이다. '아랍계 이스라엘 국민'이란 모순을 숙명처럼 안고 산다. 이스라엘의 공식 언어는 히브리어뿐이라고 생각하기 쉽지만 한 가지가 더 있다. 다름 아닌 아랍어다. 텔아비브에서 내가 묵은 숙소는 인터콘티넨탈 호텔이었다. 창밖으로 지중해가 펼쳐졌다. 그런데 호텔 바로 앞에 이슬람 사원이 있다. 내가 단순했던 걸까. 전세계 이슬람 국가들과 늘 전쟁을 치르는 것 같은 이스라엘 텔아비브의 인터콘티넨탈 호텔 바로 옆에 이슬람 사원이 있다는 게 난 참 생소했다.

나는 또 이스라엘 사람은 전부 유대인, 즉 유대교를 믿는 민족이라고 생각했다. 하지만 놀랍게도 이스라엘 국민 중 유대교를 믿는 사람은 20퍼센트밖에 되지 않는다. 그마저도 율법을 엄격히 지키는 '정통 유대교도'는 5퍼센트에 불과하다.

사막과 사해, 지중해, 갈릴리, 그리고 텔아비브까지 국토는 작으나 이스라엘의 지형과 기후, 문화는 매우 다채롭다. 부질없는 가정이지만, 분쟁만 없다면 이스라엘은 완벽한 여행지다. 텔아비브에서 만난 누군가는 이렇게 말했다.

"우리는 해외여행을 갈 필요가 없어요. 이스라엘에는 지중해가 있고, 사해가 있어요. 또 사막이 있고, 바다 같은 갈릴리 호수가 있어요. 여행을 가기 위해 비행기를 탈 필요가 없는 거죠. 예루살렘에서 두 시간이면 이 모든 곳에 갈 수 있거든요."

샬롬 이스라엘, 앗-쌀람 알라이쿰 팔레스타인

이스라엘에서 어느새 일주일이 지났다. 입국 때가 생각난다. 익히 들어온 대로 이민국 관리는 입국 스탬프를 찍어주지 않았다. 대신 스티커를 여권과 함께 건네준다. 스티커에는 내 얼굴 사진과 바코드가 찍혀 있다. 출국 때도 마찬가지다. 스탬프는 안 찍고 또 다른 스티커를 준다. 이스라엘 여행의 흔적은 여권 어디에도 남지 않았다. 입출국 스탬프를 찍어주지 않는 것보다 더 인상적인 사건은 귀국할 때 벌어졌다. 체크 인 카운터를 가로막은 심사관이 묻는다.

"이스라엘에 며칠 있었죠? 이스라엘에 온 목적이 무엇입니까?"

이 정도 질문이야 이해할 수 있다. 그런데 그의 질문은 계속 이어진다. 누가 짐을 쌌습니까? 어디서 짐을 쌌습니까? 어디를 방문했습니까?

압권은 다음 질문이다. "어느 호텔에 묵었습니까?"

"텔아비브에선 인터콘티넨탈이요."

"또?"

"네? 아니, 일주일간 묵은 호텔을 전부 말하라는 건가요?"

"네."

순간 머릿속이 하얘진다. 가만히 생각해보고 대답하면 될 일 아니냐고 말하긴 쉽다. 하지만 그 순간에는 정말 아무 생각도 안 나고, 망연자실해진다. 나는 단 한 번 겪는 일이지만 이렇게 철저한 보안 시스템 속에 1년 365일 살아가는 그들 자신은 또 얼마나 숨이 막힐까 싶다.

이스라엘에서는 일요일부터 목요일까지 일하고, 금요일과 토요일에는 쉰다. 안식일에는 온 가족이 모여 저녁을 먹는다. 테이블에는 언제나 꽃이 있다. 안식일에 먹는 빵은 화합의 상징이다. 이스라엘에서 사람을 만날 때 건네는 인사는 "샬롬"이다. 히브리어로 평화를 의미한다. 하지만 이스라엘에 과연 평화가 올 수 있을까. 이스라엘의 역사를 축복으로 다시 쓸 순 없을까. 어쩌면 부질없을지 모를 마지막 인사를 건넨다.

샬롬 이스라엘, 앗-쌀람 알라이쿰 팔레스타인.

앗-쌀람 알라이쿰은 '하느님의 평화가 여러분에게'라는 의미다. 교황 요한 바오로 2세가 이집트 방문 당시 아랍어로 전한 인사말이다. 교황이 세상의 모든 아랍인에게 전한 축복이다.

Buen Camino!

at home

지난해 여행에서 돌아오자마자 파주 출판단지 부근 교하로 이사
를 왔다. 발코니 건너편은 제법 우거진 숲과 나지막한 언덕을 가진
공원이다. 거실에 앉으면 바깥풍경은 나무들로 가득 찬다. 늦은 아
침, 발코니에 앉아 라디오를 들으며 커피를 마신다. 집 앞 교하도서
관에 책을 빌리러 가거나 동네 카페로 커피를 마시러 갈 때를 제외
하고는 집에서만 시간을 보낸다.

정착해 사는 즐거움을 말하는 것이 아니다. 여행을 언제 얼마큼
해야 한다는 말이 의미 없듯, 지금은 여기 사는 게 편할 뿐이다.

하루하루를 창조적으로 산다면 일상이 곧 여행이다. 내게 '책여
행'은 그런 시간이었다.

'집에서 하는 여행'은 흥미진진했지만, 문제는 엉뚱한 데서 터져
나왔다. 열심히 글을 써야 할 마음이 언제부턴가 멋대로 출렁대기
시작했다. 몸은 거실 소파에서 책을 읽거나 테이블에 앉아 글을 쓰
지만 마음은 느닷없이 세상의 여기저기를 떠돌았다. 매순간 책 속의
낯선 세계로 빠져들었다. 단지 책을 읽은 게 아니라 실제로 그곳에
다녀온 것 같은 기분이었다.

어느 날 저녁, 나는 사막의 사구 아래 있었다. 모래 위에 담요 한 장을 깔고 누워 하늘을 바라보았다. 푸르륵, 모래밭에 드러누운 채 네 발을 하늘로 치켜든 낙타의 몸짓만이 적막을 깨운다. 어느새 푸른빛이 도는 어스름이 서서히 사막을 물들인다. 손가락 끝으로 모래를 찍어 허공에 흩날린다. 바람과 함께 모래알갱이가 눈과 귀, 뺨과 목덜미를 스친다. 문득 저 앞에서 인기척이 났다. 누군가 주위를 서성인다. 초라한 행색의 남자다. 그는 내가 있는 쪽으로 가만히 다가오더니 미동도 않고 나를 바라본다. 난 아무 말도 할 수 없었다. 그 사람은 바로 나였다. 어둠이 내리는 사막에서 무엇을 그리 찾고 있었던가.

나는 한숨을 쉬며 책을 던져버리고, 허탈한 마음으로 노트북을 닫아버렸다. 내가 찾고 있는 것은 어떤 '끝'이었다. 여행의 끝이자 삶의 끝. 피할 수 없이 가야 할 길이라면 끝까지 가야겠다고 생각했다. 정처 없는 유랑에 대한 욕망이 슬금슬금 때로는 불끈불끈 치밀었다. 그때마다 책을 덮고 노트북을 닫는 일이 반복됐다.

이번 여행에서 만난 사람들을 보고 있으면 글을 쓴다는 행위조차 부질없다. 『길 위에서』의 샐과 딘, 『인도방랑』의 후지와라 신야처럼 길 위에 서고 싶다는 욕망에 허덕였다. 나는 그런 날 것 같은 여행을 해본 적이 있던가? 질투였다. 책을 쓰고 나면 떠날 수 있을 거야. 가까스로 그 욕망을 달래고 또 달랬다. 가까스로 여행은 끝이 났다.

이제 글을 마무리하며 또 다른 몽상을 꿈꾼다. 여. 행. 을. 가. 야. 겠. 다. 목적지는 이 책에 담긴 그곳이다. 이번에는 좀 오래 여행을 하고 싶다. 이마저 몽상에 그칠지도 모르지만 네 권의 책을 냈으니 이제는 좀 긴 여행, 아니 유랑을 할 때가 되었다.